아내를 죽이는 99가지 방법

명지사

▶ 책 머리에

추리의 바다, 그 심연을 향한 힘찬 터울림

한때 추리소설이 침체기에 빠진 일이 있는데, 금년 여름은 추리소실의 르네상스가 왔나고 할 만큼 많은 작품들이 쏟아져나오고 있다. 이는 전반적인 불황을 겪고 있는 출판사가 추리소설로 돌파구를 마련하려는 시도로 풀이될 수도 있지만, 작가들의 치열한 작가 정신의 소산이라고 보는 것이 더욱 타당할 것이다.

주위 여건의 여러 가지 어려움 속에서도 독자들에게 좋은 작품을 읽히고자 하는 작가들의 노력에 화답이라도 하듯이 신문사와 방송사들이 다투어 추리소설 특집을 마련하고 있고, 대형 서점가의 추리소설 코너에도 추리소설 독자들이 발디딜 틈도 없이 빽빽하게 들어차 있다.

서점 관계자들의 말에 의하면 전년에 비해 추리소설 판매량이 7, 80%나 늘었다고 하는데, 반가우면서도 한편으로는 더 좋은 소설을 독자들에게 선보여야겠다는 부담감으로 어깨가 무거워지는 것도 사실이다.

이번에 소개되는 단편집에는 〈한국추리작가협회〉 소속 작가

들이 엄선한 정예 단편소설들이 실려 있다. 호쾌하고 스릴 넘치는 장편추리소설을 읽는 재미도 남다르겠지만, 팽팽하게 압축되어 있는 단편소설의 재미에 푹 빠져보는 것도 행복한 책 읽기가 될 것이다.

3백만 추리 애호 독자들에게 삼가 일독을 권한다.

1997년 여름

한국추리작가협회 회장 이　　상　　우

차례

싸늘한 여름

▶ 황세연

충남 청양 출생.
목원대학교 경영학과 졸업.
95년 스포츠서울 신춘문예에
「염화나트륨」 당선.
96년 장편소설 「붉은 비」 제2회
컴퓨터통신문학상 수상.
「나는 사랑을 믿지 않는다」,
「미녀 사냥꾼」(이상 장편추리소설) 외 작품 다수.

싸늘한 여름

　선풍기가 시종일관 불쾌하고도 뜨거운 바람을 내뿜었다. 책한 권으로 찌는 더위를 물리치지는 못한다 해도, 시간을 빨리흐르게 한다든지 신경을 다른 데로 돌리기 위해 잡았던 공포소설 단편집까지 혜진은 머리맡으로 밀쳐 버렸다. 정신집중이 안되어 눈과 의식이 따로 노는 때문이었다. 그녀는 큰 대(大)자로돌아누워 잠을 청해 봤다. 그러나 신체와 맞닿아 있는 담요에서전해 오는 열기 때문에 한 자세를 취하고 있기란 뜨거운 모래밭에 누워 있기보다 더 힘들었다. 더위도 더위지만 몸을 끝없이뒤척여대는데 잠이 올 턱이 없는 것이다.

　쉽게 잠을 청할 수 없다는 것을 깨달은 그녀는 세면장으로 들어가 온몸을 감싸고 있는 끈적끈적한 땀을 씻어내기 위해 물 몇바가지를 뒤집어쓴 뒤 다시 방으로 돌아와 라디오를 켜고 음악프로를 찾아 채널을 돌렸다. 그러나 클래식, 재즈, 팝송을 비롯해 모두가 짜증스러울 뿐이었다. 라디오의 프로그램 진행자들까지도 짜증스러운지 방송 중간중간에 '살인적인 더위', '한증

막 더위', '가마솥 더위' 등의 격한 표현을 써 날씨를 화제로 멘트를 내보내고 있었다.

그녀는 하는 일 없이도 땀을 많이 흘린 탓인지 갈증이 나자 부엌으로 가서 냉장고 문을 열고 물을 찾았다. 아마도 섭씨 39도를 오르내리는 더위 때문이리라.

언제나 빈틈없던 어머니도 냉장실에 식수를 준비해 두는 것을 깜빡 잊은 듯했다. 마실 물은 어디에도 보이지 않았다. 다만 냉동실에 꽁꽁 얼어붙은 보리차만이 플라스틱 병으로 반 남짓 들어 있었다.

그녀는 커다란 주전자에 보리차 끓일 물을 안친 뒤 갈증을 참다 못해 냉장고 문을 다시 열었다. 야채칸에 동생 몫으로 남겨 놓은 수박 한 덩이가 보였다. 사막에서 오아시스를 발견한 상인처럼, 그녀는 기쁜 마음으로 수박을 꺼내 칼로 듬성듬성 썰어 허겁지겁 입 안에 쑤셔넣었다. 역시 여름의 과일 왕답게 갈증 해소에는 수박이 그만이었다.

"누나, 편지 왔어!"

학원을 갔다 오던 동생이 그녀에게 편지 한 통을 건네줬다.

"숨겨 놓은 남자 친구인가봐? 발신자가 누군지 아무것도 안 쓰여 있네."

동생은 한마디를 더 던지고 나서 가방을 팽개치고는 세면장으로 들어갔다. 정말 편지봉투에는 보낸 사람이 누구인지 아무것도 쓰여 있지 않았다. 누굴까? 그녀의 집 주소와 이름을 적은 글씨체로 봐서는 남자인 것 같았다. 그러나 그녀는 친한 남자 친구도 없을 뿐더러 애인도 없었다. 호기심에 이끌려 그녀는 편지봉투의 한쪽을 가위로 조심스럽게 잘라냈다.

편지는 석 장이나 되었다. 그녀는 방에 누워서 천천히 편지를 읽어나갔다. 편지는 틀린 글씨도 있었고 문장도 어색하며 유치했지만 갈수록 흥미를 유발시켰다. 편지의 마지막장을 읽을 때는 그녀의 손이 부르르 떨려왔다. 설마? 편지를 읽고 나서 그녀는 냉장고로 달려가 냉동실 문을 열고 안의 내용물을 조사했다. 생선과 고기 뭉치 몇 개가 비닐에 싸여 꽁꽁 얼어 있었는데 손으로 만져봐서는 어떤 게 무슨 고긴지 알 수가 없었다. 그녀는 맨 위에 있는 꾸러미 하나를 내려 펼쳐 보았다. 비릿한 냄새가 풍겨 오며 무슨 고긴지 시뻘건 살점과 하얀 지방 덩이가 보였다. 뱃속에서 갑자기 무엇인가가 불쑥 치밀어올라왔다. 그녀는 입을 손으로 틀어막고 화장실로 달려갔다.

"뭐야!"

샤워를 하던 동생이 갑자기 나타난 불청객에 놀라서 몸을 움츠렸다. 그러나 그녀는 동생이 안중에 들어올 리 없었다. 슬리퍼도 신을 틈 없이 변기로 달려가 뱃속에 있는 내용물을 모두 토해냈다. 피라도 쏟아놓은 것처럼 변기 안이 온통 시뻘겋게 변했다. 수박을 먹은 탓이었다. 온몸에 소름이 끼쳐왔다.

동생이 영문도 모르면서 무턱대고 사온 약을 먹고 마음이 어느 정도 안정되자, 그녀는 그 이상한 편지를 집어들었다. 찢어버릴까도 생각했으나 편지가 유일한 단서였으므로 그녀는 마음을 바꿔 다시 편지를 꼼꼼히 읽어나갔다.

안녕하세요?

불쑥 누군지 모르는 사람에게서 편지를 받게 되어 궁금하기도 하고 당황도 했으리라 생각됩니다. 그래도 저는 편지를 쓰지 않을 수가 없었습니다. 저의 계획보다 좀 늦게 편지를 쓰게 되어 유감이지만, 저에게도 사정이 있었습니다. 왜 편지를 써야만 되었나는 이 글을 모두 읽어보시면 아시게 될 것입니다.

화두를 어떻게 풀어나가야 될지?

제가 당신을 보게 된 것은 몇 달 전이었습니다. 어느 쾌청한 일요일 오후에 가게 앞 의자에 앉아 있는 저의 앞을 당신은 분홍색의 원피스를 입은 채 봄날 하얗게 떨어진 벚꽃 위를 걷듯 명랑한 표정으로 사뿐사뿐히 지나가더군요. 당신은 평소대로 무심히 지나가셨겠지만, 저에게는 엄청난 충격이었습니다. 충격! 그 표현이 적절한지 모르겠지만 하여튼 신선한 충격이란 표현 이외에 다른 표현은 생각나지 않는군요.

당신은 그렇게도 제가 꿈에 그리던 바로 그 여인이었습니다. 그 아름다운 눈과 코와 입, 그리고 기시감의 느낌. 어쩌면 전생에 우리는 사랑을 이루지 못하고 죽은 연인일지도 모른다는 생각을 했을 정도니까요.

저는 당신이 그 황홀한 여운을 남기며 사라지고 나서 한참이 지난 뒤에도 당신이 또박또박 걸어간 방향을 보며 의자에서 일어난 그대로 우두커니 서 있었지요. 얼마가 지났을까…… 뚱뚱한 아주머니 한 분이 우리 가게를 기웃거리며 나에게 뭐라고 했을 때 비로소 정신이 돌아왔으니까요.

그 뒤 저는 매일매일 유리창을 통해 밖을 내다보며 행복한 표정으로 당신을 기다렸습니다. 역시 신께서도 저를 측은하게 여기셨는지, 얼마 뒤 당신은 다시 저의 가게 앞에 나타났습니다. 저는 가게를 뛰어나가 당장에 당신에게 사랑 고백을 하고 싶었지만, 그럴 수 있는 처지가 아니었습니다. 대신에 저는 당신의 뒤를 멀찌가니 따라갔습니다. 당신은 어느 아파트의 출입구로 들어가더군요. 당신이 엘리베이터에 오르는 것을 보고 저는 그 앞에 멈추어 서서 엘리베이터가 몇 층에 멈추는지를 숫자판을 통해 확인했지요. 당신이 저의 가게 앞을 지나다닐 때마다 저는 몇 번이나 그렇게 했고, 결국은 당신의 집과 주소까지 알아냈습니다. 그렇게 당신의 집 앞을 수없이 배회하면서 더 알아낸 사실들은, 당신의 가족은 모두 네 명이며, 당신의 어머니가 우리 가게의 단골이라는 것이었습니다. 그것은 저에게 있어 매우 즐거운 일이었죠.

하지만 그것도 잠시뿐, 시간이 흐르자 기쁨도 시들해지고 딴 세상의 그림 속에 있는 것 같은 당신을 보며 가슴이 아파 오기 시작했습니다. 저의 당신에 대한 열렬한 사랑만큼 당신을 나의 사람으로 만들고 싶은 소유욕이 있었으니까요. 하지만 그것이 가능한 어떤 실마리도 보이지 않았습니다.

한번은 당신과 제가 길에서 우연히 마주친 적이 있었습니다. 버스 타는 곳 앞이었죠. 제가 버스를 타려고 기다리는데 어느 순간 고개를 돌려보니 당신이 옆에 서 있었던 겁니다. 저는 심장이 서 버릴 것처럼 깜짝 놀랐습니다. 그러나 당신은 저와 눈이 마주치자 고개를 다른 곳으로 돌려 버리더군요. 그리고 다시는 한번도 쳐다보지 않았죠. 저는 그 이유를 알고 있었기 때문에 당신의 눈에 더 이상 띄고 싶지 않았습니다. 저는 타려던 버스가 왔는데도 타지 못하고, 당신이 타고 떠나 버린 그 버스의 꽁무니만 바라보아야 했죠.

저는 무척이나 불행하게 태어난 사람입니다. 저의 의지와는 상관없이 타고날 때부터 흉측하다는 표현에 걸맞은 몰골이었고, 키는 160cm가 채 안 되었으며, 살만 쪄서 누가 봐도 볼품없는——차라리 끔찍하다 싶을——그런 사람입니다. 제가 거울을 통해 저의 모습을 봐도 심하다 싶을 정도니까요. 그런 저를 아름답고 똑똑한 당신이 좋아할 리가 있겠습니까? 저에게는 차라

리 유감스러운 일이지만, 아무리 무식하다 해도 저는 그 정도의
분별력은 가지고 있었죠.

하지만 그런 저라 할지라도 한 여인을 사랑하지 말라는 법은
없었으니, 그것이 더 저를 미치게 했습니다. 어떻게 할까? 어떻
게 할까? 저의 심장은 터지고 머리는 돌아 버릴 것 같았습니다.
하루라도, 아니 잠시라도 당신을 보지 않으면 죽어 버릴 것만
같았습니다. 저는 그 뒤부터 하늘을 원망하며 멍하니 앉아 있는 ·
것이 하루의 일과가 되어 버렸지요.

당신을 저의 연인으로 만든다는 것은 개벽과 같은 기적이 일
어나지 않고는 불가능한 일이었습니다.

결국 저는 하나의 생각에 도달했습니다. 제가 당신을 소유하
지 못할 바에는 당신이 저를 소유하게 만들자. 그러나 어떻게?

유치하지만 한 가지 방법은 있었습니다.

얼마 전 저는 어려운 용단을 내리고, 고기를 저밀 때 쓰는 날
카로운 칼을 가져다 가스레인지에 달구어 소독을 했습니다. 아,
저의 직업을 얘기 안 했군요. 저는 당신의 아파트 앞에서 식육
점을 하고 있지요. 저는 소독한 칼을 저의 풍만한 허벅지에 대
고 한 근 정도의 살을 잘라냈습니다. 자신이 자신의 살을 도려
낸다는 것이 얼마나 고통스럽고 어려운 일이었겠는가를 상상해
보십시오. 하지만 사랑하는 사람을 생각하니 아픔을 참지 못할
것도 없었습니다.

저는 잘라낸 살을 냉장고에 넣고 나서 미리 준비해 두었던 약
과 붕대로 응급처치를 했지요. 출혈 때문인지 힘이 없어서 곧
쓰러져 버릴 것 같았습니다. 다른 사람이라면 아픔 때문에라도
병원에 갔겠지만, 저는 꾹 참았습니다. 병원에 가면 며칠이라도
입원을 해야만 할 테니까요. 그러나 저는 입원을 할 수가 없었

습니다.

 다음날 저의 생각대로 당신의 어머니께서 저의 가게에 들르셨더군요. 당신의 어머님은 평상시처럼 찌개거리로 돼지고기 한 근을 부탁하시더군요. 저는 아픔을 참으며 냉장고에서 전날 넣어두었던 저의 얼어붙은 허벅지살을 꺼내 잘게 썰어 드렸습니다. 허벅지살 한 근에 4천원이면, 비싸게 판 것은 아니었죠. 인육을 팔아본 적은 없었지만 당신의 어머니께서 돼지고기를 달라고 하셨기에 그것에 맞춰 가격을 설정한 것입니다.

 정성이 들어간 만큼 고기는 참 맛있었을 것이리라 확신합니다. 앞으로도 당신의 어머님이 저의 가게에 들르시면 맛있는 고기를 사가시게 될 것입니다. 저의 육체에 생명이 붙어 있는 동안에는……. 혹이라도 저번에 사간 고기가 아직도 냉장고에 남아 있다면 꺼내어 혼자만 드시기 바랍니다. 부디 저의 성의를 생각해서라도…….

 그럼 무더운 여름 시원하게 보내세요.

 또 편지 쓰지요.

 임혜진씨를 사랑하며 혜진씨와 한 몸이 되길 소원하는 〈정육점 주인〉 올림.

 PS. 그런데 제가 왜 이런 편지를 쓰는지는 아시겠죠? 침묵의 답답함 때문입니다.

 장난 편지일 수도 있었다. 그러나 누가? 대학 졸업앨범에 주소록이 있으니 누구라도 그녀의 주소를 알아내기는 쉽겠지만, 그녀가 입은 옷까지 얘기할 수 있는 사람은 극히 소수일 뿐더러 그중에 이런 심한 장난을 칠 사람은 아무도 없었다. 친구들의 장난이라면 뻔했다. 그들이 장난치는 경우라면 자신이 경찰서 여형사라고 말하며 그녀가 간통죄로 고소를 당했다고 하는 정도 등이 심한 경우에 해당되었다. 그것도 누구를 시켜서 하는 것이 아니고 자신들의 목소리로 장난을 치기 때문에 금방 들통이 났다. 친구들이 아니라면 누가 잘 알지도 못하는 사람에게 일부러 장난 편지를 쓸 리도 없을 터인데…….

이것이 친구들 중의 한 명에 의한 장난 편지라면 다행이지만, 그렇지 않다면 정말 정육점 주인이 존재할 테고 그는 정신병자임이 틀림없을 것이다. 사랑에 빠지면 눈이 멀어 존속을 살해하는 경우도 있다지만, 아무리 그렇다고 해도 자신의 살을 도려내 상대에게 먹였다는 말은 헛소문으로도 들어보지 못한 애기였다.

그러나 문제는 아주 간단했다. 불안해하며 이렇다 저렇다 방안에서 추리하는 것보다 확인해 보면 장난 편지인지 아닌지 금방 알 수 있을 터였다.

"엄마, 최근에 돼지고기 찌개 먹은 적 있었지?"

어머니가 시장에서 돌아오자마자, 그녀는 질문을 시작했다.

"애가 갑자기 무슨 소리야?"

"얼마 전에 돼지고기 찌개 먹은 적 있었잖아?"

"그런데?"

"그때 돼지고기 맛이 좀 이상하지 않았어?"

"글쎄다…… 무슨 잘못된 것이라도 있냐?"

"아, 아니. 그런데 엄마는 돼지고기를 주로 어디서 사와?"

"농협 구판장에서 사오기도 하고, 집 앞 정육점에서 사오기도 하지."

"집 앞의 그 단골 정육점 이름이 뭐야?"

"현대 정육점……."

어머니는 그녀가 더위라도 먹었을까봐 걱정하는 눈치였다. 더구나 동생으로부터 그녀가 토했다는 애기를 들었을 터이니 당연했다. 남은 것은 현대 정육점에 가보는 일이었다. 그러나 어떻게? 정육점 애기만 들어도 소름이 끼치는데 어떻게…… 게다가 편지의 내용이 사실이라면…….

그렇다고 가족의 누구에게 애기할 수 있는 일도 아니었다. 애기할 수 있는 일이 아닌 게 아니라, 그녀는 그런 애기를 해서 가족들이 불필요한 걱정을 하게 만들고 싶지 않았다. 애기를 한다고 해도 사실 여부나 알아본 뒤에 가능한 일이었다.

그녀는 성격이 활달하고 겁 없는 행동파인 오문영을 불러냈다. 문영은 예의 그 편지를 읽더니 남의 입장은 생각지도 않고 웃음부터 터트렸다.

"장난 편지야!"

"어째서…… 네가 쓴 거니?"

혜진은 혹시나 하는 기대에 그녀의 얼굴을 주시했다.

"얘는, 미쳤다고 내가 겁쟁이인 너에게 이런 편지를 써? 봐, 마음이야 어떻든간에 자기가 자기의 살을 한 근이나 잘라낸다는 것이 가능할 거라고 보니? 설사 처음에는 그렇게 하려고 했다 해도, 단숨에 살을 잘라낼 수 있는 것도 아니고, 칼을 대고 보면 아파서라도 그러지 못해. 그리고 사람고기 맛이 어떤지는 모르지만, 돼지고기와는 그 맛이 천지 차이일 텐데, 여름에 돼지고기를 먹으면서 맛이 이상했으면 누구라도 주의를 했지 않았겠어?"

그녀의 애기를 들어보니 그럴 듯도 했다.

"그렇다면 누가 어떤 목적에서 이런 편지를 썼을까?"

“그야 우리처럼 대학 졸업하고 취직 못해 할 일 없는 인간이 썼겠지.”

“아무리 할 일 없기로 이런 편지를 써?”

“전에 ‘불특정 다수에 대한 테러’라는 말을 들어봤지? 특정한 이유 없이 아무 집이나 불을 지르고 길에 세워진 아무 자동차나 망가트리는 그런 종류의 범죄…… 이 편지를 쓴 사람도 그런 부류일 거야. 아무나 당하라는 듯이 편지를 써 놓고 숨어서 히히덕거리며 즐기는 부류.”

“하지만, 그렇다면 내가 입고 다니는 옷의 종류와 색깔까지 그가 어떻게 알겠니?”

“그러니까 범인은 주변 사람이야. 예를 들어, 범인은 어떻게 해서 우리의 졸업앨범을 보게 되었고, 얼굴이 예쁜 한 여자를 유심히 봐뒀다. 그런데, 어느 날 보니 자신의 아파트 앞에 낯익은 여자가 지나다니는 거야. 앨범에서 봐둔 여자가 자신이 사는 아파트에 사는 사람인 거지. 그때 그는 머리에 짓궂은 생각이 떠오른 거겠지…… 꼭 이대로 맞아들어가라는 법은 없지만 비슷한 사건일 거야.”

“정말 그럴까?”

“당장 확인해 보면 되지!”

문영은 혜진이 알려준 현대 정육점을 향해 씩씩하다 싶을 정도로 앞장서서 걸어갔다. 현대 정육점 근처에 이르자 혜진은 멀리 떨어진 골목에 숨어서 그녀가 정육점에서 나오기를 기다렸다. 그녀는 정육점에 들어간 지 한참만에 나와서 손을 혼들며 골목에 있는 혜진을 불러댔다. 혜진은 그녀가 그냥 와주기를 바랐으나, 그녀는 정육점 앞에서 자신을 큰 소리로 부르고 있는 것이었다. 그녀가 그렇게 큰 소리로 부르는 것을 보면 일이 잘

되었다는 신호일 터였다. 그래도 혜진은 정육점을 향해 몸을 노출시키는 것이 썩 마음에 내키지 않았다. 하지만 친구가 목이 터져라 부르는데 안 갈 수도 없는 입장이었다.

"얘, 네 눈으로 직접 확인해라!"

폭발물에라도 다가가듯이 초조해하는 혜진을 억지로 잡아끌고 문영은 정육점 안으로 들어갔다. 정육점 주인은 바싹 마른 50대의 아저씨였다.

"자, 주인 아저씨의 다리도 확인해 보고……."

문영에게서 사정 얘기를 들었는지 실실 웃고 있는 주인은 긴 바지를 입고 있었다. 그러나 그런 마른 다리에서는 고기 한 근은커녕 한 점도 잘라낼 수 있을 것 같지 않았다. 그리고 그는 마누라와 장성한 자식들까지 있다고 했다.

혜진은 걱정이 한순간에 사라졌지만, 그래도 혹시나 해서 용기를 내어 질문을 했다.

"고기는 언제나 아저씨가 파세요?"

"대부분은 내가 팔지만, 마누라가 팔기도 하지."

"자식들은요?"

"자식이라야 남매뿐인데 아들놈은 부산에서 회사에 다니느라 코빼기도 안 보이고, 딸년은 시집가서 잘 살고 있지."

정육점을 나오며 안도의 한숨을 쉬는 혜진에게 문영은 술이나 한잔 사라고 말했다.

편지를 쓴 사람이야 장난이었겠지만 당하는 입장은 그렇지 못해서 혜진은 공포소설을 읽지 않고도 여름 내내 시원하게 보낼 수 있었다. 시간이 흐르자 그녀는 다시 따분한 생활로 돌아갔다. 졸업한 지 1년이 다 되도록 취직 자리를 얻지 못하고 있었으므로 집에서 청춘을 썩이며 재미있는 일이 없을까 두리번거리기에 바빴다. 그런 편지가 다시 온다 해도 이제는 생활의 활력이 되고 재미로 받아들일 수 있을 터인데, 그런 편지는 두 번 다시 오지 않았다. 그리고 그 사건 이후로 그녀는 한동안 고기에는 손도 안 댔었는데, 세월이 약이 되어 다시 종전처럼 어떤 고기라도 먹을 수 있었다.

어떤 이유에서인지, 더위가 한풀 꺾일 무렵에는 어머니도 단골집을 집 앞의 현대 정육점에서 농협의 구판장으로 바꿨다. 그래도 그녀는 고기를 먹으며 무슨 고긴지 맛에 신경 쓰는 것은 습관이 되어 없어지지가 않았다. 고기의 맛이 조금이라도 이상하면 그것을 어디에서 사왔냐고 물어보기 일쑤였다.

얼마 전에도 고기의 맛이 이상해서 그녀는 수저를 내려놓고 어머니에게 무슨 고기인지를 물었었다.

"포장육 쇠고긴데 안심이라서 맛있을 텐데……."

그랬다. 같은 소에서 나온 고기라 해도 부위에 따라 맛에 차이가 있었다. 근육 부분의 맛이 다르고 살 부분의 맛이 달랐으며, 꼬리나 다리의 맛도 달랐다. 한 마리의 소에서 수많은 맛이 나오는 것이다. 이렇듯 먹을 때마다 고기의 맛이 틀리다고 음식을 가리는 것은 결코 합리적인 행동이 못 되었다.

그럼에도 불구하고 그녀는 한번 맛이 이상하다는 생각이 들면 그 고기는 입에 대지도 않았다.

아침부터 바빴다. 대학 여자 동창들 중 백수들끼리 단풍이 지기 시작하는 속리산에 놀러 가기로 한 탓이었다. 혜진에게 할당된 준비물은 코펠 하나와 식품류였다. 쌀을 챙기고 나자 그녀는 배낭을 메고 집을 나섰다.

집 앞의 슈퍼에서 간단히 채소류를 샀다. 국거리로는 돼지고기를 사야 하는데 이상한 편지를 받은 지 오랜 시간이 지났고, 조금의 의문도 남아 있지 않았는데도 현대 정육점만은 왠지 가기가 싫었다. 시간이 별로 없었지만 그래도 그녀는 거리가 먼 농협 구판장으로 갈 수밖에 없었다.

농협 구판장은 규모가 몹시 컸다. 식육을 판매하는 곳은 한쪽 구석에 위치해 있었는데, 그녀가 국거리로 돼지고기를 달라고 하자, 젊은 한 남자가 냉장고에서 고기를 꺼내어 썰기 시작했다. 그녀는 뚱뚱한 남자가 숙달된 솜씨로 고기를 써는 것을 보고 있었는데, 그가 잡고 있는 날카로운 칼을 보자 불현듯 소름이 쫙 끼쳐 왔다. 동시에 그녀의 눈은 자신도 모르는 사이 그의 허벅지에 고정되었다.

그녀는 어떻게 구판장을 나왔는지 알 수가 없었다. 그녀는 구판장을 뛰어나와 무턱대고 달리다 어느 골목에 이르러 뱃속에 들은 것들을 모두 토해냈다. 거기에는 아침에 먹은 고기도 포함되어 있을 텐데 모두 소화되다 만 멀건 액체로 변해 있었다.

구판장에서 고기를 팔던 남자는 덩치에 비해 양 허벅지가 유난히 가늘었으며, 그가 움직일 때 보니 다리 전체가 꼭 뼈만 남은 듯했다. 그리고 냉장고의 한쪽 옆에는 목발까지 놓여 있었다. 그래도 그녀는 설마 했는데, 그가 고기를 썰어 비닐에 담아주면서 그녀를 쳐다보는 눈빛을 봤을 때 그 괴상한 편지를 누가 보냈는지 그녀는 단번에 알 수 있었다. 흉측한 얼굴에 인형의 그것처럼 박힌 눈에서 발산되던 그 강렬하고 소름끼치는 눈빛, 사랑에 빠진 광인의 그것이었다. 범인은 분명 어머니가 싼 맛에 드나드는 농협 구판장에서 고기를 파는 그 남자가 틀림없었다. 그러나 범인을 알아내고도 그녀는 어떤 방법을 취할 수가 없었다. 증거도 없이 경찰에 알려야 믿지도 않을 테고, 이런 괴상한 얘기를 다른 사람에게 얘기해 봤자 모두 다 그녀가 장난치고 있는 것으로 생각할 게 뻔했다.

공황 상태에 놓인 혜진의 머릿속에는 그 끔찍한 정육점 주인의 얼굴과 겹쳐 작년 늦가을에 만났던 어느 미친 남자의 얼굴이 떠올라왔다. 세상에는 정말 기본 상식으로 도저히 이해가 안 가는 별종들이 있었다.

작년 가을, 그녀는 볼일이 있어 의정부에 갔다가 전철을 타고 집으로 돌아오고 있었다. 그런데 H역에서 어떤 미친놈이 전철에 올라타더니 자신의 커다란 남성을 내놓고 유세를 하는 것이었다. 그런 식으로, 생전 처음 성인 남자의 그것을 보게 된 그녀는 비명을 지르며 바로 고개를 돌렸었다. 그렇게 내내 고개를 숙이고 있던 그녀는 그 미친놈이 바지의 지퍼를 올린 뒤 전철에서 내리려고 할 때서야 화끈거리는 얼굴을 들 수 있었다. 그러나 놈은 그 역에서 내리지 못했다. 놈이 내리기 전에 전철 문이 먼저 닫혔던 것이다. 놈은 당황해하는 표정을 지으며 잠시 서 있더니, 다시 바지의 지퍼를 내렸고, 혹이라도 놈과 눈이 마주칠까봐 옆으로 고개를 돌리고 있던 그녀에게 다가왔다. 그는 그러고 있는 그녀가 썩 마음에 들었던 모양이다. 그녀는 그를 피해 창 쪽으로 몸을 틀었지만, 놈은 꼭 그것을 만져라도 보라는 듯이 집요하게 그녀의 앞으로 그것을 내미는 것이었다. 당황한 그녀가 도망치려고 하자, 놈은 그녀의 팔을 붙들고 늘어졌다. 그 물건을 똑바로 보기 전에는 결코 놓아주지 않을 자세였다. 결국 그녀는 울음을 터트렸고, 놈은 그때서야 그녀의 팔을 놔줬다.

그 일은 그녀에게 커다란 충격이었고 마음에 깊은 상처를 남졌다. 그녀는 그때 꼭 강간이라도 당하고 있는 것 같은 느낌이 들었던 것이다. 그리고 그 사건은 그녀에게 지나치다 싶을 정도로 남자 기피증과 혐오증을 불러일으켰다. 이제 그런 노이로제가 좀 수그러들만 하니까 또 이런 일이라니…… 그녀는 미친놈에게 그때처럼 가만히 앉아서 당할 수만은 없다고 생각했다.

이번의 정육점 주인은 그때의 그 미친놈보다도 더 심하게 미쳤는지도 몰랐다. 그녀는 정육점 주인의 눈을 보자마자, 놈은 사랑을 위해서라면 살인까지도 저지를 수 있는 인간이라는 것을 느꼈다. 아니, 보다 더 심한 일을 할 소지도 충분히 잠재해 있는 것처럼 보였다. 그의 정신병이 더 중증이 된다면 그녀와 결혼하겠다고 그녀의 집에 칼을 들고 쳐들어온다거나, 그의 말대로 그녀와 한 몸이 되기 위해 그녀를 죽여서 먹어치우려고 들지도 모르는 일이었다.

그러나 냉정히 생각해 보면, 이것은 단지 그녀의 느낌일 뿐인지도 모른다. 여자의 직감이 아무리 무섭다고 해도 100% 맞을 리는 없었다. 그러나 만약, 정말 그 직감이 맞는 거라면…….

그녀는 불안에 떨면서, 그가 편지를 보낸 범인인지 아닌지 확실히 알아볼 수 있고, 동시에 그가 그녀를 사랑하며 육체까지 하나가 되길 원하는 편집광 환자라면 더 중증이 되기 전에 문제를 완전히 해결할 수 있는 방법 한 가지를 생각해냈다.

그것은 전날 그에게 미리 전화를 해 두고 다음날 고기를 사러 가서 이렇게 한마디만 하면 모든 것이 깨끗이, 정말 깨끗이 해결될 터였다.

"어제 미리 부탁해 두었던 신선한 간을 한 근만 썰어주세요. 딱 한 근만……."

그가 다음날도 계속 고기를 팔고 있을지는 의문이지만…….

예정된 복수

▶ 욱예일

63년 인천 출생.
강원대학교 졸업.
「1주일간의 살인 여행」,
「다마고찌 죽이기」(이상 단편소설) 외 작품 다수.

예정된 복수

(1)

깜깜한 거실 저편 구석으로 〈A.M. 12:00〉이라는 빨간 불이 쉬지 않고 번쩍였다. 주인의 용도무시(用度無視)에 반항하는 시계판의 데모였다. 그 옆으로 조그마한 동그라미 속에는 오늘도 어김없이 아라비아 숫자가 찍혀 있었다.

"어쭈! 오늘은 죽으라네?"

여기저기 스위치를 올리며 어둠을 몰아내던 선우현은 전화기에 박혀 있는 4자의 의미를 짜증스럽게 부각시켰다. 요사이 전화통에 저장되는 메시지 중 몇 가지는 퇴근 후의 공간을 깡그리 먹어치우곤 한다. 특히 4자는 좋지 않은 일이 생긴다는 동료들의 계시를 진담처럼 맞혀 갔다.

"제발……."

애원하는 신음을 입꼬리에 달고 천천히 '메모'라는 버튼을 눌렀다.

'띠띠띠…….'

준비 음성이 긴장을 타고 흘렀다.

'삐……'

스타트 신호는 아예 자지러졌다. 뒤이어 귀에 익은 목소리들이 차례로 목적을 밝혔다.

'……시간 나면 술이나 한잔하자……'

"네 놈이 사 봐라."

고등학교 동창 놈이다

'……지난번 특종, 축하해.'

그를 노리는 '스타신문사' 오부장의 아부.

"돈으로 주세요."

'미안해요. 바빠서……'

"넌 끝장이야."

가운뎃손가락을 벌떡 세웠나. 인터뷰를 핑크내고 사라진 신인 여가수의 웃음이 간드러졌다.

세 개의 쓸데없는 인사치레가 지나가고 마지막 메시지가 순서에 따라 소리를 울리자, 선우현은 넥타이를 풀기 시작했다.

"아흐! 하느님, 감사합네다."

콧소리로 휘파람을 불며 빠르게 손을 움직였다. 그러나 넥타이가 손끝에서 돌아나가기 전에 이상한 기분에 사로잡혀 동작을 멈추고 말았다. 네 번째 메모는 전화기의 빈 공간을 허전히 돌고만 있었다. 미세한 음파의 찌꺼기를 찾으려는 본능이 귓바퀴를 전화기로 집중시켰다. 깊숙한 속에서 여자의 숨소리가 슬며시 전율로 다가왔다. 그녀는 억지로 격정을 추스르고 있었다.

"누구지?"

울음을 멈춘 여인이 선우현의 중얼거리는 마음을 읽었다.

'제예요. 미란이, 강미란……'

"강……미란……그렇다면 역시 차주희가?"
'……당장 저희 집으로 와 주세요. 할 말이 있어요.'
'띠띠띠띠…….'
의무를 마친 메시지가 마무리 음을 거둬들이며 무거운 정적
을 가져왔다.
"그래, 내 눈이 정확했어."
선우현은 멍한 표정으로 입가에 미소를 달았다. 인생의 특종
이 눈앞에 있었다. 스타가 되어 나타난 과거의 여자, 자신이 짓
밟았던 그 여자가 은막을 가르며 다가온 것이다.

(2)

올여름 연예가의 화젯거리는 멜로 영화 '동행'이 단연 으뜸
이었다. 3년의 공백을 딛고 재기에 성공한 강석만 감독과 이 영
화를 통해서 혜성처럼 나타난 차주희가 그 주인공들이다. 멜로
물이 의외의 성공을 거둔 데는 가냘프고 청순한 신인 배우 차주
희의 몫이 절대적이었다. 그녀는 단 한편의 영화로 은막의 신데
렐라로 떠오르고 있었다.
선우현이 스크린을 통해서 바라본 차주희는 사슴같이 고고한
이미지의 여자였다. 한 가지 이상한 점이 있다면 처음 대하는
신인 여배우가 왠지 낯설지 않다는 것이었다.
신인 여배우의 명성이 높아질수록 연예부 기자인 선우현에게
인터뷰 특명은 오히려 당연했다. 어렵게 만든 자리에서 차주희
를 보는 순간 선우현은 그대로 얼어붙고 말았다. 차주희의 맑은
눈 속에서 다른 여자의 그늘을 보았다. 선우현의 뇌리 깊숙이
각인되어 지울 수 없는 여자, 강미란! 바로 그녀였다.
인터뷰를 거부하고 커피숍을 뛰쳐나간 차주희를 그날 이후

만날 수가 없었다. 사방으로 수소문해 봤지만 스케줄을 핑계로 그를 피해 다녔다. 할 수 없이 최후의 결단을 내려야 했다. 선우현은 충무로로 방향을 잡았다.

한국 영화의 최고봉이던 강석만 감독은 3년 전 평생을 바쳐 일하던 충무로를 떠났었다. 불의의 사고로 조감독을 죽게 만든 일말의 책임감이었다. 그러나 시련은 거기에서 그치지 않았다. 얼마 뒤 미국에서 날아온 비보는 강감독을 기어이 쓰러뜨리고 말았다. 그런 강감독이 우여곡절의 과거를 청산하고 '동행'으로 재기한 것이다.

3년만에 마주하는 강석만 감독은 그를 미친놈 대하듯 했다.

"어……허!"

"차주희가 따님이 아닙니까? 미란이가 아니냐구요?"

"자네, 정신이 어떻게 된 거 아냐? 미란이는 3년 전에 미국에서 죽었어. 세상이 다 아는 사실을 선우현군이 모를 리가 없을 텐데?"

"물론 알고 있습니다. 하지만……."

선우현은 눈을 세우며 밀어붙였다. 그러나 강감독은 요지부동이었다.

"무덤이라도 파헤쳐야 믿겠나?"

강석만 감독은 외동딸의 시신을 미국의 공원묘지에 묻었다. 화장을 하라는 주위의 권유를 무시하고 자기가 죽을 때 데려갈 테니 놔두라며 우겨서 만든 작은 무덤이었다. 강미란의 영문 이니셜이 박혀 있는 비석 사진을 선우현도 본 적이 있었다. 영화계 소식을 전문으로 다루는 '조명'이라는 신문에서였다.

"다른 사람은 속여도 전 어림없습니다. 차주희는 미란이의 눈을 갖고 있어요."

"세상에 닮은 사람은 넘치도록 많아. 그런 쓸데없는 얘기 하려거든 어서 나가게. 죽은 딸을 어렵사리 잊고 사는 늙은이를 괴롭히지 말고, 제발!"

"저와 미란이의 관계를 아시죠?"

강감독이 불을 켰다.

"이놈이!"

"누구보다도 미란이를 잘 압니다."

"과거를 가지고 다시 협박하겠다는 건가?"

"미란이는 제 아이를 지웠죠."

선우현은 대답 대신 이죽댔다.

철썩!

피할 수도 없는 찰나였다.

"이 노옴, 썩 나가지 못해!"

강감독의 상기된 얼굴에 선우현은 주춤했다.

"좋습니다. 이대로 물러나죠. 하지만 만일 차주희가 강미란이라는 사실이 이 손으로 밝혀지면 오늘 일을 후회하실 겁니다."

강석만 감독의 분노를 즐기듯 선우현은 뜻 모를 웃음만 남기고 돌아섰다.

(3)

선우현은 룸미러를 힐끗 보았다. 커다란 트럭이 추월당한 속쓰림을 전조등으로 퍼부었다.

"덤비지 마라. 급하기는 나도 마찬가지니까."

위 아래로 흔들리는 불빛에 선우현이 언뜻 비쳤다. 그저 평범한 미혼 남자의 얼굴이었다. 굳이 꼬집어 특징을 말하라면 당사자의 주장대로 날카로움이 가끔씩 비치는, 그래서 투철한 직업

의식이 배어 있다는 찢어진 눈이었다. 전체적으로는 적당히 자리잡은 이목구비가 성격과는 틀리게 깔끔하게 보였다. 아래쪽으로 쭉 뻗은 날렵한 몸이 그의 외모를 받쳐 주고 있었다.

선우현은 어떻게 달려왔는지 기억이 없었다. 집에서부터 쫓아온 검은색 벤츠 따위는 안중에도 없었다. 무조건 자신의 승용차를 주차장에 처넣으며 아파트 현관으로 한 걸음에 뛰어올랐다. 눈앞에 펼쳐 있는 15층짜리 거대한 아파트가 그를 기다리고 있었다.

"잠깐만……."

"미란이, 아니…… 아니, 차주희를 만나러 가는데요. 저는 연예신문 선우현 기잡니다."

마음이 급했다.

"글쎄, 잠깐만 기다려 보라니까."

연예인 아파트는 사람들의 출입을 통제한다. 팬과 기자들에게 시달리는 입주민들을 보호하기 위한 대책이었다. 나이가 지긋한 경비 아저씨가 선우현을 잡았다. 취재 때마다 겪었던 일이다.

"차주희씨라고 했죠?"

"예."

엘리베이터를 바라보는 선우현의 마음과는 아랑곳 없이 경비 아저씨는 느긋했다.

"여보세요, 여기 경비실인데요, 선우현 기자가 찾아오셨어요."

고개를 조아리던 아저씨가 인터폰의 수화기를 건네줬다.

"목욕중이에요. 문은 열어놨으니 그냥 들어오세요."

선우현은 한마디 없이 인터폰을 돌려주었다.

“목욕이라구? 흐흐흐.”

찢어진 눈이 말초적인 상상에 흐릿해졌다.

“내가 올 줄 알고 준비 중이군. 하기야 남자의 입을 막는 데 그 이상은 없을 테니까.”

잊고 있던 강미란의 하얀 살결이 목구멍 밑으로 떨어지는 침과 함께 긴장을 돋았다.

“빨리 올라가봐. 기다리겠네.”

“아! 예……예.”

여인의 몸뚱이에 뇌파를 빼앗기던 선우현은 아저씨의 재촉에 떼밀려 엘리베이터로 뛰어갔다. 그러자 네모난 쇠통은 힘겹게 움직였다. 아내를 만나러 천상의 두레박을 타고 올라가는 나무꾼의 심정만큼이나 더뎠다. 15층이 머리 위로 끝없이 멀리 느껴졌다.

선우현이 강미란을 만난 것은 대학교 2학년 때였다. 고3짜리 외동딸의 장래를 걱정하는 아버지의 부탁으로 과외를 맡았었다. 너무도 맑아서 다른 아름다움을 삼켜버린 커다란 두 눈은 선우현을 기쁨으로 맞이했다.

강미란은 매우 밝고 강인했다. 무슨 일이든 끝장을 봐야 직성이 풀렸다. 아무리 힘들고 어려워도 웃음으로 넘기면서 고지를 밟았다. 성격이 비슷한 둘은 쉽게 친해졌다. 더욱이 형제가 없던 미란이는 그를 친오빠처럼 따랐다. 그러나 선우현은 틀렸다. 그는 강미란을 여자로 느끼려 했다. 자칭 플레이보이로서 그 동안 수없이 대해 온 싸구려 경험들과는 전혀 다른 순결하고 깨끗한 그녀를 밤마다 상상으로 만나며 기회만 기다렸다.

‘땡!’

선우현은 과거를 접으며 엘리베이터에서 내렸다. 1508호의 작은 푯말을 보며 그는 심호흡을 크게 했다. 계단식 아파트의 구조적 특성 때문에 마주보는 1507호만이 이웃집 방문객의 등에다 의문 표를 달았다.

선우현은 손바닥을 바지에 문질렀다. 긴장이 땀으로 솟아나고 있었다. 목을 타고 굵게 넘어가는 침줄기를 뱃속에서 느끼며 손잡이를 돌렸다. 깔끔하게 정돈된 거실이 한눈에 들어왔다. 조심스럽게 발을 옮기는데 곤두서 있는 신경으로 물소리가 가늘게 들렸다. 욕실 문으로 시선을 고정시키며 주춤주춤 소파에 가서 앉았다. 그는 취재의 숫자만큼 아파트의 구조를 잘 알고 있었다.

(4)

엄마를 일찍 여의고 살아온 강미란에게 아버지는 신 같은 존재였다. 여자로서의 몸가짐을 중요시하는 강감독의 어떠한 요구도 거역한 적이 없었다. 무서움보다는 아버지를 기쁘게 해 주려는 딸의 기특함이 서려 있었다. 하지만 존경과 사랑으로 이어온 부녀간의 오랜 정(情)은 선우현이 미란의 가정교사를 맡은 지 6개월쯤에 깨어지고 말았다.

강석만 감독의 결혼식은 장안에 센세이션을 일으켰다. 20살 연하의 신부는 유명한 여배우였다. 어린 신부를 맞이하며 함박웃음을 짓던 아버지는 사랑하는 딸을 잃어야 했다. 그러나 사람들의 축복 속에서 딸의 가슴에 있던 신의 존재가 깨어진 그날은 선우현에게 기회를 가져왔다. 집을 나온 강미란이 자취방으로 찾아온 것이다. 절대로 놓칠 수 없는 시간이었다. 오빠의 품에서 서러운 울음을 퍼붓는 미란에게 선우현은 욕정의 눈길을 보냈다. 그날 밤 선우현은 놀란 눈으로 믿었던 오빠를 밀치던 미란을 잔인할 정도로 짓눌렀다. 이렇게 시작된 강제 동거는 오래 가지 않았다. 미란의 깨끗한 신비함은 이미 무너지고 없었다. 그저 여느 창녀와 똑같이 느껴졌다.

선우현이 아이까지 가진 미란을 버리기 위해서 택한 길은 강석만 감독을 직접 만나는 것이었다. 이미 망가질 대로 망가진 딸을 인수받으며 펄펄 뛰는 강감독에게 신문기사를 미끼로 무마용 5천만원까지 뜯어냈다. 그리고 미란을 다시 만난 것은 1년 후의 입영 전야 송별회에서였다. 성공한 선배 하나가 술취한 그를 끌고 물 좋다는 강남의 '파라다이스'로 갔다. 휘황찬란한 조명들이 어지러운 패선을 따라 어지럽게 돌아대는 무대 위에서 늘씬한 미희들은 가벼운 복장으로 요염한 포즈를 취하고 있었다.

"먹음직스러운 걸로 골라 봐라."

선배의 인덕(人德)에 침을 흘리며 가슴 선이 불룩한 아가씨를 택했다. 웬만큼 쫑파티가 끝나고 가슴뿐인 여자와 함께 나가던 선우현의 귓가에 낯익은 목소리가 들렸다.

"희수야, 늦겠구나?"

"미란이 넌?"

"나는 공쳤어."

선우현은 두근거리는 심장 소리가 들릴까봐 가슴을 움켜잡았다. 그의 파트너인 글래머와 속삭대는 여자는 강미란이었다. 술이 확 깨어났다. 유부남인 선배는 시간을 아껴야 한다며 이미 아가씨와 먼저 나가고 없었다.

한 가닥의 노란색 웨이브가 심한 퍼머 머리, 핑크색의 루즈와 밸런스를 맞춘 보라색 아이새도우, 그리고 웃으며 머리를 올리는 긴 손가락의 빨간 매니큐어. 선우현은 그녀의 순수 위에 덮여 있는 장애물들을 눈짓으로 걷어냈다. 껍데기 안의 여인은 틀림없는 강미란이었다.

과거를 기억에서 고스란히 토해낸 선우현은 두 손을 여러 형태로 비비고 만지작거리며 강미란이 나오기만을 기다렸다. 5분여가 지나자 목이 반쯤 빠진 그에게 회답이 왔다. 수증기의 하얀 김이 빠르게 밖으로 빠져나오며 욕실 문이 살짝 열렸다.

"현이 오빠예요?"

숨이 탁 막혔다. 건조한 목소리가 하얀 김 사이에서 흘러나왔다.

"으……으 응."

얼떨결에 엉거주춤 일어나며 대답을 했다.

"오빠, 할 말이 있어서 불렀어요."

욕실 문이 거칠게 닫히며 흐느낌이 들렸다. 샤워기의 묾소리가 미란이의 감정을 선우현에게 쏟아부었다.

선우현은 미란의 울음을 해석할 수 없었다. 되살아난 과거의 아픔 때문인지 아니면 협박을 당하는 억울함인지 구분이 안 되었다. 그는 천천히 상아색 욕실 문으로 머리를 가져갔다. 잊은 지 3년이 넘는 여인의 하얀 피부를 상기하는 모습이었다. 특종은 그 다음에 얻어도 늦지 않았다. 이를테면 보너스가 욕실 문 너머 벌거벗고 있는 것이다.

"미란아! 미란아!"

여자를 달래야 했다.

"내가 널 얼마나 사랑한 줄 알지? 그리고 그때는 어쩔 수 없었어."

선우현은 문고리를 두세 번 세게 돌렸다.

"미란아! 이 문 좀 열어봐, 응?"

먹이감을 노리는 초조감을 입술에서 털어내는데, 목이 메이게 울어대던 미란이가 상아색 문의 반대쪽에 붙었다.

"오빠, 잠깐만요. 우선 제 침실에서 목욕 가운을 갖다 주세요."

"뭐?"

"가운이요."

"가운이라고?"

"예."

"호호호."

선우현은 음흉한 웃음을 흘렸다.

"그냥 나와도 돼잖아? 우리 사이에 말야."

"전 지금 농담할 시간이 없어요. 빨리 우리의 거래를 마무리지으려면 가운을 갖다 주세요."

아직도 목소리는 울음으로 촉촉히 젖어 있었다.

"좋아! 어디 있지?"

주변에는 아무것도 없었다.

"침실."

영화배우 차주희의 방은 파란색으로 도배되어 있었다. 맑고 청순한 분위기는 그녀가 강미란이라는 간접적인 증거로 보이기까지 했다. 그러나 지금의 선우현은 무엇을 보고 말고 할 경황이 아니었다.

"어디 있는 거야?"

목욕 가운이 눈에 띄지 않았다.

옷장을 열어제쳤다. 여러 종류의 화려한 복장들이 출연을 기다리고 있었다. 천조각들을 하나씩 옆으로 밀며 가운을 찾았다. 그러나 없었다. 목욕 가운이 없으면 미란이를 못 볼지도 모른다는 엉뚱한 생각에 다급해진 선우현은 옷들을 빼내어 집어던지기 시작했다. 거의 속을 드러낸 옷장에는 외출복의 잔재들만 부상병처럼 떨어져 있었다.

"씨, 도대체……."

방 안쪽으로 넓적한 실크천이 벽을 덮고 있었다. 가까이 가보니 침대를 가리는 커튼이었다.

"혹시?"

휘장을 걷어낸 침대 위에는 목욕 가운이 가지런히 누워 있었다. 마치 예전부터 선우현을 기다리며 미리 준비해 놓은 것처럼……. 선우현은 얼른 가운을 집고 거실로 나왔다.

"가운 여기."

"……."

대답이 없었다.

"미란아?"

역시 감감했다.

"미란아!"

상아색 문을 두드렸다.

"끼ㅡ익!"

문은 열려 있었다.

"미란아!"

수증기를 거둬내며 안으로 들어갔다.

"엇! 미란아, 미란아!"

선우현은 욕실을 뛰쳐나와 거실을 살폈다. 조금 전까지 울먹이며 목욕 가운을 갖다 달라던 강미란은 사라지고 없었다. 샤워기의 굵은 물줄기만이 욕실을 가득 채우고 있을 뿐이었다.

'삐리리리리…… 삐리리리리…….'

　상황 파악이 되지 않던 선우현은 갑작스러운 호출음에 깜짝 놀랐다. 그를 부르는 삐삐를 낚아채어 눈앞으로 올렸다. 가로로 기다란 유리판에 번호가 찍혀 있었다.
　"아니, 이건……."
　차주희였다.
　한달 전, 그녀를 만나야 했기에 외어뒀던 핸드폰 번호였다.
　"그렇다면 미란이가?"
　선우현은 욕실을 의아한 눈으로 바라보며 옆으로 걸어가 전화기를 잡았다.
　"여……보세요."
　"……."
　"미란이?"
　"날세."
　"강감독님?"
　"그래."
　"어떻게 된 거죠?"
　"일단은 내가 시키는 대로 해야 하네. 그래야 자네가 원하는 것을 얻을 수 있어."
　"원하는 거라?"
　"특종을 얻으러 여기까지 온 거 아닌가?"
　"후후후!"
　특종도 보통 특종이 아니었다.
　"어떤가? 내가 시키는 대로 하겠는가? 싫으면 돌아가도 되네."
　마다할 이유가 없었다. 물론 그냥 돌아간다고 결과가 바뀌는 것은 아니었지만 시간을 끌 필요는 없었다.

"좋습니다. 그러죠. 그럼 미란이는?"
"자기 차에 타고 있어."
"욕실에 있던 미란이가 자기 승용차에요?"
"아무튼 나중에 얘기할 테니……."
강감독은 선우현에게 해야 할 일을 꼼꼼하게 가르쳐 주었다.
"알겠습니다."
"미란이의 앞날이 걸린 일이야. 실수 없이 잘해 주게. 그럼 자네에게 모든 걸 해주지."
선우현은 수화기를 내려놓으며 베란다를 보았다. 넓적한 유리창에 거므스름하게 투영되는 그림자가 웃음을 짓고 있었다. 신인 여배우 차주희가 3년 전에 미국에서 죽었다던 강석만 감독의 외동딸 강미란이란 사실은 그에게 돈벌이와 명예를 한꺼번에 줄 것이 뻔했다.

(5)
경비 아저씨는 차주희가 인사도 없이 바쁘게 나간 지 20여분 만에 허겁지겁 뒤따라 나가는 선우현 기자를 의아한 눈으로 바라보았다. 취재를 하기 위해 이 늦은 시간에 찾아온 것은 아닌 것 같았다.
선우현은 아파트 현관에서 숨을 몰아쉬며 주위를 살폈다. 저 구석으로 그를 미행했던 차주희의 검은색 벤츠가 자리잡고 있었다. 그는 심호흡을 조절하며 서서히 다가갔다. 벤츠가 시야에 들어오면서 조수석에 희미한 윤곽이 잡혔다.
"미란인가?"
시동이 꺼진 차는 대답이 없었다. 선우현은 발에 속도를 붙였다.

“미란이?”

달려가자마자 손잡이를 당겨봤지만 조수석은 잠겨 있었다. 창문을 두드렸다. 그러나 강미란은 반응이 없었다. 그저 두 눈을 꼭 감고 있었다.

“또 우나?”

선우현은 강감독의 지시대로 운전석으로 몸을 돌렸다

“나를 다시 만난 게 무척이나 억울한가보군.”

중얼거리며 얼른 차 문을 열고 자리에 앉았다. 여전히 눈을 감고 있는 강미란은 한 자락 미동조차 없었다.

선우현은 운전석 문을 닫으며 강미란 쪽으로 몸을 돌렸다.

“오래 간만인데 인사도 없나?”

아무 말 없는 강미란을 쳐다보다 머리를 두드렸다.

“아하! 아직도 옛날 일 때문에 감정이 안 좋군. 하지만 그때는 어쩔 수 없었어.”

욕실 앞에서보다는 사무적인 말투였다. 좋은 보너스를 놓친 아쉬움이 묻어 있었다.

“우리 무슨 말부터 해야 하지?”

룸미러를 돌리는 척하며 강미란을 보았다. 창백해 보이는 그녀의 얼굴에 불길한 어둠이 드러나 있었다.

“감독님이 일단은 너를 태우고 아파트를 나오라더군. 남들 눈에 안 띄게 말야.”

부르르르릉.

“강미란?”

입꼬리를 찌그러뜨리며 시동을 걸던 선우현의 손이 멈추었다. 아무래도 이상했다.

“미란아! 너 괜찮니?”

손을 뻗어 강미란의 다리를 흔들었다. 그녀의 머리가 흐느적 거리며 아래로 떨어졌다.

"미……미란아!"

강미란은 죽어 있었다. 조금 전까지 탄력 있는 몸으로 목욕을 하던 그녀가 어느새 승용차로 내려와 시체가 된 것이다. 등줄기 로 서늘한 전류가 싸르르 흘렀다. 그때였다.

턱!

"어……어."

두려움이 엄습했다. 담력이 남보다 강하다고 자부하던 그였 지만 두툼한 손이 어깨를 잡아당기자 몸이 경직되는 공포에 부 르르 떨었다.

"누……누구?"

뒷좌석의 두툼한 손은 더 이상의 말을 용납하지 않았다. 강한 충격이 머리에 꽂히며 정신을 잃고 말았다.

(6)

또 다른 충격에 눈을 떴다. 그러나 정신을 차릴 수가 없었다. 세상이 한없이 돌아가며 구르고 있었다.

쿵! 묵직한 중음이 차 전체로 퍼졌다. 그리고는 돌아가던 세상 이 털썩 멈추었다.

선우현은 정신을 가다듬으려고 눈에 힘을 줬다. 둔기로 맞았 던 뒤통수가 아파 왔다. 강미란을 만나기 위해 연예인 아파트로 갔던 기억이 까만 어둠 속에서 떠올랐다. 좁은 틈으로 이리저리 움직여 밖을 보았다. 몸의 움직임이 밑으로 눌리며 불편했다. 깨진 창문으로 차가운 땅의 냄새가 올라왔다.

'미란이는?'

조수석을 보았다. 강미란의 시체가 안전벨트에 묶여서 늘어져 있었다.

'그렇지. 미란이는 죽어 있었어. 욕실에서 나에게 목욕 가운을 부탁하던 미란이가 차에서 죽어 있었어.'

짐작도 할 수 없는 의문을 팽개치며 앞을 보았다. 힘들게 몸을 돌리면서 머리 쪽으로 무게의 중심을 느꼈다. 앞유리 너머로 펼쳐져 보이는 밤하늘이 지평선 밑으로 깔려 있었다. 그제서야 중력이 거꾸로 흐르는 것을 알았다.

'차가 뒤집혀 있군.'

문을 밀었다.

'여기를 나가야 해.'

찌그러진 쇳덩이는 고장이 난 듯 반응을 하지 않았다.

'안전벨트부터 풀자.'

조금이라도 몸을 편하게 하려고 시트 밑을 더듬는데 인기척이 들렸다.

저벅……저벅…….

'휴우.'

안도의 한숨이 저절로 나왔다. 선우현은 살았다고 판단하며 소리쳤다.

"여기에요. 살려주세요!"

"많이 힘든가?"

언제 왔는지 굵은 목소리의 남자가 서 있었다.

"살려주세요."

남자의 무릎이 보이며 얼굴이 내려왔다.

"선우군, 한 달만이지?"

"강감독님?"

수북하게 쌓여 있는 강감독의 수염이 제일 먼저 눈에 들어왔
다. 그는 고개를 숙이며 차 안을 들여다보았다.
"우리 미란이는 잘 있나?"
강감독의 눈에 물기가 비쳤다.
"미란이는 죽어 있었어요!"
"소리칠 거 없어. 내가 지 에미 곁으로 보냈으니까."
강감독은 담담하게 말했다.
"에엣!"
선우현은 너무 놀랐다. 사태가 심각해지고 있었다. 어떡하든
여기를 빠져나가야 했다.
"우선 저부터 빼 주세요."
"그럴 수는 없어. 자네 자리는 거기니까. 예전부터 말야."
"무슨 소립니까?"
"미란이 혼자 떠나기에는 너무 외롭지 않나?"
강감독의 의미를 눈치챈 선우현은 사색이 되었다.
"왜, 왜 이러십니까?"
선우현의 물음에는 관심이 없는 듯 강감독이 일어났다.
"자네가 뿌려놓은 씨앗의 열매지."
강석만은 액체로 된 무엇인가를 차의 여기저기에 뿌리며 돌
아다녔다.
"강감독님!"
메스꺼운 냄새에 겨우 목청을 뽑아 강감독을 불렀다. 대답 대
신 강한 휘발유 냄새가 코를 자극했다.
"아무리 소리쳐도 소용없네. 여기는 깊은 산골짜기나 다름없
으니까."
"이유가 뭡니까?"

"미란이의 복수를 위해서지."

"딸까지 죽이는 게 복수를 위하는 겁니까?"

강감독을 설득한다는 것은 어차피 무리였다. 시간을 끌면서 탈출할 기회를 엿봐야 했다. 선우현은 말을 걸며 강감독을 유인했다. 그의 뜻대로 강석만이 털썩 주저앉았다.

"난 미란이에게 더러운 명예를 주고 싶지 않네."

"비록 차주희가 미란의 변신이라도 강미란은 3년 전에 죽었어요. 이미 죽은 딸의 명예를 운운한다는 자체가 우습군요. 그렇게 따님을 위한다는 분이 어째서 미란이를 찾자마자 미국으로 보냈죠?"

"그건……."

"전 그 이유를 알죠. 남자와 동거까지 하고 술집에서 일하던 딸이 감독님의 이름에 먹칠할까봐 두려워서 부랴부랴 유학을 보낸 거죠."

"미란이가 엄마 없이 자랐지만 여자로서의 됨됨이는 훌륭하게 키우고 싶었네. 자네도 아는 일이지만 내가 재혼하기 전까진 아버지의 뜻을 잘 따르는 미란이에게 고마울 뿐이었는데……."

강석만은 선우현의 말에는 상관없이 딸의 앞날을 망쳐 놓은 자신을 탓하고 있었다. 안전벨트는 쉽게 풀렸다.

"재혼만 하지 않았어도……."

선우현은 몸을 둥글게 오므리며 발을 빼내려고 했다. 깨진 앞 유리를 발로 차내면 될 것도 같았다.

"내가 영화계를 떠난 이유를 알지?"

"조감독이 죽었었죠."

"조감독이 한번은 우리 집에 놀러 왔는데 술집에서 만난 적이 있는지 미란이를 보면서 아는 체를 하더군. 아무리 그런 곳에

다녔다지만 나에게는 무엇과도 바꿀 수 없는 소중한 딸인데, 게슴츠레한 눈으로 훑어보는 놈을 그냥 둘 수가 없었어.”

“그렇다면 감독님이?”

“사고로 위장해서 놈을 세트 밑에 깔아버렸네. 그리고는 곧장 미란이를 미국으로 보냈어. 죽은 놈 이외에도 내 주위에 많은 놈들이 미란이를 알까봐 두려웠네. 제자리를 겨우 찾은 미란이가 그런 놈들 때문에 과거를 괴로워하고 다시 무너질까 봐 겁이 나더군.”

“감독님의 명예가 실추될까봐 그런 건 아니구요?”

한쪽 다리를 겨우 뺐다.

“자네는 자식을 안 길러봐서 모르겠지만 그런 아버지는 세상에 없어. 나를 위해서 미란이를 미국으로 보냈다면 영화계를 떠나지도 않았을 거야.”

나머지 발도 빠지려고 했다. 몸을 비꼬아 틈새를 만들었다.

“자네, 에이즈로 죽은 사람을 본 적이 있나? 검붉게 피어나는 반점들이 얼마나 끔찍한지 아냐구?”

강감독의 엉뚱한 질문에 하던 동작을 멈추었다.

“꼭 알아야 합니까?”

선우현은 퉁퉁대며 탈출을 위한 움직임을 계속했다. 그런데 갑자기 사방이 조용해졌다. 강감독이 에이즈 얘기와 함께 말을 멈추어버린 것이다.

“사모님은 안녕하신가요?”

불안감을 느낀 선우현이 먼저 말을 꺼냈다.

“목소리만 들었겠군. 경비실하고 미란이의 욕실에서…….”

“그 여자가 장연희씨였다구요?”

선우현은 경악했다. 미리 정해져 있던 복수의 시나리오에 그는 갇힌 것을 알았다.

"미란이는 미국에 도착하자마자 후천성면역결핍증에 걸린 것을 알았네. 자네가 개에게 남겨준 선물이었지."

"저는 아닙니다. 미란이의 방탕한 생활이 그렇게 만든 거예요."

"시작은 네 놈부터였어!"

강감독은 단호했다. 그의 말투가 빠르게 침을 튀었다.

"감기증상이 심해서 진찰을 받았는데 에이즈에 감염되었다고 하더군. 다행히 의사가 친구여서 비밀은 지킬 수 있었지. 처음에는 미칠 것만 같더군. 하지만 시간이 흐르면서 냉정을 되찾자 미란이를 지켜야 한다는 생각이 들었네. 이대로 미란이가 죽는다면 강미란이란 이름 석 자 앞에 에이즈 환자였다는 불명예가 붙어다닐 것은 뻔한 얘기였으니까. 매스컴에서 나까지 거들먹거리며 바람을 잔뜩 넣을 테니까. 애비로서 그냥 보고만 있을 수는 없었네. 그래서 대책을 세운 거야. 미국에서는 돈만 주면 묘지에 뭐가 묻혀도 상관이 없더군. 기르던 개를 묻고 미란이의 비석을 세웠지. 사람들이 속아주더군. 그래도 안심이 되지 않아 잘 아는 사람 앞으로 입양을 시켰어. 내 호적에서 지워버린 거지. 그때 얼굴도 고치고 이름도 차주희로 바꾼 거야."

선우현은 두 발을 모두 빼내며 가슴으로 당겼다. 울먹이는 강감독의 얘기 따위는 들리지 않았다. 정신을 집중해서 한번에 끝내야 했다. 거꾸로 누운 자세였기에 조준이 힘들었다. 깨어진 유리의 가격점이 제대로 보이지 않았다. 밖에서 과거에 슬퍼하고 있는 강석만은 그의 의도를 눈치채지 못하고 있었다.

"하나, 둘, 셋!"

쾅!

앞유리는 끄덕하지 않았다. 연거푸 두번, 세번 내쳐도 마찬가
지였다. 선우현은 당황했다. 강감독이 돌발적인 사태에 놀라며
벌떡 일어났다. 뒤이어 들려오는 라이터 소리에 선우현의 얼굴
은 새파랗게 질렸다.

(7)

조간신문의 방송·연예란은 온통 선우현과 차주희의 사고 소
식이었다. 아파트 경비의 진술을 종합해 보면 차주희를 찾아온
선우현 기자는 신인 여배우를 빼돌려서 문산을 지나 적성으로
가던 도중, 승용차가 낭떠러지 아래로 구르는 바람에 둘 다 사
망한 것이었다. 시체는 불에 타서 형체가 없었으며, 아직까지
둘의 목적지나 동행 이유 등은 조사 중이라는 내용도 기사에 실
려 있었다. 강석만은 신문을 내려놓았다.
"괜찮으세요?"
강석만만큼이나 속이 타서 숯이 된 장연희였다. 이번 계획에
가장 큰 비중을 맡았던 그녀는 한때 인기 절정의 스타였다. 그
녀의 연기에 선우현이 넘어간 것이다. 목소리가 문제였지만 마
주 보고 얘기할 일은 없었고, 물소리가 시끄러운 욕실 안의, 그
것도 5년 동안 듣지 않았던 여자의 목소리를 구분하기란 매우
어려울 것이다. 그녀는 선우현이 목욕 가운을 가지러 침실로 들
어간 사이 1508호를 나와 엘리베이터를 타고 있었다. 차주희와
같은 옷차림으로 아파트 현관을 나와서 주차장으로 감으로써
경비를 속이는 데까지가 그녀의 연기였다. 역할을 무리없이 잘
소화했다.
강미란은 자신의 벤츠에 타고 있었다. 그녀는 주저 없이 치사
량의 청산가리를 먹었다. 어차피 죽을 목숨이었다. 그래서 계획

된 복수이기도 했다. 곁에서 보기만 하던 강감독은 쏟아지는 눈물을 닦지도 못한 채 딸의 시신을 매만지며 조수석의 안전벨트로 고정시켰다. 그리고는 뒷좌석에서 기다리다 선우현의 머리를 둔기로 내리쳤다. 마지막으로 승용차를 사고 현장까지 끌고 와 선우현을 운전석에 앉히고 언덕 밑으로 차를 굴렸다.

"놈은 죽어도 마땅했어."

선우현이 사무실로 찾아왔을 때, 강석만 감독은 속으로 쾌재를 불렀었다. 미란의 복수에 첫 단추가 무사히 껴지는 순간이었다.

"하지만 미란이를 그렇게 죽게 만든 건 평생 지고 갈 나의 업보야."

"미란이가 원했던 일이에요. 복수에 대한 그런 집념이 없었다면 미란이는 견디지 못했을 거예요."

강미란은 복수의 시나리오를 짜면서 언젠가는 죽어야 한다는 나약한 마음을 극복하려고 몸부림을 쳤다. 미란이의 그런 모습을 보며 비록 복수를 위한 방법이었지만 강감독은 딸을 위한 영화를 만들기로 결심했다. 그렇게 하여 찍게 된 것이 '동행'이었다. 부녀는 혼신의 힘을 다했고, 영화는 최고의 높이까지 치솟았다.

강석만 감독은 눈을 감았다. 딸의 음성이 가슴을 파고들었다.

'아빠! 저 약 먹어야 돼요.'

미란이는 별거 아니라는 모습이었다.

'꼭 그래야겠니? 지금이라도 관두면 안 되겠나?'

'시간의 차이가 있을 뿐 어차피 죽을 몸이에요.'

딸은 마음을 굳힌 듯 알약을 만지작거렸다. 눈물이 왈칵 쏟아졌다.

‘미……미란아, 내가 죽어야 하는데…… 아빠가 재혼만 안 했어도 네가…….’

‘그런 소리 하지 마세요. 엄마가 들으시면 섭섭해 하세요. 그땐 제가 철이 없었어요. 아버지를 낯선 여자에게 빼앗기는 줄만 알았으니까요. 그나마 아빠가 아니었다면 아직도 그 수렁에서 빠져나오지 못했을 거예요. 에이즈 환자 강미란이 아닌 인기 배우 차주희로 거듭나게 해주신 은혜, 죽어서도 잊지 않을 게요. 그리고 어머니에게도 감사하다고 전해 주세요. 아빠, 건강하세요.’

‘미란아…….’

강석만은 승용차에 앉아 있던 미란의 마지막 모습을 그리며 세면기 위의 거울을 보았다. 딸을 죽인 죄인의 허상이 힘없이 서 있었다. 딸의 계획을 말리지 못한 아버지의 마음에는 죄의식이 들어 있었다. 강석만은 미어지는 가슴을 쥐어짜며 큰 소리로 울었다.

천려일실

▶ 이상우
경남 산청 출생.
한국일보 편집위원,
스포츠서울 초대 편집국장,
서울신문 전무이사 등을 역임.
현재 일간스포츠 사장.
국제펜클럽 한국본부 이사,
중앙대 대학원 강사 등을 맡고 있음.
　주요작품 ;
「악녀 두번 살다」,「화조 밤에 죽다」,
「안개도시」,「악녀시대」,「컴퓨터 살인」,
「모두가 죽이고 싶던 여자」,「마지막 숙녀」,
「악녀와 함께 여행을」,「북악에서 부는 바람」 외
중·단편 백여편.

천려일실

나는 정말 모든 일을 완벽하게 해치웠다. 아니, 해치웠다고 생각했다. 그 재수없게 생긴 인간이 다가와,
"김을형씨 맞습니까?"
라고 물을 때까진 말이다.

나는 벌써 보름 이상 한일동이 때문에 골치가 아팠다. 한일동은 내 친구이면서 원수인 동창이다. 한마디로 악연으로 엮인 내 운명의 쇠사슬이다.

녀석을 처음 만난 것은 국민학교——아, 물론 이제는 초등학교라 불리는——4학년 때였다. 사업에 실패한 아버지가 대구로 이사를 했고, 이사하자마자 방학이 되어버려, 친구가 없던 나는 그날도 혼자 대문 앞에 앉아 있었다. 녀석은 그런 나를 위로해주는 양 다가왔다. 물론 나는 지극한 감동을 받았고, 곧 우리는 절친한 친구가 되었다. 그렇지만 맹세코 말하는데, 그것은 오로지 녀석의 꾀임에 넘어간 것에 지나지 않았다. 나는 녀석의 책

가방을 들어주는 종이었고, 녀석의 연애 편지를 전달하는 방자였으며, 녀석의 비행을 감춰주는 망또였다.

일동이는 키도 나보다 컸고, 머리도 나보다 좋았다. 장기를 두어도 일동이는 나보다 두 수는 더 내다보았고, 바둑을 두어도 나보다 10집은 늘 앞서갔다. 학교 석차도 한번도 뒤집어진 적이 없이 내 앞에 있었다. 나는 녀석을 빛내 주는 너무나도 훌륭한 조연이었다.

내 일생 중 가장 기뻤던 것은 녀석과 다른 대학, 그것도 서울에 있는 대학에 내가 합격했을 때였다.

왜 한일동의 그늘에서 벗어나지 못한 채 사춘기를 지냈느냐고 묻지는 말아달라. 나한테는 다른 친구가 없었다. 나는 외로웠고, 그 외로움에서 탈출하는 길은 오직 일동이의 그늘 밑에 숨어 있는 것뿐이었다. 나는 대학생이 된 뒤에야 내게 친구가 없었던 것이 내게 문제가 있었던 것은 아니라는 것을 알았다. 나는 대학에서 친구들을 만났다. 그들은 내게 솔직했고, 나와 함께 사고했다. 그럼 지난날의 내 고독은 어디에서 연유하는가? 그렇다. 그것은 일동이의 음흉한 계략이었던 것이다.

나를 다른 친구들로부터 멀게 만들고, 나를 더 큰 외로움에 빠지게 하며, 그리하여 자기에게만 의존하게 만들려는 녀석의 치밀하고도 소름끼치는 음모였던 것이다.

그 음모는 내 화려한 청춘의 날이 꽃잎처럼 허무하게 스러지면서 백일하에 드러났다.

나는 대학에서 그 오랜 옛날부터 바라오던 이상향의 여인을 만났다. 이난희. 난희는 아침 이슬을 머금은 수선화 같았고, 봄날의 프레지아 향기 같았다. 난희는 해변의 포말처럼 웃음지을 줄 알았고, 겨울밤의 유성처럼 눈물마저 반짝이는 여인이었다.

나는 난희에게 내가 알고 있는, 그리고 내가 행할 수 있는 모든 언어, 모든 동작, 모든 정성을 바쳤다. 나는 내 모든 것을 바쳐 그녀의 모든 것을 사랑했다.

하늘의 천사들도 시기할 사랑이 있다고 시인은 노래했던가. 나와 난희의 사랑이 그랬던 것이다. 그러나 시기를 퍼부은 것은 천사들이 아니라, 빌어먹을 일동이 녀석이었다.

그날은 우리 학교의 축제일이었다. 나는 난희와 더불어 푸릇하게 잔디가 오른 민주광장에서 즐거운 담소를 나누고 있었다. 나는 행복감에 도취되어 있었고, 이 시간이 오래오래 길게만 이어지기를 바랬다. 그러나 불청객이 있었다. 이미 여러분은 그 불청객이 누군지 알 것이다. 내 인생에 항상 무거운 짐으로 덮여 있는 한일동이 그 자였다.

"와우, 이게 누구여?"

나는 고개를 외로 꼬았다. 그러나 언제나 그렇듯이 일동이는 넉살좋게 우리 사이를 파고들었다. 우리 사이를! 녀석은 대구에 남아 있어야 했는데…….

"안녕하세요? 저는 을형이 친구 한일동이라고 합니다."

일동이는 인사를 하며 내 천사의 손까지 잡았다. 나는 바보같이 무기력하게 그 광경을 물끄러미 바라만 보았다. 일동이는 우연히 우리 학교를 찾아왔다는 등, 오랜만에 만나서 정말 반갑다는 등, 속이 빤히 들여다보이는 거짓말을 했다. 일동이의 목적은 오직 한 가지일 뿐이다. 내 행복을 방해하는 것, 그리하여 다시 내 위에 군림하는 것뿐이다. 따라서 자신 이외에 지주가 될 인물이 있어서는 안 되는 것이었다. 내가 저를 마음속에서 거진다 지운 이 시점에 불쑥 나타나 내 천사를 다시 앗아가는 것이 녀석의 목저이었다. 나는 녀석의 말을 들으며 몇 번씩이나 부르짖었다.

'개자식! 여기서 떠나! 내 천사 곁에서 물러나!'

그러나 나는 끝내 이 말을 내놓지 못했다. 어느결에 나는 그 녀석과 함께 생맥주집까지 따라와 있었다. 내가 꿀먹은 벙어리로 가만 있는 동안, 녀석은 스포츠 신문에서나 주워들은 풍월로 난희에게 농을 던지고 있었다. 그런데 나의 천사는 일동이의 말을 발그레 상기된 얼굴로 듣고 있었고 또 즐겁게 웃기도 했다. 나는 그때마다 맥주를 들이켰다. 맥주를 마실수록 내 가슴은 차가워졌고, 내 정신은 더욱 수정처럼 또렷해졌다.

그날 이후 나의 천사는 조금씩 내게서 멀어져 갔다. 무슨 악마의 속삭임이 내 천사의 귀에 들어간 것일까? 뱀의 속삭임에 넘어간 하와의 비극이 그녀에게는 아무런 교훈이 되지 못했단 말인가? 표면저으로 그녀는 여전히 내 곁을 지켰다. 하지만 마음은 이미 내 것이 아니었다. 나는 느낄 수 있었다.

나는 번뇌했다. 나는 괴로워했다. 내 세포 하나하나가 비탄에 잠겼고, 내 신경 한올한올이 모두 슬픔 속에서 벗어나지 못했다. 나는 또다시 조연이 된 것이다. 그것은 내게는 너무나 치명적이었다. 나는 밤에 잠을 이루지도 못했고, 낮에도 깨어 있지 못했다.

일동이는 점점 더 자주 우리 학교에 나타났다. 물론 나를 찾는 척했다. 그러나 내 곁에는 언제나 나의 난희가 있었기 때문에 결국 녀석은 난희를 찾는 것이었다. 한번은 인문대 라운지에서 담배 한 대를 피우고 있는데 녀석이 나타났다.

"남의 학교는 왜 이렇게 자주 오는 거야?"

나는 심퉁스럽게 물었다.

"응, 나 휴학했어."

일동이는 태연스럽게 대답했다. 나는 쇠망치로 뒤통수를 맞은 듯한 충격에 휩싸였다.

"왜?"

이 '왜'라는 질문은 내 평생에 가장 절박한 질문이었을 것이다. 앞으로도 그러리라 믿는다.

"아르바이트를 좀 하려고. 요즘 집안 형편이 별로 안 좋아서."

거짓말이다. 거짓말일 수밖에 없다. 녀석의 집은 부자다. 더구나 놈은 4대 독자라 군대에도 가지 않는다(왜 독자는 국방의 의무에서 벗어나야 하는가?). 녀석은 그저 나를 괴롭히기 위해서 휴학을 한 것이다. 1년 이상 만나지 못했던 나를 만나자마자 휴학을 하고 다시 내 주위를 어슬렁거리는 저 녀석을 봐라! 내 추리가 틀릴 수 없다.

"무슨 아르바이튼데 학교를 그만뒀어?"

"속셈학원 강사야. 뭐, 내가 할 수 있는 일이 뻔하지."

이 말은 '그러니까 네 놈이 할 일은 더 없다'는 나에 대한 빈정거림이다.

"그런데 우리 학교에는 왜 오는 거야?"

나는 최대한 무관심한 어투로 말했다. 하지만 고도로 긴장된 내 손에서 나는 땀까지 막을 수는 없었다. 손바닥이 흥건해졌다.

"너 보러 오는 거지, 뭐."

녀석은 숨김없이 자신의 속셈을 드러냈다.

"짜식, 날 봐서 뭐하게?"

"그래야 내 신세가 위안이라도 되지."

녀석은 노골적으로 말했다. 나는 이를 부드득 갈았다.

"짜식, 농담에 뭘 그렇게 인상을 쓰냐? 임마, 내가 아현동에

자취방을 얻었기 때문에 여기가 제일 가까워서 도서관 이용하
려고 오는 거지.”

일동이는 내 굳은 표정을 간파했는지 얼른 둘러댔다. 나도 억
지 웃음을 지었다.

“난희씨는 어딨냐?”

녀석은 내 표정이 풀리자마자 바로 난희를 찾았다. 나는 그로
써 살의를 굳혔다.

나는 일동이의 생활 습관을 아주 잘 알고 있다. 나는 그 점을
이용하기로 마음 먹었다. 녀석을 살해해도 나를 의심할 사람은
없을 것이기 때문이다. 또 난희와의 삼각관계도 분열이 아직 표
면화하지 않았다.

따라서 나는 적당한 알리바이만 남긴다면, 그리고 물적 증거
만 남기지 않는다면 완전범죄를 이룰 수 있다는 생각을 했다.

의심하고 파고든다면 어떤 범죄도 완전 은폐할 수는 없을 것
이다. 하지만 처음부터 혐의에서 벗어나 있다면 완전범죄가 이
루어지지 않을 이유가 없을 것이다.

내가 처음 생각한 것은 시체를 완벽하게 숨기는 것이었다. 그
럴 수만 있다면 완전범죄가 가능할 것이라고 생각했다. 간편하
게 생각할 수 있는 것은 우리 학교 뒷산이었다. 나는 사전답사
를 해보았다. 결론은 불가능이었다. 첫째, 일동이 녀석을 산으로
끌고 가 살해해야 하는데, 그 과정에서 다른 사람의 눈을 피하
기가 어렵다. 둘째, 땅을 파기 위해 삽을 미리 가져다 숨겨 놓는
것은 할 수 있지만 이미 12월이 되어 언 땅을 파기가 어려웠다.
장소를 다른 곳을 상정할 수도 있을 것이다. 그런데 나는 물론
차 따위가 있을 수 없어서 시체를 안전한 장소로 옮길 방법이

없었다. 결국 이 방법은 포기했다.

나는 알리바이를 만드는 방법으로 생각을 옮겼다. 그런데 너무나 훌륭한 방법이 생각났다. 나는 연말에 계속 내 살인 계획을 검토했다. 나는 일체의 접촉을 끊고 오직 이 훌륭한 아이디어만을 거푸 생각했다. 이것은 너무나 완벽한 방법이었다. 나는 완전범죄를 할 수 있다는 확신이 섰다. 신정 연휴를 어떻게 보냈는지 알 수가 없었다. 나는 조바심과 흥분으로 97년 1월 3일을 기다렸다. 우리 학교는 신촌에 있고, 녀석의 집은 아현동에 있었다. 녀석은 늘 지하철로 학교를 왔다. 나는 도화동에 살기 때문에 버스로 학교에 왔다. 나는 지하철을 이용해서 완전범죄를 수행하고자 했다.

1월 2일 밤에 나는 아현동의 24시간 편의방에서 친구들과 술을 마시며 밤을 지새웠다. 새벽에 나는 화장실을 가는 척하며 얼른 전철역으로 달려가 전철표를 두 장 끊었다. 나는 두 장을 모두 통과시켜서 06:10이라는 시간을 지하철표에 찍었다. 나는 바로 지하철역을 나왔다. 내가 다시 편의방에 돌아갔을 때는 불과 3분밖에 지나지 않았다. 아무도 내가 나갔다 온 것을 의심하지 않았다. 우리는 9시 15분쯤 헤어졌다. 친구들은 사우나라도 같이 가자고 했지만, 나는 집에 가야 한다면서 거절을 하고 다시 지하철역으로 갔다. 그곳에서 내 제물이 될 일동이를 기다렸다. 녀석은 정확하게 10시 10분에 집에서 나온다는 것을 이미 알고 있었다. 녀석은 과연 정확하게 10시 15분에 역에 나타났다. 나는 태연하게 그곳을 지나치다가 우연히 녀석을 만난 것처럼 인사를 했다.

"어, 안녕! 학교 가니?"

"어, 을형이구나. 여기는 웬일이야?"

“응, 애들하고 밤새 퍼마시고 집에 가려던 중이야.”
“몸 좀 아껴라, 이놈아.”
임마, 네 몸 걱정이나 해라. 나는 속으로 고소를 머금었다.
“응, 안 그래도 몸을 아끼려고 드링크도 두 병이나 샀다.”
나는 드링크가 든 봉지를 흔들었다.
“지하철 타고 마시지. 널 만나려고 내가 두 병을 샀나보다.”
나는 말을 마치고 기침을 한바탕 했다.
“이런, 감기가 단단히 든 모양인데…… 마스크를 좀 해야겠는
걸…….”
너스레를 떨면서 나는 미리 준비한 마스크를 했다. 그 위에
모자를 눌러 썼더니 내 모습은 완벽하게 가려졌다. 1월 3일에
학교 나올 놈들이 몇이나 되겠냐마는 혹시라도 나를 알아볼 놈
들이 있으면 곤란했다. 나는 철저히 준비를 했다.
나는 녀석과 함께 지하철을 탔다. 예상대로 빈 좌석들이 많이
있었고, 나는 녀석의 옆자리에 앉았다. 나는 아무렇지도 않게
뚜껑을 열고 드링크를 건넸다. 녀석은 태연하게 받아 마셨다.
나도 마시는 척했지만 사실 뚜껑도 열지 않았다. 그 드링크는
내가 직접 연구실에서 만들어낸 극독이었다. 몸이 마취가 되고
고요히 숨이 끊기도록 배합을 했다.
“부모님은 모두 건강하시지?”
나는 초조하기 이를 데 없었다. 아현에서 신촌까지는 두 정거
장밖에 되지 않는다. 그 안에 이 녀석의 숨이 끊어져야만 성공
하는 것이다.
“몰랐냐? 두 분 다 교통사고로 작년에 돌아가셨어.”
아, 그래서 이 녀석이 휴학을 한 모양이군. 나는 그렇게 생각
했다. 녀석의 말은 이미 힘이 없었다. 나는 성공을 확신했다. 더

구나 녀석은 4대 독자라 가까운 친척은 한 명도 없으니 사건 자체가 흐지부지될 가능성도 있을 것 같았다.

이대역에 도착했을 때 녀석은 이미 의식이 없었다. 나는 녀석을 좌석에 기대어 놓으면서 녀석의 정액권을 내가 오늘 아침에 찍은 6시 10분의 지하철 표로 바꿔치기했다. 2호선 전철은 순환 전철이다. 사람들은 일동이가 자는 줄 알 것이고, 지하철이 돌 만큼 돈 다음에야 시체로 발견될 것이다. 주위의 사람들은 일동이를 으레 그렇듯이 술취한 대학생 녀석이라고 한심스럽게 바라볼 것이다. 그리고 경찰은, 바보스런 경찰은 당연히 사망 시각 추정에 지하철표를 참조할 것이고, 나는 그 시각에 술을 마시고 있었던 것이다.

야호! 나는 신촌역에서 내려 택시를 집어타고 집으로 돌아왔다. 시간상 약간의 지체는 있었지만 큰 하자가 될 만큼은 아니었다. 나는 내 인생의 커다란 짐을 내려놓은 것에 흥분하며 지친 몸을 누였다.

내가 걱정한 것은 오직 녀석이 10시경에 누군가를 만나지 않았을까 하는 것이었다. 자취집의 다른 학생들은 모두 고향으로 돌아갔고, 주인은 신경을 쓰지 않는다는 것을 잘 알고 있었기 때문에 걱정이 되지 않았다. 그러나 설령 지하철표의 트릭이 들킨다 해도 내가 의심받을 이유는 없기 때문에, 나는 심각하게 걱정한 것은 아니었다. 내가 일동이를 죽일 아무런 동기도 그들은 알아낼 수 없을 것이다. 그런데 오늘 나를 찾아온 사내가 내 모든 계획을 무너뜨렸다.

"변호사 사무실에서 나왔습니다."

사내는 이렇게 말했다.

"한일동씨의 사망 소식을 들으셨습니까?"

나는 고개를 가로저었다. 아직 아무런 조짐이 없었기 때문이다.

"한일동씨는 어제 오전 10시 21분 홍대입구 전철역에서 변사체로 발견되었습니다. 처음에는 심장마비로 알았지만 살해가 명백하다는 증거가 발견되어 경찰이 수사중에 있습니다."

나는 그 소리에 심장이 멎는 줄 알았다. 왜 그렇게 일찍 발견된 건지 알 수가 없었다.

"범인이 누군지 알아냈습니까?"

나는 컥컥대며 물었다. 사내는 무표정한 얼굴로 말했다.

"아직 모릅니다. 범인은 지하철표로 알리바이를 만들려고 했던 모양인데, 한심하게도 1월 3일부터 당산철교가 통행금지되어 2호선의 종점이 홍대 입구역이 된다는 것을 몰랐던 모양입니다. 조만간에 범인은 잡힐 겁니다. 아현에서 홍대입구역까지는 10분도 안 걸리는데 지하철표로는 2시간 전에 탑승한 것으로 나오지 뭡니까? 경찰은 범인이 사망 시간을 속이려고 지하철표를 바꿔치기했다고 말하더군요."

나는 넋이 나간 표정으로 아무 말도 하지 못했다. 사내는 담담하게 말을 이었다.

"제가 찾아온 것은 한일동씨가 자신의 재산 상속인으로 김을형씨를 지목했기 때문입니다. 아시겠지만 한일동씨는 4대 독자로 가까운 친척이 전혀 없고, 김을형씨가 가장 절친한 친구라고 유언장에 기재해 놓았습니다. 한일동씨의 재산은 약 20억……."

나는 더 이상의 말이 들리지 않았다. 내 알리바이를 지켜 줄 부적이 내 범죄의 증거가 되다니! 게다가 이 빌어먹을 녀석이 끝내 나를 수렁으로 밀어넣은 것이다. 악마 같은 녀석이 내게 살인동기를 부여하고야 말았다. 으악!

그 여자의 향기

▶ 김혜린
서울 출생.
MBC 〈베스트 극장〉 공모 당선.
「칼울음 소리」, 「빨간 아오자이」,
「또 다른 외침」(이상 방송극),
「이웃집 남자」, 「꽃무늬 옷을 입은 여자」,
「잔인한 밀월」(이상 단편소설) 외 작품 다수.

그 여자의 향기

전화선을 타고 들려오는 남자의 목소리는 사뭇 위협조였다.

"거기가 어디요? 지금 가겠소."

"오해를 하시나 본데, 그 그림은 본인이 원해서 그린 그림입니다."

잠이 덜 깬 목소리였지만 나는 분명하게 말했다. 그러나 남자는 순순히 물러나지 않을 태세로 다시 한번 다그쳤다.

"글쎄, 긴 말은 만나서 하도록 합시다. 어디로 가면 되겠소?"

그녀의 집으로 찾아가 그림을 전해 준 것으로 끝난 일이라 생각했기에 짜증이 났다. 그러나 하는 수 없어 목소리의 남자와 만날 장소를 정했다.

전화를 끊은 후, 땀으로 축축히 젖은 침대에서 일어나 아직도 드리워져 있는 커튼을 옆으로 밀쳤다. 한순간에 눈부신 햇살이 방안으로 쏟아져 들어왔다. 시계를 보니 길고 짧은 두 개의 바늘이 11자 위에 얌전히 겹쳐 있었다. 약속 시간까지는 한 시간 정도 남아 있다는 생각이 들자 조금은 느긋해졌다.

식탁 옆에 붙어 있는 찬장의 문을 열었다. 습관대로 무심결에 커피병을 집어들던 나는 멈칫 손동작을 멈추었다. 그리고는 옆에 놓인 황금색 봉지로 시선을 옮겼다. 봉지 겉면에는 '아이리쉬 크림'이라고 쓰여져 있었다. 그것을 보자 그녀의 목소리가 들려오는 것 같았다.

"난 '아이리쉬'가 좋아요. 냄새도 좋지만 제품 이름에서도 향기가 나는 거 같거든요."

그랬다. 그것은 내가 유일하게 기억할 수 있는 '그 여자의 향기'였다.

그녀를 처음 만난 것은 가을의 끝과 겨울의 시작이 맞물리는 11월 초의 어느 늦은 오후였다. 이틀 간의 야외 스케치를 끝내고 서울로 돌아온 나는 오피스텔로 곧장 들어가려다가 혹시나 하는 생각에서 공중전화부스로 향했다. 아니나다를까 예상했던 대로 경수 형은 나의 오피스텔에서 전화를 받았다.

"형, 이거 너무 하잖아. 하루만 쓰겠다 하고선 아직도 안 떠나면 어떡해!"

"미안하다. 라면만 먹고 곧 떠날게."

볼멘 소리로 투덜대는 내게 경수 형은 입안으로 라면을 빨아넣듯 재빠르게 말했다. 그리고는 곧 사라져 주겠다고 몇 번이나 다짐했다.

"좋아, 30분이야! 그리고 분명히 말해 두겠는데, 침대 정리 깔끔히 해야 해! 만약 먼저번같이 시이트를 수세미로 만들어두고 떠났다간 형한테 다시는 안 빌려 주겠어!"

"자아식, 더럽게 잔소리 많네. 알았으니 그만해. 너 그럴 때마다 돌아가신 우리 엄마 생각나서 울음이 나온단 말야."

이죽거리며 대충 넘어가려는 경수 형에게 다시 한번 쐐기를 박았다.

"라면 먹은 후 설겆이도 해야 돼!"

"알았어, 임마!"

버럭 지르는 경수 형의 목소리를 들으니 닥달이 지나쳤나 싶어 미안한 마음도 들었지만, 이틀 간의 야외 작업으로 그날 나는 무척 지쳐 있었다.

경수 형은 야외 스케치를 나가려고 마음 먹을 때마다 어떻게 알았는지 귀신같이 찾아왔다. 그리고는 집안 청소를 깨끗이 해주겠다며 열쇠를 달라고 했다. 이유야 뻔했다. 생활인으로는 무능해 결국 아내에게 이혼까지 당하고 만 불운한 연극 배우인 그는 자유로워진 김에 여자들에게 쉽게 빠져들었다. 아니, 정확히 말해 탐닉한다는 표현이 옳을 듯했다. 그는 새로운 사랑이 시작될 때마다 호시탐탐 나의 오피스텔을 노렸다.

30분이라고 말했지만 게으른 경수 형이기에 1시간 후에 들어가야겠다고 생각하면서 〈학림〉으로 향했다. 실내에서는 '토오마'의 오페라 '미뇽'의 서곡이 흐르고 있었다. 구석자리에 앉아 의자에 몸을 깊게 기댄 채 두 눈을 감으니 피로가 한꺼번에 몰려와 잠이 들 것 같았다. 정신을 가다듬으려고 진한 커피를 마신 후 두 대째 담배에 불을 붙이는데 나지막한 여자의 목소리가 들려왔다.

"저어……."

힘껏 빨아들인 담배연기를 서둘러 입 밖으로 뿜어내며 고개를 돌려보았다. 등뒤에는 검은색 레인코트 위에 청보라빛 실크 머플러를 느슨하게 두른 낯선 여자가 서 있었다. 의아한 눈길로 바라보는 내게 여자는 조심스레 무엇인가를 내밀었다. 쳐다보니 그녀의 손에 들려 있는 것은 낯익은 지갑이었다.

"이건 제 지갑인데요. 한데 어떻게 이걸……?"

"공중전화기 위에다 두고 가셨더군요."

그제서야 나는 그녀의 손에 지갑이 들려 있는 까닭을 알 것 같았다. 조금 전, 경수 형과 통화하려고 전화 카드를 뺀 후 지갑을 전화기 위에다 올려놓고는 그냥 그곳을 떠났던 것이다. 그리고는 곧장 〈학림〉으로 들어왔었다. 아마 순서를 기다리며 뒤에 서 있던 그녀는 내가 떠난 후 전화기 위에 놓여 있는 지갑을 보았을 게고, 그리고는 이곳까지 나를 따라 들어왔나 보다.

물건을 곧잘 흘리고 다니는 칠칠치 못한 모습을 들킨 나는 무안해 얼버무렸다.

"고맙습니다. 항상 저는 이 모양입니다."

"……."

마주 웃어주려니 하는 기대로 미소를 머금은 채 쳐다보았지만, 여자는 이미 시선을 거두고 반대편 창가 쪽으로 몸을 돌렸다. 그리고는 거리가 내려다보이는 창가게 앉아 창 밖을 바라보기 시작했다.

고맙다는 인사로 차라도 대접해야 도리가 아닌가 하는 생각도 들었지만, 그녀가 누구를 기다리고 있을지도 모른다는 생각이 들어 그만두었다. 시계를 보았다. 예정했던 시간에서 20분이 지나고 있었다. 이곳에 더 있어야 한다는 생각을 하니 답답해졌다. 다시 여자가 있는 쪽으로 시선을 옮겼다. 아직도 그녀는 창 밖을 보고 있었다. 그것도 아주 무심한 표정으로.

텅 빈 시선으로 먼 곳을 응시하고 있는 여자를 보자, 어쩌면 그녀는 아무도 기다리지 않을지도 모른다는 생각이 들었다. 그래서 나는 갈등했다. 다가가 차를 권해야 하는지 마는지에 대해.

　가뜩이나 지쳐 있던 나는 뜻하지 않은 망설임에 번거러워하며 두 눈을 감았다. 눈을 감았는데도 창 밖을 바라보는 여자의 옆 얼굴이 선명하게 떠올랐다. 음악이 바뀌었다. ‘드미트리 흐보로스토프스키’가 격정적인 목소리로 부르는 러시아의 민요 ‘검은 눈동자’가 흐르기 시작했다. 순간 나는 깨달았다. 여자를 본 순간부터 끈질기게 나를 사로잡고 있는 것은 지갑을 주워준 것에 대한 감사의 마음이 아니라 텅 비어 있는 듯한 그녀의 검은 눈동자였다는 것을. 결심을 했다. 그녀에게 차 한 잔을 권해야겠다고.

　두 눈을 번쩍 뜬 후 곧바로 일어나 창가 쪽으로 향했다. 그러나 몇 발자욱을 떼지 못하고 나는 그만 멈춰 서고 말았다. 그녀는 창가에 없었다. 주위를 둘러보았으나 홀 안 어디에도 그녀의 모습은 보이지 않았다.

　이미 어두워진 거리에는 색색의 네온이 현란한 불빛을 뿜어대며 반짝이고 있었다. 붐비는 거리를 걸어 ‘동숭 아트센터’를 끼고 돌자 크림색 오피스텔 빌딩이 보였다. 경수 형은 떠났는지 3층 1호실인 내 방에는 불이 켜 있지 않았다. 입구의 유리문을 열고 들어가 우체통을 보았다. 약속한 대로 열쇠는 바닥에 놓여 있었다.

　몇 통의 우편물과 함께 열쇠를 들고 계단을 올라갔다. 그리고는 문을 열고 들어서려는데 목소리가 들려왔다.

　“저어……”

　왠지 섬뜩함을 느끼며 뒤를 돌아보았다. 뜻밖이었다. 어두운 복도 계단 위에 그 여자가 서 있었다. 인기척도 없이 따라온 그녀를 바라보며 나는 우두커니 서 있기만 했다.

여자는 휘청거리는 걸음으로 천천히 다가오더니 나지막한 목소리로 내게 물었다.

"화가시죠?"

"예…… 그렇습니다만."

"시간 좀 내주세요. 부탁이 있어요."

"제게요……?"

대답 대신 여자는 엷게 웃으며 고개를 끄덕였다. 지갑을 주워준 보답으로 커피라도 대접해야겠다고 생각했었기에 나는 쾌히 승낙했다. 여자를 문 밖에 세워둔 채, 이틀 동안 끌고 다니던 화구를 방에 두고 나가려고 오피스텔 안으로 들어갔다. 집안은 엉망이었다. 어느 정도 예상은 하고 있었지만 화가 치밀어올랐다. 지금이라도 당장 동숭동 거리로 뛰어나가 경수 형을 찾아다가 청소를 시키고 싶은 심정이었지만 밖에 서 있는 여자를 생각하니 화를 삭일 수밖에 없었다.

화구를 팽개치고 서둘러 돌아섰다. 그리고는 그대로 멈춰 섰다. 그녀가 이미 방안으로 들어와 있었다.

"저어…… 폐가 안 된다면 여기서 말씀드릴게요."

"아 예, 좋도록 하시죠."

헝클어진 시이트와 쓰레기통 위에 쌓인 라면 찌꺼기가 신경 쓰였지만 이미 어쩔 수가 없었다. 서둘러 커피를 끓여 여자에게 권했다.

그녀는 아지랑이같이 김이 오르는 커피잔을 한동안 바라보더니 이렇게 말했다.

"난 '아이리쉬'가 좋아요. 냄새도 좋지만 제품 이름에서도 향기가 나는 거 같거든요."

유난을 떨고 있는 여자가 조금은 역겨워서 메마른 목소리로 물었다.

"무슨 부탁이신지요?"

"아, 그거요……."

그러면서 여자는 시선을 들어 나를 쳐다보았다. 희다 못해 푸른 진주빛을 띠고 있는 흰자위 한가운데에는 유리처럼 맑고 검은 눈동자가 빛나고 있었다.

잠시 물끄러미 나를 바라보던 그녀는 짧고 빠른 어조로 말했다.

"제 누드화를 그려주세요."

"네에……?"

무슨 소리인지 미처 이해 못하고 되묻는 내게, 여자는 돈을 지불할 테니 자신의 누드화를 그려달라고 부탁했다. 뜻밖의 제안에 나는 당황했다.

"전 주문을 받아 그림을 그리지는 않습니다."

"그러시겠죠. 하지만 부탁예요."

애절하게 쳐다보는 '검은 눈동자'가 나를 유혹했다. 냉정한 어조로 거절하고 있었지만 바라보는 나의 시선은 어느새 그녀의 벗은 몸의 곡선을 상상하고 있었다. 이상한 일이었다. 차가우리만치 조용한 여자는 묘한 흡인력(吸引力)을 갖고 있었다. 그것은 마치 '모디리아니'의 그림에서나 느낄 수 있는 '나른한 밀착성'과도 같았다.

그렇게 시작된 우리들의 만남은 계속 이어졌다. 그것이 불과 며칠 만에 끝나긴 했어도.

다음날 늦은 오후, 그 여자는 다시 찾아왔다. 방에 들어온 그녀는 청보라빛 머플러와 레인코트를 벗더니 창가로 갔다. 그리고는 커튼을 친 후 불을 켰다. 마치 자신의 집에서 하는 것처럼 익숙한 몸놀림이었다. 이젤 앞에 앉아 연필을 깎으며 여자의 움직임을 보고 있던 나는 그녀의 다음 동작에 호흡을 멈추었다.

여자는 등을 돌린 채 천천히 블라우스 단추를 끌렀다. 그리고는 레이스로 만들어진 정결한 느낌의 흰색 브래지어를 서슴없이 풀어버렸다. 순간 눈부시도록 아름다운 우유빛 살결이 드러났다. 생각했던 것보다 그녀의 몸매는 아름다웠다. 길고 하얀 몸덜미로는 탐스러운 검은 머리가 파도처럼 물결치고 있었고, 그 목덜미를 중심으로 부드러운 곡선을 그리고 있는 양 어깨의 적당히 오른 살은 등판을 가로지르고 있는 척추에 깊은 홈을 패이게 해 점점 좁혀지는 허리의 선을 더욱 돋보이게 했다.

나는 숨소리를 죽여가며 다시 연필을 깎았다. 칼을 쥐고 있는 손이 가볍게 떨리고 있었다. 이번에는 무릎이 스치는 부드러운 소리와 함께 스커트가 바닥에 떨어지는 소리가 들려왔다. 나는 온몸으로 그녀의 옷 벗는 소리를 듣고 있었다. 옷을 다 벗었는지 잠시 후 여자는 조용한 발걸음으로 소파 쪽으로 움직였다. 쳐다보지는 않았지만 나는 그녀의 몸동작 하나하나를 빠짐없이 감미할 수 있었다.

정성스레 연필을 깎은 후, 나는 천천히 시선을 들어 바라보았다. 알몸이 된 그녀는 청보라빛 머플러로 앞부분을 가린 채 소파 위에 비스듬히 누워 있었다. 그 모습은 마치 햇빛이 비치는 맑은 물 밑에 몸을 밀착시킨 채 조용히 지느러미질을 쉬고 있는 물고기와도 같았다.

놀라웠다. 흐트러진 모습인 듯 누워 있었지만 여자가 만들고 있는 선의 조화는 완벽했다. 머리 위로 올려진 두 팔은 부드럽고 둥근 원을 만들며 나른하게 놓여 있었고, 깍지를 끼고 있는 가늘고 섬세한 손가락 끝에는 팽팽한 긴장감마저 감돌고 있었으며, 살포시 감은 두 눈 사이로 오똑하게 솟아오른 콧날과 꼭 다문 입술의 선은 정갈하고도 선명했다. 더욱이 가슴의 패어진 선을 더욱 드러나보이게 했다. 그리고 쭈욱 뻗고 있는 왼쪽 다리와는 달리 ㄱ자를 그리며 꺾여 있는 오른쪽 다리는 부드러운 종다리의 곡선을 만들고 있었고, 하얗고 조그마한 발에는 고른 치열(齒列)처럼 가지런한 다섯 개의 발가락이 오밀조밀한 모습으로 엄지발가락을 향해 정렬되어 있었는데, 그것들이 소파의 검은 가죽천을 살포시 짚고 있었다.

그랬다. 여자에게서 느꼈던 묘한 흡인력이란 몸 전체에서 내뿜는 독특한 마력(魔力)이었다. 그녀에게는 섬세한 부드러움과 함께 쉽게 허물어지지 않는 강직함이 있었으며, 격정적인 움직임의 다른 면에는 차가운 고요가 있었다.

얼마나 지났을까. 여자는 얕은 숨소리를 내며 내 쪽으로 몸을 틀었다. 그 때문에 머플러가 날개를 접고 내려앉는 나비처럼 사뿐히 바닥으로 떨어졌다. 나는 한동안 넋을 잃고 그녀의 벗은 몸을 바라보다가 연필을 집어들었다. 그리고 그녀는…… 깊은 잠 속으로 빠져들었다.

12시가 되어 약속 장소로 간 나는 여비서가 안내하는 방으로 들어가 소파 위에 앉았다. 주위를 둘러보았다. 접견실인 듯한 방 벽에는 두 개의 사진틀이 걸려 있었는데, 얼굴 가득 웃음을 머금은 몇 명의 사람들이 공장의 준공식 테이프를 자르고 있는 사진과 수출의 날 기념식장에서 한 남자가 정부의 관계자로부터 상장을 받고 있는 사진이었다.

두 번째의 사진을 한동안 바라보았다. 유난히 나의 시선을 끈 것은 고개를 숙인 채 두 손으로 상장을 받고 있는 남자의 왼쪽 팔이었다. 그의 팔목에는 고동색 가죽줄의 낯익은 듯한 정사각형 시계가 채워져 있었다.

'누구였더라, 저런 시계를 갖고 있던 사람이?'

기억을 더듬어보았지만 생각이 나지 않았다.

그때 누군가 문을 열고 들어왔다. 고개를 돌려보니 들어온 사람은 사진에서의 상장을 받는 남자였다. 40대 중반으로 그는 보통 키에 다부진 체격을 갖고 있었다.

남자는 거침없이 걸어오더니 내 앞에 앉았다.

"와주셔서 고맙소."

말끝을 짧게 발음하는 습관이 있는 그는 전화로 나를 만나자고 한 목소리의 남자였다. 또한 간단히 말한 자기 소개에 의하면 그는 짐작했던 대로 그녀의 남편이기도 했다.

남자는 한동안 나를 빤히 바라보더니 감정을 억제하고는 낮고 차가운 목소리로 이렇게 물었다.

"내 아내와는 어떤 사이요?"

"오핼 하시나 본데, 전화로도 말했지만 본인이 원해 그려드린 것입니다."

"언제부터 알고 지냈소?"

"그림 값은 안 받아도 된다고 전해 주십시오."

"집으로 그림을 보낸 이유가 뭐요?"

"아 참, 그리고 마음에 안 들면 버리지 마시고 제게 꼭 돌려달라고 전해 주십시오."

동문서답이었다. 마치 불륜의 현장이라도 잡은 듯 추궁하는 남자의 질문에 꼬박꼬박 대답하고 싶지 않았기에, 나는 하고 싶은 말만 골라 했다. 그렇게 하는 것이 불쾌한 일을 빨리 끝낼 수 있다고 생각했기 때문이다. 그러나 남자의 다음 말에 나는 그만 넋을 잃고 말았다.

"좋소. 더 이상 두 사람의 관계를 따지지는 않겠소. 한데 그 사람이 죽은 지 1년이나 지난 지금에야 그림을 보낸 이유가 뭐요?"

"누가 죽어요……?"

"오오라, 옛 애인인가 보군. 아내가 죽은 줄도 모르는 걸 보니!"

"……?"

머리속을 돌고 있던 톱니바퀴가 잘못 물리고 있다는 느낌이 들었다. 어긋난 톱니바퀴는 서로의 날카로운 부분을 찌르고 있었다.

"죽다뇨? 그녀가 죽었단 말입니까?"

"내 아내, 아니 당신이 말하는 그녀는 1년 전에 죽었소."

"그럴 리가……?"

기가 막힌 표정으로 굳어 있는 내게 남자는 간결하게 아내가 죽은 날의 사고를 말해 주었다. 폭우가 쏟아지는 밤 경춘가도를 달리던 차는 그만 빗길에 미끄러져 강물에 추락했고, 그는 온 힘을 다해 아내를 살리려 했지만 수영을 못하는 그녀는 안타깝게도 불어난 급류에 떠내려가고 말았다고.

"내 잘못이었소. 운전이 서툰 아내에게 차를 맡기는 게 아니었는데……."

그날을 생각하는 것만으로도 남자는 슬펐던지 침통한 목소리로 말했다. 그리고는 나를 쳐다보더니 다시 한번 물었다.

"내게 그림을 보낸 이유가 뭐요?"

그러나 나는 아무런 대답도 할 수 없었다. 며칠 전이라면 몰라도 그녀가 죽은 지가 1년 전이라고 하지 않는가. 등골을 타고 서늘한 한기가 내려오고 있었다.

남자는 거칠게 다그쳤다.

"도대체 나한테 원하는 게 뭐요?"

"……."

"1년 후에 그림을 보내라고, 내 아내가 죽기 전에 유언이라도 했단 말요? 어서 말해 보라구, 무슨 이유인지!"

"……."

계속되는 나의 침묵에 남자는 더 이상 참을 수 없었던지 크게 소리쳤다. 두서없이 화를 내는 목소리에는 왠지 모를 불안감이 잔뜩 묻어 있었다. 그의 허둥거림이 오히려 혼란스럽기만 한 나를 차분히 가라앉혀 주었다. 그래서 나는 그녀가 마지막으로 찾아온 날 내게 건네준 메모지가 지갑 안에 있다는 것을 기억해낼 수 있었다.

마지막날 머플러를 어깨에 두른 그녀는 주머니에서 메모지 한 장을 꺼내더니 내게 내밀며 말했었다.

"여행을 떠날 거예요. 돈은 돌아와서 지불할게요. 걱정하실까봐 집 주소를 적었어요."

나는 처음부터 돈을 받으려고 하지 않았다. 그러나 그 말을 하면 그녀가 부담스러워 다시는 오지 않을까봐 아무런 말도 하지 않고 메모지를 받았다. 그 메모지였다, 내가 지갑에서 꺼내 남자에게 내민 것은.

남자는 그것을 잠시 노려보더니 거칠게 뺏어들었다.

"부인의 필적입니까?"

"……그렇군."

신음에 가까운 목소리로 대답하는 남자에게 틈을 주지 않고 내가 말했다.

"그렇다면 부인은 죽지 않았습니다."

"무슨 미친 소리야!"

남자는 버럭 소리를 지르더니 상기된 얼굴로 단호하게 말했다.

"내 아낸 죽었단 말야! 그것도 1년 전에!"

"그럴 리가 없습니다. 부인을 처음 만난 건 두 달 전이었습니다."

"허튼 수작 마! 더 이상 날 협박하면 경찰에 신고할 테야!"

"……?"

나는 남자에게 그녀와의 만남과 헤어짐을, 아니 정확히 말해 증발해 버린 이별을 간결하게 얘기해 주었다. 그 말을 들으며 남자의 얼굴은 하얗게 탈색되어 가고 있었다. 이상한 일이었다. 아내가 살아 있을지도 모른다는 말을 들으면서도 남자는 기뻐하지 않았다. 더구나 공포감에 휩싸이는 자신의 감정을 감추려고 안간힘을 쓰고 있었다.

'그녀의 생존이 남자에게 공포심을 갖게 한다는 것은 무슨 의미일까?'

바라보며 이런 생각을 하는 내 시선이 불쾌했던지, 남자는 거칠게 자리에서 일어나더니 방을 나갔다. 그리고 잠시 후 다시 돌아온 그의 손에는 하얀 종이로 포장한 그림들이 들려 있었다. 순간 나는 감지할 수 있었다. 남자는 아내를 기억에서조차 지워 버리려 한다는 것을.

나는 일어나서 그림을 받았다. 그리고는 아무 말 없이 돌아섰다.

문을 열고 나가려는데 남자가 불렀다.

"잠깐, 이것도 가지고 가시오."

돌아서서 남자를 보았다. 그의 손에는 두툼한 봉투가 들려 있었다.

"……?"

"난 그림에 대해 잘 모르지만 섭섭하지 않을 정도로 넣었으니 가져가시오."

"내가 그걸 받을 거라고 생각하십니까?"

"글쎄, 어쩌면 당신이 원했던 건 이걸지도 모르지!"

나는 더 이상 아무런 말을 하지 않고 그 방을 나왔다.

남자의 사무실에서 나온 나는 곧장 집으로 향했다. 되도록이면 빨리 그녀와 함께 내 방에 있고 싶었다.

오피스텔 건물 밖에서는 뜻밖에도 경수 형이 기다리고 있었다. 방안으로 따라 들어오며 그가 말했다.

"너, 요새 연애하냐?"

"무슨 뚱딴지 같은 소리야?"

"그럼, 왜 꼼짝하지 않냐? 니 생리 주기로는 슬슬 바람이 불 때가 됐는데 말야?"

나는 들고 있던 그림을 내려놓고 경수 형을 쳐다보았다.

"생리 주기……?"

"넌 실내에서 작업하는 건 한 달을 못 넘기는 생리잖아. 콧바람도 쐴 겸 야외 스케치라도 떠나야 하는 거 아니냐구."

"그래서 내가 야외 스케치를 떠나려고 마음만 먹으면 귀신같이 알았던 거야?"

"야 임마, 그 정도로도 남의 감정을 파악하지 못하면 어떻게 연기를 하겠냐?”

“형, 빈 수레가 더 요란하다는 거 알아? 한데 내가 스케치하러 떠나는 것과 연애가 무슨 상관이야?”

“누굴 기다리는 거 같아서 그래. 아까 들어올 때, 니 모습이 어땠는 줄 알아?”

“……어땠는데?”

경수 형은 어깨를 구부정하게 굽히더니 내가 걷는 폼을 재연해 보이며 이렇게 말했다.

“땅만 보고 곧장 들어오던 녀석이 오피스텔 주변은 왜 살펴? 어떤 여자가 와서 기다려 주길 바라는 놈같이.”

그 말이 맞았다. 요즘 내게는 하나의 습관이 생겼다. 오피스텔 빌딩이 보이기 시작하면 나는 긴장했다. 그리고는 주변을 지나는 사람들의 얼굴을 자세히 살폈다. 그들 중에 그녀가 있어 주기를 간절히 바라며.

“말해 봐. 누구야, 기다리는 여자가?”

“싱거운 소리 그만해. 그리고 당분간 스케친 안 떠날 테니 꿈 깨!”

“아아, 산산이 부서진 내 사랑이여!”

더 이상의 반응을 보이지 않고 피곤한 기색으로 침대에 벌렁 눕자, 경수 형은 심드렁한 얼굴로 냉장고를 열어 주스를 마시더니 곧 나갔다. 그가 떠난 후 나는 침대에서 일어나 커튼을 치고 불을 켰다. 마치 여자가 그렇게 했던 것처럼.

그림을 싸고 있는 종이를 천천히 벗겼다. 종이가 벗겨질 때마다 소파 위에 눈을 감고 있는 여자의 우유빛 몸이 벗겨지고 있었다. 그림 속이었지만 그녀가 내 곁에 있는 것만으로도 설레었다. 오랫동안, 아주 오랫동안 그녀를 바라보았다.

그때였다. 별 의미 없이 혼자 중얼거리던 그녀의 말이 문득 머리속을 스치고 지나갔다.

"난 운전하는 게 무서워요. 더군다나 밤에는 절대 운전을 안 해요."

세 번째 날이었던가. 소파 위에 누워 포즈를 취하려던 여자는 화들짝 놀라 일어나더니 벗어놓은 레인코트의 주머니 속을 뒤졌다. 그리고는 만족스런 얼굴로 돌아와 주먹 쥔 손을 폈다. 손 안에는 고동색 가죽줄의 정사각형 손목시계가 놓여 있었다.

그녀는 만족한 얼굴로 손목에 시계를 찼다. 신이 가장 정성 들여 만들었을 여인의 나신(裸身) 위에 유일하게 붙어 있는 문명의 쇳조각이 '째깍'거리는 소리를 내며 신경을 건드렸다.

못 마땅한 어조로 내가 물었다.

"약속이 있나보죠?"

"아뇨."

"그럼 시계를 푸시죠. 무척 걸리는군요."

"미안해요. 없다고 생각하고 그냥 그리세요. 이 시계를 차고 있어야 마음이 편하거든요."

그녀는 양순한 눈빛으로 사정하고 있었다. 신경에 무척 거슬렸지만 그냥 참기로 했다.

그림을 마친 후 내가 물었다.

"지금 몇 시쯤 됐어요?"

"글쎄요."

"시계를 차고 있잖아요?"

"아, 이 시곈 항상 10시예요. 물이 들어가 고장났어요. 하지만 매일 두 번씩 10시만 되면 정확히 맞는 셈이죠."

그렇게 말하며 작은 소리로 웃던 그녀는 이런 말도 했었다.

“사실은 이건 내 것이 아녜요. 살려달라고 시계를 잡았는데, 남자는 매몰차게 풀어버리더군요. 그래서 시계만 가졌죠.”

그녀와의 대화를 기억해내며 나는 전율했다. 남자는 왜 거짓말을 했을까? 그날 밤 운전을 한 쪽은 아내였다고……?

그리고 내가 그녀의 소식을 다시 듣게 된 것은 한 달 후였다.

‘띵동, 띵동, 띵동…….’

거칠게 차임벨이 울렸다. 문을 열어보니 그녀의 남편이 서 있었다. 그는 거칠게 들어와 내 앞에 그림 한 장을 내던졌다.

“분명히 말했지, 이런 식으로 협박하면 경찰에 신고하겠다고!”

“……?”

바닥에 떨어진 그림을 보았다. 놀랍게도 그림 속에는 그 여자가 있었다. 그녀는 검은 스웨터를 입고 있었는데, 턱을 고이고 있는 한쪽 손목에는 정사각형 시계를 차고 있었다. 시계판 위에는 10시를 가리키고 있는 두 개의 바늘이 선명하게 그려져 있었다.

“언제까지 이런 장난을 할 거야? 도대체 내게 원하는 게 뭐야?”

남자는 폭발하고 있었다. 나는 그림 속에 있는 여자를 바라보며 차분히 말했다.

“분명히 말씀드리지만, 이건 내가 그린 그림이 아닙니다. 보십시오. 그림 밑에 써논 싸인은 제 것이 아닙니다.”

남자는 내 이름을 알고 있었다. 지난번 그림에서 싸인을 보고 나를 수소문해 찾았기 때문이다. 그는 그림 밑의 싸인이 지난번 것과 다르다는 것을 알자 놀란 시선으로 나를 쳐다보았다.

“당신이 안 그렸다면, 이건 또 누가 그렸단 말이오?”
“그건 저도 알 수 없는 일이군요.”
질린 얼굴로 그림을 다시 보고 있는 남자에게 내가 물었다.
“시계는 당신 건가요?”
“그렇소.”
“그 시계를 갖고 있습니까?”
“그게 무슨 상관이오?”
“대답해 주십시오.”
“사고가 난 그날, 물 속에서 그 시계를 잃어버렸소.”
“……!”
남자를 바라보는 나의 감정은 점점 차분하게 가라앉고 있었
다. 마치 물 밑으로 가라앉는 그녀와도 같이.
“사고가 난 시간이 10시였죠?”
“당신이 그걸 어떻게 알지?”
남자의 반응은 예상했던 대로 날카로웠다.
“그림 속의 시계가 10시에 서 있군요!”
10시를 가리키는 시계바늘을 보자, 남자는 하얗게 굳어졌다.
그리고는 겁에 질린 목소리로 중얼거렸다.
“귀신이야! 내게 복수하려는 귀신이야!”
그렇게 말하고는 그는 얼이 빠진 모습으로 한동안 서 있더니
급하게 방을 뛰쳐나갔다.
남자가 떠난 후 나는 우두커니 앉아 그녀의 정지된 시계를 한
동안 바라보았다. 그리고는 연필을 들었다. 내 머리속에는 하나
의 그림이 떠올랐다. 그 그림은 강물 속에 빠진 두 남녀의 모습
이었는데, 여자는 허우적대며 필사적으로 남자의 손목에 차인
시계를 잡고 있었고, 남자는 그 시계줄을 풀고 있는 그림이었

다.

그랬다. 그것은 심증만으로 그린 그림이었지만, 나는 확신할 수 있었다. 사고가 난 그날 밤, 어두운 강물 속에서 벌어진 두 남녀의 모습이 이러했을 거라고.

찻장의 문을 열어 황금색 봉지를 집어들었다. 그리고는 커피를 끓이기 시작했다. 갓 뽑아낸 커피를 잔에 가득 따르며 '아이리쉬'의 '쉬'를 길게 느려 발음해 보았다. 그녀의 말대로 향기가 서서히 움직이더니 하늘빛 잔꽃무늬 벽지로 스며드는 것 같았다.

나는 남자가 그녀를 왜 버렸는지 알고 싶지 않았다. 또한 내 앞에 나타난 남자의 말대로 1년 전에 죽은 귀신이건, 아니면 구사일생으로 살아 남편에게 복수를 하고 있는 여자이건, 나는 상관하지 않는다. 커피를 끓이며 기다릴 뿐이다. 내 방에 스며들고 있는 '그 여자의 향기'를 맡으며.

사랑 유죄

▶ 한분순

충북 음성 출생.
서라벌예대 문예창작과 졸업.
70년 서울신문 신춘문예 당선.
한국시조문학상, 한국시조시인협회상,
정운문학상 수상.
한국문인협회, 한국시조시인협회 이사.
서울신문 퀸 편집부국장 연임.
현재 세계일보 편집국 부국장.
「실내악을 위한 주제」, 「서울 한낮」(이상 시집),
「소박한 날의 청춘」(에세이집),
「흑장미」(장편소설), 「두 모델 이야기」,
「밤마다 환상곡」, 「룸펜의 아내」,
「라이벌」(이상 단편소설) 외 저서 및 작품 다수.

사랑 유죄

아내의 행방이 묘연했다. 여행지에서 서울에 도착해야 될 시간은 밤 9시, 새벽 6시가 지나도 소식이 없었다.

기다림과 걱정으로 지새운 이정길은 아내와 온천 투어에 함께 간 김연희에게 전화를 했다. 벨이 울리자 곧 "여보세요?"하는 칼칼한 음성이 들렸다.

"결례인 줄은 압니다만, 저희 집사람이 아직 도착하지 않아서……."

"아직요? 차가 정체되긴 했어도 서울에 도착한 건 9시 반경이었어요. 곧장 주차장에 들렀다 집으로 간다고 했는데요."

전화기 속의 그녀는 무척 놀라는 음성이었다.

"그랬군요. 잘 알았습니다."

정길은 미안한 마음이 들어 얼른 수화기를 놓았다.

'그렇다면 대체 어디로 갔단 말인가? 혹시 차를 몰고 오다 사고라도 난 게 아닐까?'

생각이 '사고'쪽으로 미치자 더 이상 집에서 기다릴 수 없는 심정이었다.

그는 불야불야 현관을 나와 지나는 택시를 잡아탔다.

"인사동 예림미술관으로."

아내 이은희가 경영하는 예림미술관은 인사동에 있는 5층 건물 1층에 자리잡고 있었다. 그 지하 주차장에 그녀는 늘 차를 주차해 두곤 했다.

이른 새벽이어서 거리는 한산했다. 예림미술관 앞에 도착한 그는 재빨리 현관 앞으로 갔다. 예상대로 철문은 굳게 닫혀 있었다. 그가 지하 주차장 입구 쪽을 기웃거리자 불빛이 새어나오는 것이 눈에 띄었다. 24시간 문을 여는 편의점이었다. 가게 안에는 우람해 보이는 남자 한 사람이 계산대 앞에 앉아 꾸벅꾸벅 졸고 있었다.

"실례합니다."

단잠을 깨우는 것이 미안했지만, 그는 큰 소리를 냈다. 그의 말에 퍼뜩 정신을 차린 그가

"뭘 드릴까요?"

하고 질그릇 깨지는 듯한 탁한 음성으로 물었다.

"말씀 좀 여쭙겠습니다."

"뭔 말이슈?"

역시 퉁명스런 말투였다.

"같은 건물에 계시니 묻는 말인데요, 간밤에 여자 한 분이 지하 주차장에 들어가는 것 못 보셨어요?"

공손하고 조심스럽게 물었다. 인상이 워낙 험악하여 자칫하다가는 봉변을 당할 것 같아서였다.

"못 봤수. 주차장에 드나드는 사람이 어디 한둘이요?"

투박하게 내뱉고는 그를 뚫어져라 쳐다보았다.

그런 그를 지나 그는 주차장으로 향했다. 어둑한 주차장 맨 구석 후미진 곳에 낯익은 흰색 소나타가 세워져 있었다. 아내의 차였다. 반가움에 그는 차 문을 당겨보았다. 잠겨 있었다.

'차는 있는데 사람은 어디로 갔단 말인가?'

그는 탄식처럼 중얼거렸다. 차 앞에서 서성이던 그는 일단 집으로 돌아왔다.

그날 하루가 다 지나도 아내에게서는 연락이 없었다.

그는 다시 김연희에게 전화를 했다. 혼자 사는 아내 친구에게 자꾸 전화하는 것이 마음에 걸렸지만 답답한 심정에 어쩔 수 없었다.

"아무래도 예삿일이 아닌 것 같아요. 우리 함께 찾아봐요. 설마 여행갈 때 부부 싸움하고 간 건 아니죠?"

의외로 집까지 찾아온 그녀가 그의 표정을 찬찬히 살피며 한 말이었다.

"처, 천만에요. 늘 집에만 있기 때문에 오히려 제가 권했는데요. 바람도 쐴겸 다녀오라구요."

"여늬 남편들은 아내의 외출을 싫어하는데, 이 선생님은 이해심이 넓군요."

그녀의 말 속에 뼈가 느껴졌다. 아내의 행방불명이 마치 남편인 자기 탓이기라도 한 듯 의혹의 눈길마저 비쳤다.

"은휘 없더라도 주차장에 세워둔 차는 끌고 와야 하는 거 아녜요. 그냥 세워둘 순 없잖아요. 혹시 집에 보조키 없어요?"

그녀의 말에 화장대 서랍에 보관해 둔 자동차 키 생각이 났다.

두 사람은 미술관 주차장으로 향했다. 주차장 입구 편의점 카운터에는 남자 대신 살찐 암소 같은 여자가 앉아 있었다. 가게 주인 마누라 같았다. 그녀를 향해 정길이 말했다.

"부탁 한 가지 드리겠습니다. 1층 미술관 관장 아시죠? 혹시 차를 찾으면 집으로 끌고 갔다고 전해 주시겠습니까?"

"……."

그녀는 말없이 고개만 끄덕였다. 언제 왔는지 가게 주인도 카운터 옆에 서서 그들을 쳐다보았다. 여전히 기분 나쁜 시선이었다.

두 사람은 얼른 차고로 들어가 차문을 열었다. 차 안에서 비릿하고 퀴퀴한 냄새가 풍겼지만 그는 말없이 차를 몰았다.

"차 안에서 무슨 역한 냄새 안 나나요?"

한참을 달렸을 때 조수석의 김연희가 참다 못한 듯 코를 킁킁대며 말했다.

"세차를 한 지 오래 돼서 그런가 보죠."

"그럴 리가요? 은희처럼 깔끔한 여자가 차 안에 찌든 냄새가 나도록 세차하지 않을 리 있나요? 혹시 차 안에 쥐라도 들어와 죽어서 썩는 냄새 아닐까요?"

그들은 집에 도착하자마자 차 안을 샅샅이 살폈다. 아무 이상이 없었다. 마지막으로 차 뒤 트렁크를 열었다.

"어머, 이게 뭐죠?"

트렁크 속을 들여다보던 연희가 외쳤다. 낡은 비닐 푸대 자루에 뭔가 큰 물건이 가로놓여 있었다.

"글쎄요. 냄새도 여기서 나는 것 같은데요."

정길이 물건을 들어올리려다 그만두었다.

"너무 뻣뻣하고 무거운데요."

"이상하네. 미술관에 쓸 동상인가?"

연희가 손가락으로 비닐 푸대 자루를 쿡쿡 찔렀다. 딱딱했다.

자루를 동여맨 비닐끈이 옹쳐매 있어 풀리지 않았다.

"가만, 잠시만 계세요. 제가 가위를 갖고 올게요."

끈을 자른 후 비닐 푸대 자루를 펼쳤다.

"아이쿠, 이게 웬일야?"

정길이 한 발 물러서며 외쳤다.

"아니, 은희가?"

연희도 외마디 소리를 질렀다.

비닐 푸대 자루 속에는 다리가 꺾인 채 은희가 시체로 변해 있었다. 두 사람은 어이없이 한동안 마주 보기만 했다. 신문이나 TV에서 간혹 그런 장면을 보았지만 현실로 부딪힐 줄이야.

"누가 이런 짓을?"

정길이 넋을 잃고 있는 사이, 경찰에 연락을 취한 것은 침착한 연희였다.

"부검을 해봐야 알겠지만 목졸린 흔적이 있군요."

급파된 형사의 초동수사 의견이었다.

"평소 원한 관계라도?"

형사는 정길과 연희를 번갈아 보며 물었다.

"원한 관계 같은 건 없는 걸로 압니다."

정길이 잘라 말했다.

"성격이 원만하고 사교적이어서 누구와도 잘 어울려요. 원한 살 일이 없을 것 같은데요."

연희도 옆에서 거들었다.

몇 가지 더 물어본 후 형사는 가버렸다.

빈집에 혼자 남겨진 정길은 현실로 믿어지지 않았다. 마치 악몽을 꾸는 것 같았다. 그는 그 밤 내 술로 아픈 마음을 달랬다.

부검 결과 은희는 수면성 약물 중독과 목 부위 타격에 의한

타살로 판명되었다. 다량의 수면제가 녹아 있는 드링크제를 마신 후 목졸려 죽었다는 결론이었다.

"대체 누가? 뒷 트렁크에 시체까지 넣다니……."

정길이 혼잣말을 했다.

"은희 백 속에 든 자동차 키를 꺼내 그걸로 차문과 트렁크를 열 수 있지 않았을까요?"

연희의 추측이었다. 충분히 그럴 수도 있을 것이다.

그렇다면 분명 지하 주차장에서 변을 당한 게 아닐까.

그 인상 고약한 편의점 주인은 알고 있을 것 같았다. 출입구가 하나로 되어 있는 편의점에서 주차장의 일을 전혀 모를 리 없을 것이다.

아내 대신 그는 매일 미술관으로 출근을 했다. 다행한 것은 정길이 요즘 겨울 방학 중이어서 학교 수업이 없는 점이었다.

아내는 '장미 축제'에 선발되었던 미녀로 미대를 졸업한 후 여러번 전시회를 가져 화단에서는 이름깨나 알려진 여류화가였다. 그는 아름다운 예술가 아내와 살고 있는 것을 늘 자랑스럽게 여겼다. 결혼 후 아이가 없자 아내는 미술관 운영을 고집했다. 처음에는 반대했던 그도 결국 승낙하고 말았다.

'내 생각대로 허락하지 않았어야 했는데…….'

후회해도 소용없는 일을 그는 안타까워했다.

아내의 소식을 들은 화단 사람들이 끊이지 않고 찾아왔다. 그들이 가고 난 뒤의 허전함은 그를 더 못 견디게 했다.

'아무래도 미술관을 정리해야겠군.'

개학하면 대학 강의를 나가야 했다. 미술관을 운영할 사람이 없는 것이다. 이튿날 그는 미술관에 나온 연희에게 그 일을 의논했다.

"은희 없는 미술관이란 의미가 없죠."

그녀는 간단히 잘라 말했다.

잠시 후 정길은 손님 접대용 캔 음료를 사러 편의점으로 내려갔다. 여전히 그를 보는 주인의 눈길이 곱지 않았다.

'아무래도 저 인물이 수상해.'

그가 주차장으로 내려올 때마다 그의 시선은 늘 따라붙었고, 금방이라도 좇아와 망치로 뒤통수를 내려칠 것 같은 불안이 가시지 않았다.

'아내 죽인 범인임을 눈치챈 걸 아는 모양이야.'

그는 얼른 미술관으로 올라왔다.

"이 선생님, 안색이 안 좋으셔요."

눈치 빠른 연희가 그를 뚫어져라 응시하며 말했다.

"뭐 별로, 괜한 불안 같은 것이 엄습해서……."

"그래요? 선생님, 조심하세요. 늦은 시간엔 되도록 혼자 주차장에 내려가지 마시구요."

연희는 애교 담긴 목소리로 그를 걱정해 주었다.

"아무래도 가게 주인이 수상하지 않아요?"

그가 하고 싶은 말을 연희가 먼저 꺼냈다.

"평소 아름다운 은희를 사모하다 늦은 시간에 주차장으로 들어가는 은휠 보고 덤벼들었을지도 몰라요. 그러다 반항하자 그만 목졸라 일을 저지른 게 아닐까요?"

연희는 자신의 추리에 확신을 갖는 듯 힘주어 말했다.

"그런 생각도 무리는 아니죠. 그러나 증거가 없잖습니까?"

그들은 그 부분에서 막혔다.

쌍꺼풀진 연희의 큰 눈에 그늘이 드리웠다. 그런 눈이 무척 아름다워 보였다. 아내 친구인 그녀를 오래 전부터 자주 보아

왔지만 아내를 사랑하는 그는 그녀의 지적인 아름다움에는 관심을 두지 않았었다. 아내인 은희가 화려하고 사교적이며 동적인 미인이라면, 연희는 조용하고 정적인 기품이 엿보이기는 해도 눈에 확 띄는 미모는 아니었다. 그 때문에 정길은 그녀에게 깊은 관심을 두지 않았던 것이다.

"그나저나 이제 신학기 개학도 얼마 남지 않았는데 미술관이 정리되지 않아 어쩌죠?"

그녀는 진심으로 염려해 주었다.

"그 점이 저도 갑갑합니다."

"정 안 되면 미술관이 정리될 때까지 제가 나와서 도와드림 안 되겠어요?"

이 말 역시 그가 부탁하고 싶던 말이었다. 그러나 차마 그렇게까지 무리한 부탁을 할 수 없어 망설였던 차였다. 그녀는 역시 번뜩이는 지혜를 간직한 영리한 여자였다.

이튿날부터 그들은 늘 함께 행동했다. 특히 퇴근길의 지하 주차장행은 언제나 동행이었다. 그녀를 집까지 바래다 주고, 북한산 중턱에 자리잡은 그의 빌라로 돌아오는 것이 하루의 일과처럼 되었다.

계절은 어느덧 화창한 봄날로 접어들었다. 아내를 생각하면 자다가도 소스라쳐 깨어 가슴이 아팠지만 '세월이 약이라'고 했던가.

신학기가 시작되자 정길은 아내 잃은 슬픔에서 조금씩 벗어나고 있었다. 개학한 지 1주일, 미술관에 있는 연희로부터 전화가 걸려왔다. 미술관을 임대 계약하려는 사람이 나타났다는 것이다. 마침 퇴근하려던 중이어서 그는 곧바로 인사동으로 향했다.

　미술관에는 젊은 부부가 소파에 앉아 연희와 커피를 마시고 있었다.

　"말씀 잘 들었습니다."

　이미 연희에게 자세한 설명을 들은 모양이었다. 더 이상 군말 없이 그들은 임대 계약서에 도장을 찍었다.

　"이제 한시름 덜었네요."

　미술관 문을 나서며 연희가 한 말이었다.

　"그 동안 감사합니다. 연희씨가 아니었음 저 혼자 큰 곤란을 당할 뻔했습니다. 우리 오늘 괜찮은 데 가서 저녁식사라도 하면 어떨까요?"

　정길은 환한 표정으로 연희를 초대했다. 그 동안 그녀와 동승하면서도 한번도 식사 초대를 하지 않았었다. 아내 일로 타격이 워낙 커 그럴 마음의 여유가 없었던 것이다.

　"네, 좋아요. 미술관 봐드릴 날도 며칠 남지 않았는데, 기꺼이 그 초대 받아들이겠어요."

　그녀는 철없는 소녀처럼 즐거워했다. 그런 한편 아쉬움을 표하기도 했다.

　그들이 주차장으로 내려와 막 차문에 키를 꽂을 때였다. 지난번 왔던 형사가 급히 달려온 듯 숨을 헐떡이며 그들을 불러세웠다.

　"자, 잠깐만…… 조금만 늦었어도 못 만날 뻔했군요."

　"왜, 무슨 소식 있습니까?"

　정길이 형사에게 물었다.

　"결정적인 단서라도 잡았나요?"

　모처럼 저녁 약속이 어긋나는 것이 아쉬운지 시무룩한 표정을 지으며 그녀가 거들었다.

"그렇다고 볼 수 있죠. 아직 더 조사해 봐야 알겠지만……."

형사의 말에는 여유가 있어 보였다.

"범인이라도 잡았습니까?"

정길은 정신이 번쩍 드는 모양이었다.

"일단 경찰서로 가십시다."

그들은 더 이상 캐묻지 않았다. 형사를 따라 경찰서로 향했다.

취조실에는 뜻밖에도 편의점 가게 주인과 그의 뚱보 마누라가 기다리고 있었다.

"역시 가게 주인이었군요."

정길이 외쳤다. 그러자 뚱보 마누라가 고개를 저었다.

"아니에유. 그간에 우리 저이가 미술관 관장님께 관심을 보인 건 사실이에유. 제가 질투한 것도 숨기고 싶지 않구유. 그렇지만 제가 감시하는 바람에 절대 딴 행동은 못했어유. 언제나 제가 따라댕겼구만유."

마누라는 덜덜 떨리는 음성으로 변명했다. 그러자 형사가 물었다.

"그날 아침에 드링크제를 두 병 팔았다면서요."

"예."

"사간 사람이 이 분 맞습니까?"

형사는 뜻밖에 김연희를 가리켰다.

"예, 맞구만유."

그녀는 연희를 쳐다보며 고개를 끄덕였다.

"그, 그건…… 여행 중에 피곤하면 마시려고 산 거예요."

"물론 그랬겠죠. 여행지에서 돌아올 때 한 병은 본인이, 나머지 한 병은 옆에 앉은 은희씨에게 주지 않았습니까. 그 병에 다량의 수면제를 투입해 놓았구요. 서울에 거의 닿을 무렵 사이

좋게 나눠 마셨죠. 은희씨가 차를 몰고 갈 시간에 졸음이 쏟아질 것을 계산한 거죠.”

“아니, 은희씨가요? 왜죠? 그럼 목졸린 부분은 뭡니까?”

정길이 못 믿어워하며 의문을 제기했다.

“그야 여자 솜씨가 아니고 남자 소행이라는 걸 위장한 거죠. 그날 탔던 관광 버스에서 드링크제병도 증거로 확보해 놓았습니다.”

“연희씨가? 왜 그런 엉뚱한 짓을……?”

“친구 남편을 사랑한 게 죄지요.”

그녀는 들릴 듯 말 듯 작은 목소리를 내고는 고개를 떨구었다.

“아니, 그럼 연희씨가 오래 전부터 나를?”

“…….”

시간 여행

▶ 방재희
서울 출생.
92년 홍익대학교 졸업.
92년 스포츠서울 신춘문예 SF부문에
「최후의 실험」 당선.
「광장 갈림길」, 「호감 가는 남자」,
「미래 교통관제 시뮬레이션」,
「사육사」(이상 단편소설) 외 작품 다수.

시간 여행

I. 과거

1.

시간 여행을 원하신다고요? 잘 찾아오셨습니다. 과거건 미래 건, 원하는 날 원하는 시각으로 가실 수 있습니다. 후회하시는 일이 있다고요? 그때 그 순간에 그녀에게 그 말을 하지 않았으면 좋았을걸, 하고 후회하고 계세요? 저런, 그 때문에 결국 헤어지셨다고요. 거참 안됐습니다.

빈정거리는 게 아닙니다. 걱정 마시고, 저희 시간 여행 시스템을 이용하십시오. 이 차트를 보세요. 비용도 이만하면 저렴하지 않습니까? 당신의 인생을 바꿔놓을 수도 있는 시간 여행에 이 정도 비용이 비싸다면 말이 안 되죠. 당신은 진심으로 후회하고 있는 게 아닌 것 같군요. 아니면 지독한 구두쇠이거나 말입니다.

과거의 자신과 만나게 될 텐데 어떻게 그녀에게 그 말을 하지 않을 수 있냐고요? 골치 아프게 이러저러하게 공작을 해야 되지 않느냐고요? SF 소설을 너무 많이 보신 모양이군요. 시간 여행에 대해서만큼은 진짜 과학하고는 다른 방향으로 너무 많이 뻗어갔어요. 그래서 아직도 사람들은 시간 여행이라는 게 웰즈의 소설처럼 시간 여행 기계를 타고 여행을 하는 것인 줄 알죠. 그리고 백투더퓨처라는 영화에서처럼 과거의 자신을 만나고, 공간의 이지러짐이 생기고, 그에 따라 미래가 바뀌고, 하는 자동차 여행처럼 생각하는 겁니다.

안타깝지만 시간 여행은 그런 식으로는 되지 않습니다. 여행이라는 단어도 저희는 좀 마음에 안 들어요. 정확한 표현이 아니거든요. 정확하게 말하면 시간을 되감거나 빨리 푸는 작업인 겁니다. 공간에서처럼 이곳에서 저곳으로 여행을 가는 게 아니에요.

무슨 말이냐 하면요, 과거로 가는 여행은 당신에게만은 시간을 그대로 두고 다른 모든 것을 거꾸로 돌리는 작업인 거예요. 시간이라는 기다란 테이프를 되감는 작업이죠. 그래서 멀리 여행할수록 비용이 비싸죠. 게다가 많이 감을수록 시간 자체의 저항이 심해서 비용이 더욱 많이 들게 되는 거예요. 그리고 이념상으로도 그렇습니다. 후회의 세월을 그만큼 오래 보냈다면, 그 후회를 바로잡는 데 대한 대가도 그만큼 커져야 하는 것 아니겠어요?

어때요, 하시겠어요? 미래로 가는 여행도 물론 가능합니다만, 크게 권하고 싶지는 않아요. 당신은 시간이라는 긴 테이프 위에서 살고 있고요, 당신이 모르는 사이에 그 테이프는 미래로 이어져 있거든요. 그래서 미래에 똑 떨어지면…… 이거 실례지만, 술 마시고 필름이 끊어져 본 적 있으십니까? 잘됐군요. 그럼 쉽게 이해하시겠네요. 그렇게 미래에 가게 되면, 당신의 기억에는 전혀 없는 인물들이 당신을 아는 체하기도 하고, 당신에게 살갑게 굴기도 하고, 또는 당신을 증오하기도 하는 일이 발생합니다. 거기다가 당신이 지금 하는 일을 그대로 하고 있다는 보장도 전혀 없지요. 당신의 기억에 없는 일에 대해 책임을 져야 하는 겁니다. 게다가 비용도 두 배잖아요. 과거로 가는 비용도 비싸다면서, 미래로 가는 비용을 감당하실 수 있겠어요?

2.

나는 하기로 했다. 시간 여행의 비용은 내가 가진 전 재산의 3분의 1을 뚝 잘라내야 할 정도로 엄청난 것이었지만, 담당자의 말처럼 나는 과거로 돌아가서 그녀에게 사과를 해야 했다. 내 한마디 때문에 그녀는 자살을 했고, 나는 얼마나 후회를 했던가. 사과할 기회조차도 없었다. 내가 말을 하는 순간에 돌아서서 곧장 자동차를 타고 낭떠러지를 향해 엑셀을 밟았으니까. 그 죄책감으로 지난 3년 간의 내 삶은 삶이 아니었다. 그 일을 막을 수만 있다면, 비용이야 정말 문제가 아니다.

그 문제의 말은 내가 생각해도 좀 심했다. 인정한다. 그 말은 이러했다.

"너는 너랑 결혼하는 남자를 들들 볶아 죽이고 말 거야. 너 같은 여자는 혼자 사는 게 좋아."

3.

〈포인트〉라고 부르는 방에 들어가 앉아서 지긋이 기다리는 일은 생각보다 힘들었다. 그 동안의 죄책감을 덜 수 있다는 기대와, 시간 여행을 한다는 흥분, 그리고 그 여행이 고통스럽지 않을까 하는 두려움이 복합적으로 작용해서, 출발까지의 시간은 엄청나게 길게 느껴졌다. 그러나 이윽고 출발, 엄청난 충격에 눈을 감았다가 다시 떠 보니 나는 산장에 있었고, 내 앞에는 그녀가 앉아 있었다. 여전히 아름다운 그녀, 살아 있는 그녀를 보니 왈칵 애정이 솟아났다. 왜 그녀와 결혼하는 걸 두려워했을까. 확실히 그녀는 마녀 같은 구석이 있긴 하지만, 그게 꼭 나쁜 것이라고만 할 수는 없지 않은가. 저렇게 아름다운데. 아름다운 여자는 무죄라는 말도 있지 않은가.

4.

시간 여행을 원하신다고요? 잘 찾아오셨습니다. 과거건 미래건, 원하는 날 원하는 시각으로 가실 수 있습니다. 후회하시는 일이 있다고요? 저런, 여자의 자살을 막으려고 결혼을 했는데, 결국 파단에 이르렀나고요. 거참 안됐습니다.

빈정거리는 게 아닙니다. 걱정 마시고, 저희 시간 여행 시스템을 이용하십시오. 이 차트를 보세요. 비용도 이만하면 저렴하지 않습니까? 당신의 인생을 바꿔놓을 수도 있는 시간 여행에 이 정도 비용이 비싸다면 말이 안 되죠. 당신은 진심으로 후회하고 있는 게 아닌 것 같군요. 아니면 지독한 구두쇠이거나 말입니다.

5.

이번 시간 여행에는 내 전 재산을 틀어박고 집을 담보로 대부까지 받아야 했다. 똑같이 3년 전으로 가는데도, 나는 그만큼 가난했던 것이다. 원래의 판단이 옳았었다. 나는 그녀와 결혼해서는 안 되었다. 그녀는 내게 올가미를 씌워 꼭 움켜쥔 채로 모든 생활을 했다. 나는 그녀의 남편이 아니라, 그녀의 종이었다. 대체 왜 그 많은 비용을 들여 과거로 돌아가 그녀를 살려냈는지, 나 자신이 도저히 이해가 가지 않을 지경이었다. 게다가 이번에는 바람까지 났다. 그녀의 낭비벽과 자만심을 채워 줄 수 있는 남자는 이 나라 어디에도 없을 것이다. 나는 내 인생뿐 아니라, 그녀가 현재 바람을 피우고 있는 그 남자까지 구제하는 것이다. 과거로 돌아가 똑같은 얘기를 해서, 원래대로 과거를 고쳐 놓아야겠다. 전 재산을 털어서. 엄청난 비용이 들었지만 좋은 것 한 가지. 아무리 결혼을 해도 후회, 안 해도 후회한다지만, 나는 이제는 후회하지 않을 자신이 있다. 양쪽 다 겪어보고 더 좋은 쪽을 택하는 것이니까. 이제 더 이상 죄책감을 느끼지도 않을 것이다. 자신 있다.

6.

　모든 일은 생각처럼 쉽지는 않은 모양이다. 시간 여행을 포기했냐고? 아니다. 나는 물론 다시 시간 여행을 해서 과거로 돌아갔다. 그리고 그 산장에서 그녀에게 그 말을 다시 했다. 조금도 어렵지 않았다. 이 말은 내 진심이었기 때문에, 하지 않는 것보다 하는 편이 훨씬 쉬웠으니까.

　"너는 너랑 결혼하는 남자를 들들 볶아 죽이고 말 거야. 너 같은 여자는 혼자 사는 게 좋아."

　그런데 그녀는 자동차를 타고 낭떠러지로 달리지 않았다. 그저 씨익 웃었을 뿐이었다. 그리고서 한마디.

　"좋을 대로 생각해. 하지만 후회하는 건 당신일걸."

　그리고 내 앞에서 그 미끈한 몸매를 과시하며 옷을 벗어던지고 욕실로 들어가 샤워를 시작했는데, 난 정말 미칠 지경이 되었다. 운명의 장난일까. 왜 그 순간에 욕망을 이기지 못하고 일을 저질렀단 말인가.

값진 비용을 들여 과거로 온 보람도 없이 나는 다시 고삐에 꿰인 신세가 되고 말았는데, 난 도저히 이해를 할 수가 없었다. 대체 뭐가 잘못 되었길래 그녀가 자살 대신 유혹을 택한 것일까. 과거는 과거일 뿐이고, 분명히 테이프를 거꾸로 돌렸는데, 어디에서 이렇게 다른 일이 벌어진 것일까. 그런데 웃기는 것은, 이번에 그녀는 나를 전혀 방해하지 않았다는 것이다. 나를 종처럼 부리지도 않았고, 옴쭉달싹하지 못하도록 만들지도 않았다. 자유롭게 살도록 해주었으나, 다만 돈에 대해서만큼은 철저했다.

프리랜서 광고 디자이너인 나는 이번에는 맨 처음의 혼자 살 때보다 훨씬 많은 돈을 벌 수 있었다. 내 재능은 업계에서 완전히 인정을 받았고, 거의 떼돈을 벌었다. 솔직히 그건 모두 다 그녀 덕이었다. 내가 점점 더 많은 돈을 벌어오는 한 아리따운 아내로 있어 주었고, 내가 조금이라도 게으름을 부리거나 하면 원래의 표독스러움이 그대로 드러났기 때문에, 나는 열심히 일해서 인정도 받고 아리따운 아내도 얻는 방향으로 살 수밖에 없었던 것이다. 그리고 행복했다. 난 진심으로 행복을 느꼈고, 시간 여행을 다시 하길 잘했다고 생각했다. 두 번의 후회와 시간 여행 끝에 얻어낸 행복이 아닌가.

그런데 일은 그렇게 간단하지 않았다. 나는 그녀가 변한 이유를 간과하고 있었던 것이다. 3년째가 되었을 때, 그녀는 역시 바람을 피우기 시작했다. 지난번의 인생에서와 똑같은 남자, 내 동료, 혹은 경쟁자로, 역시 광고업계에 종사하는 사람이었다. 나는 그를 아내에게 소개시키면서도, 지난번의 인생에서처럼 그녀와 그가 사랑에 빠지리라고는 상상도 못했었다.

운명은 언제나 예상치 못한 부분을 치고 들어온다.

그는 그녀를 사랑했고, 내 재능을 충분히 인정하면서 또한 시기했던 것이다. 그리고 나보다 먼저 과거로 가서, 그녀를 먼저 만나 사랑에 빠졌고, 그녀에게 미래를 일러 주었다. 그리고 내 재능을 충분히 설명해서, 잘만 하면 떼돈을 벌 수 있다고 설득을 했다. 그래서 나는 그녀에게 조종되어 지금껏 뼈빠지게 뛰어온 것이다. 그것까지는 좋다. 나는 열심히 살았고, 인정도 받았고, 그녀 역시 표면적으로는 여전히 훌륭한 아내였다. 그러나 그녀는 드디어 이혼과 엄청난 위자료를 요구했다. 내가 일만 열심히 했기 때문에 정신적 고통이 어쩌구, 하는 엉뚱한 단서를 달아서 정식으로 청구를 한 것이다.

7.

시간 여행사의 안내서가 다시 날아든 것은 그 무렵이었다. 나는 그 안내서를 앞에 두고, 전화를 걸까 말까 무척 고민을 했다. 다시 한번 돌아간다면, 그녀의 유혹에 넘어가지 않고 굳건히 산장을 나와 혼자의 삶을 살아갈 것이다. 아무런 죄책감 없이 그냥 혼자 사는 것, 그것이야말로 내가 꿈꾸던 삶이 아니었던가.

지금의 내 재산에서 시간 여행 비용쯤은 아무것도 아니다. 어려울 것은 하나도 없다. 하지만 내가 그 동안 쌓아온 명성과 내 노력은 전부 백지로 돌아가고, 처음부터 다시 살아야 한다. 그토록 열심히 살았는데.

8.

깨달음이라는 것은 한순간에 오는 것인가 보다. 난 그녀와 미련없이 이혼을 하고, 위자료를 물었다. 위자료가 아무리 많다 한들, 처음의 인생이나 두 번째의 인생에서의 내 총재산보다 더 많은 돈이 여전히 내 수중에는 남아 있었다. 그리고 그보다 훨씬 값진 것, 바로 내가 쌓아놓은 명성과 영예와 경력이 고스란히 내 손아귀에 남아 있었다. 그것만은 어떤 위자료로도 결코 가져갈 수 없는 것이다.

나는 과거가 아니라 미래를 택했다. 그 후로 나는 갈림길이 생길 때마다 신중을 기해서 후회하지 않을 선택을 했다. 과거를 돌이키기 위한 시간 여행 따위는 패배자의 몫이다. 시간은 그렇게 흘러가게 마련인 것이다.

시간 여행의 비용은 결코 값싼 것이 아니었지만, 그 비용이 아깝지 않을 만큼의 교훈을 얻었다. 그 여행이 없었다면, 나는 지금까지도 죄책감에 짓눌려 재능을 발휘하지 못하고 억눌린 삶을 살고 있을 것 이니겠는가. 그 여행의 비용은 내 과거를 떨치고 미래를 보는 비용이었다. 내가 아무리 구두쇠라도, 그 비용은 참 싸게 먹힌 셈이라는 걸 인정해야겠다.

II. 미래

1.

시간 여행을 원하신다고요? 잘 찾아오셨습니다. 과거건 미래건, 원하는 날 원하는 시각으로 가실 수 있습니다. 걱정 마시고, 저희 시간 여행 시스템을 이용하십시오. 이 차트를 보세요. 비용도 이만하면 저렴하지 않습니까?

시간 여행을 하면, 거기에는 또 다른 자신, 그 시간대의 자신이 살고 있지 않느냐고요? 하하, SF 소설을 너무 많이 보신 모양이군요. 시간 여행에 대해서만큼은 진짜 과학하고는 다른 방향으로 너무 많이 뻗어갔어요. 그래서 아직도 사람들은 시간 여행이라는 게 웰즈의 소설처럼 시간 여행 기계를 타고 여행을 하는 것인 줄 알죠. 그리고 백투더퓨처라는 영화에서처럼 과거의 자신을 만나고, 공간의 이지러짐이 생기고, 그에 따라 미래가 바뀌고, 하는 자동차 여행처럼 생각하는 겁니다.

안타깝지만 시간 여행은 그런 식으로는 되지 않습니다. 여행이라는 단어도 저희는 좀 마음에 안 들어요. 정확한 표현이 아니거든요. 정확하게 말하면 시간을 되감거나 빨리 푸는 작업인 겁니다. 공간에서처럼 이곳에서 저곳으로 여행을 가는 게 아니에요.

무슨 말이냐 하면요, 과거로 가는 여행은 당신에게만은 시간을 그대로 두고 다른 모든 것을 거꾸로 돌리는 작업인 거예요. 시간이라는 긴 테이프를 되감는 작업이죠. 그래서 멀리 여행할수록 비용이 비싸죠. 게다가 많이 감을수록 시간 자체의 저항이 심해서 비용이 더욱 많이 들게 되는 거예요. 그리고 이념상으로도 그렇습니다. 후회의 세월을 그만큼 오래 보냈다면, 그 후회를 바로잡는 데 대한 대가도 그만큼 커져야 하는 것 아니겠어요?

어때요, 하시겠어요? 아, 미래로 가시겠다고요? 아뇨, 전혀 곤란하지 않습니다. 미래로 가는 여행도 물론 가능합니다. 다만 크게 권하고 싶지는 않아요. 당신은 시간이라는 긴 테이프 위에서 살고 있고요, 당신이 모르는 사이에 그 테이프는 미래로 이어져 있거든요. 그래서 미래에 똑 떨어지면…… 이거 실례지만, 술 마시고 필름이 끊어져 본 적 있으십니까? 잘됐군요. 그럼 쉽게 이해하시겠네요. 그렇게 미래에 가게 되면, 당신의 기억에는 전혀 없는 인물들이 당신을 아는 체하기도 하고, 당신에게 살갑게 굴기도 하고, 또는 당신을 증오하기도 하는 일이 발생합니다. 거기다가 당신이 지금 하는 일을 그대로 하고 있다는 보장도 전혀 없지요. 당신의 기억에 없는 일에 대해 책임을 져야 하는 겁니다. 게다가 비용도 두 배잖아요. 과거로 가는 비용도 비싸다면서, 미래로 가는 비용을 감당하실 수 있겠어요?

2.

나는 하기로 했다. 이 지긋지긋한 입시 지옥에서 벗어나, 모든 것이 다 끝나 있는 상태로 가고 싶었다. 이제 우리나라도 성인에게는 제법 많은 자유가 보장되어 있었지만, 중고생에게는 여전히 공부하라는 말이 좇아다닌다. 나는 착하다는 소리를 듣는 데에 익숙해 있어서, 다른 아이들처럼 잔소리를 들어가며 그 말을 거부할 만한 용기도 없었다. 겨우 반년만 미래로 가는 거라, 엄마의 신용 카드를 하나 슬쩍 하는 것으로 충분했다. 엄마의 잔고는 언제나 충분하니까, 별 지장 없이 나를 미래로 데려다 줄 것이다. 대입 시험이 모두 끝나고, 고등학교 졸업도 끝나고, 대학 입학식만 남은 상태로. 백일주까지 마셔대고 생난리를 쳤어도 역시 입시에 대한 두려움은 남아 있었고, 난 지긋지긋했다. 뚝 떼어서 미래로 갈 수 있다는데, 우리나라 어느 고3이 그 기회를 거절할 수 있겠는가.

3.

〈포인트〉라는 방에는 작은 의자 하나만 달랑 놓여 있을 뿐이었다. 이게 그 유명한 시간 여행 장치인가. 난 조금 실망스러웠다. 좀더 거창한 기계적인 장치를 생각했었는데, 고작 그냥 빈 공간일 뿐이라니. 아니, 나 자신은 그대로 두고 주변만 앞뒤로 움직인다는 말을 생각해 보면 억지스럽지는 않았다. 하지만 가만이 앉아서 기다리노라니 좀이 쑤셨다. 혹시 뭔가가 잘못된다면, 나는 다시 그 지긋지긋한 입시 지옥으로 돌아가야 하지 않는가. 한번 해방을 꿈꾸고 나서 다시 돌아가는 일은 처음 시작할 때보다 더욱 견디기 힘들리라.

그러나 이윽고 출발, 나는 무사히 미래에 도착했다. 언제나 성실한 모범생이었던 나는, 예상대로 원하던 대학에 합격 통지를 받아놓고 있었다. 내 기억에는 없지만, 뼈빠지게 공부를 한 탓이리라. 얼마나 지겨웠을까. 그 6개월이란 시간이 얼마나 길었을까. 가엾은 긴 시간 속의 나여.

4.

대학 생활은 즐겁고 행복했으나, 휴학을 하고 입영 통지서를 받고 나자 내게는 또다시 시간 여행의 충동이 고개를 들었다. 그 힘들다는 군대, 그 무던히도 안 간다는 국방부 시계, 700일이 넘는 기나긴 시간. 아후, 생각하면 한숨만 나왔다. 게다가 살릴 만한 특기도 없었고, 이제는 내 애인이 된 그녀를 그 기나긴 시간 동안 안 만나고 참으며 지낼 자신도 없었다. 매일 봐도 매일 헤어지기가 아쉬운데 어떻게 그 긴 시간을…… 말도 안 돼. 나는 고개를 휘휘 젓고 과감하게 결심했다. 군대 기간을 뛰어넘으리라. 이렇게 살면 인생이 짧아진다고? 군대에서 보내는 시간 따위는 짧아져도 돼! 난 단호하게 그렇게 결심했다. 정말로 그렇게 생각했다. 그리고 다시 한번 시간 여행을 했다. 이번에는 기간이 길어서 훨씬 많은 돈이 필요했다. 이번에는 아버지의 카드를 두 개 훔쳐낼 수밖에 없었다. 아버지는 엄마보다 훨씬 꼼꼼하니까 아마 들키리라. 그러나 설마 아버지가 나를 고소하거나 하지는 않을 것 아닌가. 엄마와 아버지는 모두 나를 무척이나 사랑하셨다. 그 사랑하는 마음을 이용하는 것도 같고 배신하는 것도 같아서 좀 망설여지기도 했다. 그러나 어쩔 것인가. 자식인데, 그것도 하나뿐인 자식인데.

5.

미래로 갔을 때, 그녀는 날 기다리기에 지쳐서 이 남자 저 남자를 만나고 있기는 했지만, 딱히 애인 사이라고 할 만한 사람은 없었다. 나만한 사람을 만나지 못했다는 것이다. 암, 그래야지, 그렇고말고. 내가 그녀에게 얼마나 정성을 쏟았는데. 전혀 기억나지 않지만, 나는 그래도 착실하게 군대 생활을 한 모양이었다. 나는 피부도 제법 그을었고, 몸무게도 늘어 있었다. 아침에도 6시만 되면 눈이 번쩍번쩍 떠졌다. 하긴 그러고도 남았을 것이다. 나는 말썽쟁이 스타일이 못 된다. 눈치도 빠른 편이고, 모범생 소리를 들을 만큼은 요령도 있는 편이다. 틀림없이 지겨워, 지겨워 하면서도 군대 생활쯤 착실하게 잘 했을 것이다.

위기는 다시 한번 다가왔다. 4학년이 되자, 취업 준비를 해야 했던 것이다. 군대 갔다와서 머리가 굳었다는 다른 사람들과는 달리, 나는 시간 여행의 덕택으로 머리는 핑핑 잘 돌아갔다. 그러나 대졸 취업문은 극도로 좁아져 있어서, 그 좁은 문을 통과하려면 1년 내내 잠도 줄여가며 공부하지 않으면 안 된다고들 했다. 특히 나는 언론사 시험을 볼 계획이었으므로, 정말로 수험생처럼 공부해야 했다. 그러나 고3도 군대 생활도 어영부영 건너뛴 내게 그런 인내심이 있을 리 없었다. 또 모른다. 좀 빨리 건너뛰기만 했지 충실하게 살아온 내 시간 테이프상의 내게는 그런 인내심이 있을지. 그러나 시간 여행으로 건너뛰어 온 내게는 분명히 그걸 견딜 만한 힘이 없었다. 나는 다시 한번 시간 여행을 하기로 했다.

6.

"안 돼."

"예? 왜요, 아버지. 할 거예요. 하겠어요."

"한번쯤은 네 힘으로 돌파해야 한다. 고3도, 군대도 그냥 건너뛰지 않았어? 또 시간 여행을 하겠다는 거냐?"

"아버지가 어떻게 그걸……"

"신용 카드 결재가 왔길래 시간 여행사에 가서 물어봤다. 엄마는 알고서도 비밀로 한 모양이지만, 시간 여행사에 가니까 네 기록이 남아 있더구나. 과거로 가는 기록은 안 남지만 미래로 가는 기록은 그대로 남아 있을 수밖에 없다더라. 그리고 시간 여행이 끝난 때의 너는 착실하기는 했지만 뭔가가 빠져 있다는 것을 알았지. 그건 책임감이었다. 타성에 젖어 있는 너였어."

"그래도 아버지, 이제 와서 그걸 견디라고 하시는 건……."

"세상에 못 견디는 건 없다. 그렇게 엄벙덤벙 인생을 다 건너뛰고 대충대충 살고 나면 죽을 때에 가서 과연 네가 살았다고 할 수 있겠니?"

"하지만 아버지, 이번이 마지막이에요. 사회에 나가면, 일단 취직만 되면 다시는 이런 짓 안할 게요. 정말이에요."

나는 눈물로 호소했지만, 아버지는 들어주지 않았다. 아버지의 신용 카드도, 엄마의 신용 카드도 모두 단단히 묶여 있어서 어쩔 수가 없었다. 그러나 나는 계속해서 돈을 만들 방법만 궁리하고 있었다. 은행 강도를 할까 하는 생각까지 했으니까.

　마침내 좋은 방법이 생각났다.

7.

　〈포인트〉에서 나는 다시 한번 흥분이 되어 기다리고 있었다. 정말 마음이 아프지만, 그녀에게 아버지의 신용 카드를 훔쳐 오라고 시킨 것이었다. 물론 그녀에게는 시간 여행을 한다는 소리는 하지 않았다. 그저, 내가 꼭 필요한 일이 있다고, 금방 돌려줄 테니 걱정하지 말라고 했을 뿐이다. 어떻게든 되겠지, 하는 생각이었다. 그녀의 아버지에게, 나는 벌써 든든한 사윗감으로 인사를 마친 상태였다. 그리고 우리는 거의 약혼한 상태였다. 고작 1년 건너뛰는 것인데, 그리고 취직만 하면 무슨 수를 써서든지 그 돈은 정말로 갚을 생각이다. 이런 행위가 범죄일까? 하지만 취업 공부에 시달려 팍삭 늙은 상태로 그녀의 남편이 되는 것보다야 이편이 낫지 않을까? 그녀의 아버지도, 아직 건강하고 싱싱한 정신 상태를 가진 젊은이를 사위로 맞고 싶지 않을까?

8.

　내가 정신을 차린 곳은 유치장 안이었다. 처음에는 내가 시간 계산을 잘못 했나 하는 생각부터 했다. 며칠 후 그녀가 면회를 와서야 자초지종을 알게 되었다. 그녀의 아버지가 신용 카드에 구멍이 생긴 것을 알고 나를 추궁했다는 것이다. 그리고 한 달 내로 메워놓지 않으면 약혼이고 뭐고 없던 일로 하고 고소해 버리겠다고 엄포를 놓았다는 것이다. 그렇게 책임감 없는 녀석에게 딸을 준다는 건 꿈도 꿀 수 없다면서.

　그래서 가엾은 나는, 불쌍한 나는 그 돈을 메우기 위해 범죄를 저질렀다는 것이다. 인턴 사원으로 들어간 곳에서 공금횡령을 하고 기소되어, 2년 6개월형을 받고 감옥에 들어와 있다는 것. 시간 여행이 1년 가까이 잡아 먹어서, 이제 1년 6개월만 살면 나갈 수 있다.

완전한 오산이었다. 어려운 부분은 무조건 그냥 건너뛸 수 있다는 것과, 나 자신이 성실하고 착실하고 절대 나쁜 짓은 하지 않는다고 과신했던 탓이다. 궁지에 몰리면 쥐도 고양이를 문다는데.

이제서야 비로소 나는 대체 뭘 하고 있나 하는 생각이 들었다. 삶은 성공도 하고 실패도 하면서, 쉬운 일도 있고 어려운 일도 있으며, 스스로 살아나가는 데에 의미가 있다는 아버지의 말을 이제야 알 것 같았다. 나는 힘든 삶은 건너뛰고, 또 쉽게 살려다가 내가 저지르지도 않은 것 같은 범죄에 대한 대가로 감옥 안에서 또 몇 년을 건너뜀으로써 내 인생을 완전히 낭비하고 있는 것이다.

내가 기억만 한다면 감옥에 들어와 있는 것이 이렇게 억울하지는 않을 것도 같았다. 그러나 곧 마음을 고쳐 먹었다. 인생이란 쉬운 일도 있고 어려운 일도 있는 것, 내가 져야 할 짐을 안 지고 도망쳤으니, 내가 지지 않았어도 될 짐을 지는 데 대해 불만을 품을 수는 없으리라.

형기를 마치고 이곳을 나간다면 열심히 돈을 모으리라. 그래서 과거로 돌아가리라. 나의 고3 시절로. 그래서 처음부터 끝까지 내 힘으로 다시 살아보리라.

아내를 죽이는 99가지 방법

▶ 이수광

충북 제천 출생.

83년 중앙일보 신춘문예 소설부문 당선.

84년 삼성미술문화재단

제14회삼성문예상 소설부문 수상.

94년 제10회한국추리문학대상 수상.

「화성의 비밀」, 「황야의 시」,

「서울의 밤안개」, 「금빛 육체의 여자」,

「잠들지 않는 밤」, 「피와 장미」,

「사라진 새벽」, 「사자의 얼굴」,

「나는 조선의 국모다」(전7권)

(이상 장편소설) 외 작품 다수.

아내를 죽이는 99가지 방법

1.

나는 영혼이다.

나는 며칠 전에 마누라에 의해 살해되어 구천(九天)을 헤매는 불행한 영혼이다.

나는 내가 영혼이라는 생각을 하면 가슴이 미어지는 것 같은 슬픔을 금할 수가 없다. 형체도 없고 형태도 없는 영혼, 아내가 자식마저 팽개쳐 두고 놈팡이와 놀아나고 있는데도 주먹으로 가슴만 두드려야 하는 영혼, 산 자들에게 말을 건넬 수도 없고, 내 억울한 사정을 하소연할 수도 없는 영혼, 내 처지를 생각하면 그야말로 닭똥 같은 눈물이 비오듯이 흘러내린다.

나는 지금 아내가 외출하는 것을 미행하기 위해 집 앞 골목 모퉁이에서 찬 비를 맞으며 몸을 떨고 있다. 소위 형사들이 말하는 잠복 근무를 하고 있는 셈이다.

이 이야기를 하기 전에 먼저 내가 누구인지를 밝히는 것이 순서일 것이다. 나는 얼마 전까지만 해도 K경찰서 강력계의 형사였었다. 고등학교를 졸업하고 어영부영 세월을 죽이다가 군대에 가느니 의경으로 들어갔다. 의경으로 국방의 의무를 대신하고 나자 사회에 나가서 마땅히 할 일도 없는 터라 순경 채용 시험에 응시했는데 덜컥 합격을 하고 말았던 것이다. 사실 합격이라고도 할 수 없는 것이 의경으로 복무하다가 제대를 할 때 본인이 원하면 순경으로 특채를 하는 제도가 있는데, 나는 그 과정을 거쳐 순경이 되었던 것이다.

그런데 명색이 강력계 민완 형사인 내가 어이없게 아내의 함정에 빠져 살해된 것이다.

'내가 미련했어!'

나는 그 일을 생각할 때마다 가슴을 친다. 도대체 이게 무슨 꼴인가? 형체도 없는 영혼이 되어 찬 비를 맞으며 아내의 외출을 기다리는 처지가 되어 있다니.

빗발이 푸슷하게 얼굴을 때려왔다. 철 이른 봄비였다. 어둠 속을 희끗희끗 날아온 빗발이 목덜미와 얼굴에 차갑게 뿌려졌다. 나는 얼굴을 잔뜩 찌푸렸다. 3월 1일. 1997년 3월 1일. 우리의 선열들이 파고다 공원에서 독립만세를 불렀던 날을 기념하는 날, 나는 집 앞의 골목 모퉁이에서 차가운 비를 맞으며 잠복을 하고 있다.

아내가 외출할 시간이 가까워지고 있었다.

벌써 골목이 어두컴컴했다. 2월을 지나자 낮의 길이가 길어지고 밤이 한결 짧아졌는데도 벌써 어둠이 골목을 서리서리 휘어감고 있었다. 조춘(早春)이었다. 찬 비가 뿌리고 있었으나 골목에는 사람들의 왕래가 드물지 않았다. 하기야 절기는 이미 봄이었다. 봄을 만끽하려는 청춘 군상들이 색색의 우산을 쓰고 오가고 있었다.

나는 담배를 피워 물었다. 한때 나도 골목을 오가는 젊은 남녀들처럼 아내의 어깨를 감싸안고 빗속을 걸은 적이 있었다. 아내의 풍성한 머리숱에서 풍기는 자스민 향의 샴푸 냄새, 젊은 처녀의 싱싱하고 향긋한 몸내음, 아내를 바라보는 것만으로도 나는 몸이 저려 오곤 했다.

아내는 나의 여자였다. 그런데 그녀는 나를 배신했고, 나는 살인사건의 강력범들을 잠복해서 검거하듯이 아내의 외출을 기다리고 있는 것이다.

내가 아내에게 놈팡이가 생긴 것을 알게 된 것은 얼마 전의 일이었다. 나는 그 무렵 화성연쇄살인사건 수사본부에 파견되어 수사를 하고 있어서 집에는 한 달에 두세 번밖에 오지 못하고 화성에서 살다시피 하고 있었다.

그날 내가 집에 돌아오자 아내가 외출을 하고 없었다. 나는 아내가 집에 없어서 섭섭했다. 모처럼 아내의 포실한 궁둥이를 두드리며 잠을 잘 생각이었는데 아내가 없었던 것이다. 아이들에게 물어보자 아내는 이모네 집에 갔다고 하였다. 나는 아이들에게 아이스크림을 사주고 곧바로 잠에 떨어졌다. 박형사와 헤어지기 전에 소주 한 병을 마신 탓인지 금세 잠이 쏟아졌다.

아침에 잠이 깨어 일어나자, 아내는 그때까지 돌아와 있지 않았다. 나는 아이들의 이모네 집으로 전화를 걸었다. 그러자 처제가 당황한 목소리로 전화를 받았는데, 어젯밤 언니가 와서 술을 마시고 얘기를 하다가 잠이 들어 10분 전에야 일어나 집으로 출발하였다고 한다.

나는 시계를 보았다. 처제의 집은 인천에 있었고 우리 집은 김포에 있으므로 30분이면 충분히 아내가 돌아올 수 있을 것이다. 아내를 기다렸다가 아내와 잠을 자고 수사본부로 돌아갈까 하고 생각했다. 보름째 여자를 가까이 하지 못해 아랫도리가 묵직했다. 그러나 나는 아내를 기다리지 않기로 했다. 아내의 살 냄새가 그립기도 하였으나 벌써 아침 7시가 되어 있었다. 아이들은 아내가 돌아와서 학교에 보낼 것이다.

나는 속옷을 갈아입고 다시 수사본부로 가려고 차를 끌고 집을 나섰다. 내가 근무하는 K경찰서 후배인 박형사도 속옷을 갈아입으러 집에 왔기 때문에 경찰서 앞에서 만나기로 하였던 것이다. 내가 끌고 온 차는 수사본부차였다.

경찰서 앞으로 나가자, 박형사가 이미 기다리고 있었다.

"잘 주무셨습니까?"

박형사가 인사를 하고 운전석으로 왔다. 나는 운전석에서 내려 조수석에 올라탔다.

"그래."

나는 피식 웃었다. 저만치 경찰서 옆 담장에 박형사의 부인이 박형사를 배웅하기 위해 나와 있었다. 박형사는 결혼을 한지 6개월도 안 된 신혼이었다.

"신혼이라 좋군."

나는 담배를 꺼내며 말했다.

"나오지 말라는데 자꾸 나오네요."

박형사가 면구스러운 표정으로 대꾸했다.

"손이나 흔들어 줘!"

"들어가!"

박형사가 유리창을 내리고 부인에게 외쳤다. 프론트 글라스로 내다보자 박형사의 부인이 손을 흔들고 있었다. 배가 부른 것을 보면 그새 임신을 한 모양이었다.

114

"아기 있나?"
"예, 다음달이 산달입니다."
"속도 위반을 했군. 임신했을 때 잘 해줘야 돼."
나는 웃으며 말했다.
"잘해 주고 있습니다."
박형사가 무표정하게 대답했다. 시내로 나오자 거리가 차량의 물결로 뒤덮여 있었다. 박형사는 공항 쪽으로 방향을 틀었다. 공항에서 남부순환도로를 타고 빠지면 화성의 수사본부까지 한결 빠르다.
나는 라이터로 불을 붙여 담배연기를 내뿜었다.
"밤새 아무 일이 없어서 다행입니다."
"화성?"
"예, 호출이 떨어지지 않았으니 사건이 없는 거죠."
화성연쇄살인사건은 공식적으로 거론되는 사건만 10건이 미제로 남아 있었다. 그 외에도 화성 주위에서 일어난 강간 살인 사건들이 5, 6건이나 되었다. 나는 범인의 유류품이 거의 없는 공식 사건보다 주변에서 일어난 사건들이 의외의 단초가 될지 모른다고 생각하고 있었다.
차는 고촌의 천둥산 고개를 향해 달리고 있었다. 나는 무심결에 시선을 차창으로 던졌다. 김포 평야는 이른 봄이라 황량했다. 가을걷이가 모두 끝나고 을씨년스러운 겨울을 보낸 벌판이 이제 막 푸른 싹들이 돋아나려고 기지개를 켜고 있었다. 벌판에 연두빛이 가득했다.
"이젠 완연히 봄이죠?"
담배연기 때문에 박형사가 창문을 약간 열었다.
"꽃들이 피려면 아직 한참 더 있어야 할걸."

"김포도 이제 러브 호텔 천지입니다."

박형사가 길 옆의 러브 호텔들을 쳐다보며 말했다.

"어느 시골이나 다 그렇지."

나는 건성으로 대꾸했다. 내가 앉아 있는 차창 쪽으로도 러브 호텔이 심심치 않게 지나가고 있었다. 수요자가 있으면 공급자가 있게 마련이었다. 러브 호텔을 찾는 사람이 그만큼 많으니 러브 호텔이 우후죽순으로 생기는 것이다.

'어?'

나는 차창으로 스쳐 지나가는 러브 호텔들을 바라보다가 눈을 휘둥그렇게 떴다. 새로 생긴 러브 호텔 앞에 낯선 남자와 다정하게 팔짱을 끼고 있는 30대의 여자, 그 여자는 지난밤에 외박을 한 나의 아내였다. 나는 가슴이 철렁했다. 나는 눈을 부릅뜨고 아내를 쳐다보았다. 아내도 무심결에 나를 보더니 소스라쳐 놀라는 듯한 표정을 했다. 나는 재빨리 고개를 돌려 외면했다. 그 순간 차는 러브 호텔 앞을 지나 천둥산 고개로 달려 올라갔다.

"왜 그러세요?"

박형사가 의아한 표정으로 나를 쳐다보았다. 나는 백미러를 살피다가 박형사를 쳐다보았다.

"응?"

"러브 호텔 앞에 있는 여자, 아는 사람예요?"

"글쎄, 어디서 본 것 같아서."

나는 말꼬리를 흐렸다. 박형사에게 그 여자가 차마 아내라고 말할 수가 없었다. 아내가 낯선 남자와 러브 호텔 앞에 서 있는 까닭을 도저히 설명할 방법이 없었다.

"그러고 보니 저도 낯이 익은데요."

"김포 여자겠지. 사건 때문에 만난 여자든가."

나는 애써 부인했다.

내가 그때 왜 박형사에게 차를 돌리라고 하여 아내의 부정을 확인하지 않았는지 모를 일이었다. 어쩌면 후배인 박형사가 아내의 부정을 알게 되는 것이 두려웠는지도 모를 일이었다.

어쨌거나 나는 그날 하루 종일 일을 할 수가 없었다. 용의자들을 조사하고 화성연쇄살인사건의 목격자를 찾아서 화성 일대를 누비고 다니면서도 아내의 모습만 눈에 밟힐 듯 어른거렸다.

'내가 잘못 본 것이 아닐까?'

나는 얼핏 그런 생각도 했다. 그 여자가 아내가 아니었으면 싶었다. 세상에는 비슷한 여자도 많으니까 아내와 비슷한 여자를 잘못 볼 수도 있는 것이다.

그러나 나는 내 눈을 의심하지 않았다. 그날 내가 본 것은 분명히 아내였고, 아내는 내가 아닌 다른 남자의 팔짱을 끼고 서 있었다. 나는 그 생각을 하자 가슴이 타는 것 같았다.

'아내가 러브 호텔 앞에서 낯선 남자의 팔짱을 끼고 있다니?'

나는 얼굴이 화끈거리고 치가 떨렸다. 러브 호텔의 침대에서 낯선 남자를 끌어안고 뒹구는 아내의 모습을 생각하자 가슴이 조각조각 찢어지고 있었다. 나는 아내가 그러한 짓을 저지르고 있는 사실을 모르고 아내가 세상에서 가장 예쁘고 정숙한 여자라고 생각했던 것이다.

나는 바보 같았던 내 자신이 혐오스러웠다.

2.

나는 담배연기를 여자를 향해 길게 내뿜었다. 여자가 깜짝 놀라 나를 쳐다보고는 몸을 부르르 떨었다. 나는 여자를 향해 하얗게 웃었다. 여자가 남자에게 더욱 바짝 달라붙었다.

"추워?"

남자가 의아한 표정으로 여자에게 물었다.

"갑자기 떨려요. 등줄기가 서늘해요."

"감기가 걸린 모양이야."

남자가 여자의 어깨를 감싸안았다. 그러자 여자가 기다렸다는 듯이 남자에게 안기면서 다시 입술을 포겠다. 나는 여자를 향해 다시 담배연기를 길게 내뿜었다. 여자의 얼굴로 담배연기가 푸르게 흩어졌다. 그러자 여자가 깜짝 놀라서 몸을 부르르 떨었다. 여자의 몸에 소름이 쫙 돋았다.

"왜 그래?"

"누가 우리를 보고 있는 것 같아요."

여자가 몸을 덜덜 떨면서 말했다.

"아무도 없는데."

남자가 주위를 휘둘러보고 미심쩍은 표정을 지었다. 나는 두 사람의 하는 짓을 보고 소리없이 웃었다.

나는 영혼이다. 소리도 없고 형체도 없다. 사람들은 내가 옆에 있어도 전혀 눈치를 채지 못한다. 사람들은 내가 옆에 나타나면 미세한 기(氣)를 겨우 느낀다. 그러니까 나는 기의 형태로 존재하는 것이다. 영혼들은 대개 그렇게 존재한다. 비가 오거나 눈이 올 때, 바람이 불 때, 혹은 아무도 없는 골목에 혼자 서 있을 때 등줄기가 서늘해지면 우리들 영혼이 거기에 있는 것이다. 공동묘지에 가면 유난히 기분이 으시시한 것도 영혼이 그곳에 많이 있기 때문이다.

젊은 남자와 여자는 황급히 골목을 떠나 빗속으로 사라졌다.

나는 그들이 사라진 방향을 향해 담배연기를 내뿜었다. 나는 그들의 데이트를 방해할 생각은 추호도 없었다.

그들이 하필이면 내 앞에서 농도 짙은 사랑의 행위를 표현하고 있었기 때문에 다른 곳으로 쫓았을 뿐이었다.

아내가 집에서 나올 시간이었다. 아내는 다른 날보다 조금 늦게 나오고 있었다. 아마 화장을 정성스럽게 하고 있는 모양이었다. 그것이 아니라면 놈팡이와 사랑을 나누기 위해 구석구석 몸를 씻고 있는지도 모를 일이었다.

'흥! 아주 단단히 빠졌어.'

나는 속으로 아내를 비웃었다. 그리고 다시 아내가 놈팡이의 팔짱을 끼고 있던 모습을 발견하던 날을 회상하기 시작했다.

아내가 러브 호텔 앞에 서 있는 것을 발견한 다음날 나는 몸살이 났다는 핑계를 대고 김포로 돌아왔다. 물론 집으로 돌아가지 않고 아내가 낯선 남자의 팔짱을 끼고 있던 러브 호텔을 찾아갔다.

"야! 어제 아침 7시 20분쯤 이 여관을 나간 사람들 있지? 사실대로 말해야 돼!"

나는 형사 신분증을 내보이고 종업원을 윽박질렀다. 그는 키가 작고 얍상하게 생긴 놈이었다. 나이는 얼추 스무 살 안팎으로 보였다. 눈이 뱁새눈처럼 작았다.

"어제 아침이요?"

종업원이 겁먹은 표정으로 머뭇거렸다.

"그래, 임마!"

나는 눈을 부릅뜨고 종업원을 다그쳤다.

"예."

"누구야?"

"지물포의 신 사장님인데요."

나는 머릿속에서 지물포 신 사장이 누구인지 더듬어 보았으나 기억을 할 수 없었다.

"지물포 신 사장?"

"읍내 시장에서 지물포 하시는 신 사장님예요."

"여자랑 같이 왔지?"

"예."

"그 여자랑 여관에서 잤어?"

"예."

종업원의 대답에 나는 발밑이 꺼지는 듯한 기분이 들었다.

"뭐하는 여자야?"

"형사 부인이라고 하대요."

"형사 부인?"

"예, 그래서 주인 아주머니가 신 시장은 겁도 없는 사람이라고 그랬어요. 형사 부인과 바람을 피운다고."

나는 종업원의 그 말에 가슴이 찌르르 울렸다. 놈은 내 약점을 건드리고 있었다.

"이 여자, 맞아?"

나는 아내의 사진을 종업원에게 보여주었다. 놈이 고개를 숙여 사진을 들여다보았다. 올백으로 넘긴 놈의 머리에서 포마드 냄새가 물씬 풍겼다.

"예."

"정확해?"

"예, 틀림없습니다."

"여기 자주 오나?"

"단골예요. 오늘밤에도 오실 거예요. 어젯밤에 오늘 방값까지 계산을 했으니까요.”

“알았어.”

“저, 무슨 사건이라도 터졌나요?”

“넌 알 거 없어!”

나는 쌀쌀맞게 내뱉고 러브 호텔을 나왔다. 그리고 경찰서로 들어가 강력계에서 범인을 검거할 때 증거를 포착하기 위해 사용하는 도청기를 가지고 러브 호텔로 찾아갔다.

“신 사장이 예약한 방이 몇 호실이야?”

“303호입니다.”

“안내해!”

“예.”

러브 호텔 종업원이 키를 가지고 계단을 올라갔다. 나는 종업원을 따라 계단을 올라갔다. 계단에는 붉은 카펫이 깔려 있었고 어둠침침한 조명이 켜져 있었다.

303호실은 3층 3호였다. 문을 열고 들어서자 일반 여관과 비슷했다. 커다란 침대와 TV, 그리고 화장실 겸 욕실이 있었다. 침대는 언젠가 드라마에서 본 것처럼 원형이었다.

“넌 내려가 봐. 난 여기서 잠깐 쉴 테니까.”

나는 침실을 한 바퀴 휘둘러보고 종업원에게 지시했다. 침대가 가정용과 달리 둥근 원형이어서 기분이 야릇했다.

“저, 여자 한 명 불러 드릴까요?”

종업원이 눈을 꿈벅거리다가 나에게 물었다.

“필요 없어.”

“예쁜 영계 있어요. 주인 아주머니가 형사님께는 돈 안 받고 서비스해 드린대요.”

“너 한 대 맞을래?”

　나는 놈의 얼굴을 날카롭게 쏘아보았다. 놈이 나의 복장을 지르고 있었다.
　"아, 아녜요."
　종업원의 얼굴이 금방 하얗게 질렸다.
　"빨리 꺼져!"
　나는 종업원에게 눈을 부릅떴다. 종업원이 겁을 덜컥 먹고 황급히 꼬리를 감추었다.
　나는 종업원이 여관방에서 사라지자 침대 위에 벌렁 누웠다. 침대는 푹신하고 호사스러웠다. 나는 담배를 꺼내 물면서 아내와 신 사장이라는 놈이 침대 위에서 저질렀을 낯뜨거운 장면을 생각했다. 그러자 나도 모르게 얼굴이 화끈거렸다.
　'더러운 년!'
　나는 아내와 신 사장이라는 자가 그 짓을 하는 모습을 상상하면서 치를 떨었다.
　내가 러브 호텔 303호에서 나온 것은 날이 어두워지기 시작했을 때였다. 나는 침대 밑에 도청기를 설치하고 러브 호텔 밖에서 아내와 놈이 나타나기를 기다렸다. 저녁은 러브 호텔에 오기 전에 미리 사 먹어서 시장기는 없었다.
　아내와 놈은 12시가 될 때까지도 나타나지 않았다. 나는 소주를 한 병 사서 벌컥벌컥 들이켰다. 한 병을 나발 불 듯이 다 마셨는데도 취기가 오르지 않았다.
　나는 잘 아는 주유소 사장의 차를 빌려 러브 호텔 옆에 세우고 차 안에 앉아서 기다렸다. 여러 가지 생각이 머릿속을 스치고 지나갔다. 아내가 바람을 피웠으므로 헤어지면 그뿐이었다. 그러나 아이들을 생각하자 헤어지는 것도 난감했다. 아내와 헤어지면 아이들을 돌볼 사람이 없었다.

　그때 붕 하는 소리와 함께 택시 한 대가 달려와 멎었다. 내가 눈을 치뜨고 주시하자 남자와 여자가 내리고 있었다. 남자의 어깨에 기대듯이 내리고 있는 것은 분명히 아내였다.

　아내는 지난 결혼기념일에 내가 사준 감색 미니 스커트를 입고 있었다. 위에는 스웨터 차림이었다. 스웨터 역시 아내의 생일 때 내가 용돈을 아껴서 사준 것이었다. 아내는 그때 시큰둥해 했었다. 그러고 보면 아내가 놈팡이를 만날 때 입으라고 옷을 사준 꼴이었다.

　신 사장이라는 놈이 요금을 치르자 택시가 붕 하고 떠났다. 아내는 택시가 떠나자 참을 수 없다는 듯이 재빨리 신 사장에게 안겼다.

　'창녀 같은 년!'

　나는 아내가 신 사장이라는 놈에게 달라붙는 것을 보고 가슴이 싸하게 저려왔다. 아내와 신 사장은 러브 호텔 앞이라는 사실도 잊어버리고 바짝 달라붙어서 몸뚱이를 비비대고 있었다.

　가관이었다.

　'죽여 버리겠어!'

　나는 그때 입술을 깨물며 결심했다.

　아내와 신 사장이라는 놈은 한참 동안이나 달라붙어서 눈꼴 사나운 짓을 하다가 떨어져 러브 호텔 안으로 들어갔다. 나는 담배를 꺼내 물었다. 기분이 미묘했다. 생각 같아서는 당장 뛰어 들어가서 간통을 하는 두 연놈의 숨통을 끊어주고 싶었지만 나는 명색이 강력계 형사였다. 여관에서 살인을 저질러 교도소 신세를 지고 싶지는 않았다.

　나는 도청기를 틀었다.

　도청기에서는 한동안 아무 소리도 들리지 않았다. 그러나 5분쯤 지나자 방문이 열리는 소리, 옷을 벗어 던지는 소리가 들리고 침대가 흔들리는 소리가 들려왔다. 아내와 놈은 방에 들어가자마자 그 일을 시작한 모양이었다.

'그래, 실컷 즐겨!'

나는 또 다시 살의를 굳혔다. 그리고 아내를 죽이는 방법에 대해서 연구하기 시작했다.

3.

생각해 보니 사람을 죽이는 방법은 허다하게 많았다. 나는 강력계 형사로 10년을 넘게 근무했다. 순경으로 채용된 뒤에 한동안 파출소에 근무했으나 대민 업무는 나의 적성에 맞지 않았다. 그 후 나는 강력계로 옮겼고 지금까지 10년이 넘게 강력계 형사 노릇을 하면서 수많은 살인사건을 섭했던 것이다.

나는 그중에서 가장 쓸 만한 사건을 몇 가지 추렸다. 첫번째는 목을 매어 죽이는 것이었다. 목을 매어 죽이는 것은 교살(絞殺)과 액살(縊殺)이 있는데 교살은 목을 끈 같은 것으로 옭아서 죽이는 것이고 액살은 목을 졸라 죽이는 것이다. 비슷하지만 약간 차이가 있다.

두 번째는 독살이었다. 독살은 문자 그대로 독을 먹여 죽이는 것이었다. 물론 독살도 주사기를 이용하는 것이나 가제에 독을 묻혀 마시게 하는 방법 등 참으로 다양했다. 그러나 현실적으로 독살은 부검 때 들통날 위험이 있었다.

세 번째는 칼 따위의 흉기를 사용하는 방법이었다. 칼 따위의 흉기를 사용하여 아내를 죽인 뒤 가정 파괴범의 짓으로 알리바이를 조작하는 것이었다. 그러나 완벽하게 알리바이를 조작했다고 해도 뜻 아니한 사태로 알리바이가 깨지는 일이 허다했기 때문에 그 방법도 위험 부담이 너무나 컸다.

아내를 내가 죽이는 것은 여러 가지 문제를 수반할 수 있었다. 나는 그런 위험에 빠지고 싶지는 않았다. 가장 좋은 방법은 아내가 제 스스로 죽어주는 것이었다.

아내가 갑자기 말기암을 선고받거나 교통사고를 당해서 죽으면, 나는 아내의 문제를 깨끗하게 해결하게 되는 것이다. 그러나 아내가 그런 사연으로 죽어주기는커녕 점쟁이의 말마따나 장수를 하려는지 타고난 건강 체질이었고 교통사고를 당할 염려도 그다지 없었다.

어쨌든 아내를 죽일 수 있는 방법은 내가 생각하기에도 99가지가 더 되었다. 나는 일단 99가지의 아내를 죽이는 방법을 수첩에 메모했다.

그날 밤 아내는 신 사장이라는 지물포 사장놈과 밤새도록 침대에서 뒹굴었고, 나는 몇 번이나 주먹을 쥐고 몸을 떨며 아내를 죽이는 방법만 연구했던 것이다.

휘이익, 바람이 불어왔다. 나는 어깨를 바짝 움츠렸다. 바람이 사나워지면서 갑자기 빗발이 내 얼굴에 들이쳤다. 나는 레인코트의 깃을 바짝 올려세웠다.

춥다.

나는 어깨를 부르르 떨었다.

비바람 속에 몇 시간이나 서 있자 턱이 덜덜 떨리고 이빨이 딱딱거리고 부딪쳤다.

덜컹.

그때 어둠 속에서 대문이 요란하게 열렸다. 나는 살아 있을 때의 습관으로 벽에 몸을 바짝 붙였다. 범인들을 검거하기 위해 잠복을 하고 있을 때 몸을 숨기던 버릇이 아직도 남아 있었다.

아내가 대문에서 나왔다. 아내는 검은 박쥐우산을 쓰고 있었다. 아내는 주위를 둘러보지도 않고 총총걸음으로 걸어나오기 시작했다.

나는 숨을 죽였다.

아내가 내 옆으로 걸어왔다. 그때 회칠을 하듯 분가루를 더덕더덕 처바른 아내의 얼굴에서 화장품 냄새가 강하게 풍겼다. 아내는 나를 의식하지 않고 큰길을 향해 걸어가고 있었다. 나는 내가 영혼이라는 사실이 다행이라는 생각이 들었다. 나는 아내의 뒤를 따라 걷기 시작했다.

아내가 무슨 낌새를 느꼈는지 뒤를 힐끗 돌아보았다. 나는 재빨리 벽에 달라붙으려다가 하얗게 웃었다.

나는 영혼이다. 아내의 눈에 내 모습이 보일 리가 없는 것이다.

아내가 어깨를 으쓱했다. 아내는 보이지 않는 나의 존재로 섬뜩한 한기를 느꼈을 것이다.

아내가 걸음을 재촉했다. 나는 아내를 희롱하고 싶어졌다. 까닭 모를 두려움 때문에 겁을 먹고 있는 아내의 등뒤로 바짝 다가가서 머리를 잡아당겼다. 아내가 다시 깜짝 놀란 표정으로 걸음을 멈추고 나를 돌아보았다.

나는 소리 없이 웃었다.

"헉!"

아내가 입을 벌리고 짧은 신음을 터뜨렸다. 아내의 눈이 크게 확대되고 있었다. 아내는 나를 볼 수는 없었지만 나의 존재를 느꼈을 것이다. 아내의 몸에 소름이 쫙 돋아나는 것을 알 수 있었다.

아내가 종종걸음으로 큰길로 달려갔다. 나도 아내를 따라 뛰었다. 비바람은 더욱 거세어지고 있었다. 골목을 빠져나가자 양쪽 연도에 도열해 있는 수양버들이 산발을 한 것처럼 마구 나부꼈다.

나는 아내의 앞으로 달려갔다. 아내가 허겁지겁 달려오다가 자지러졌다. 내가 수양버들에 거꾸로 매달려 있었기 때문이었다. 아내는 아직도 나를 볼 수가 없었다. 그러나 나를 볼 수 없어도 누군가 자신을 노려보고 있다는 것을 막연하게 의식하고 있었다.

큰길이 나타났다. 강화 쪽에서 택시가 달려왔다. 아내가 손을 흔들어 택시를 세웠다. 나는 아내보다 먼저 택시에 올라탔다. 아내가 내 옆에 올라탔다.

"읍내요."

아내가 가쁜 숨을 진정시키며 택시 기사에게 말했다.

"무슨 일이 있으세요?"

택시 기사가 백미러로 아내를 살피며 물었다.

"아녜요."

아내가 고개를 흔들었다. 나는 아내 옆에 바짝 달라붙었다. 아내의 몸에서 풍기는 희미한 살냄새가 좋았다. 아내는 큰길까지 헐레벌떡 달려나왔기 때문인지 몸에서 열이 나고 있었다. 나는 비를 맞아 추운 몸을 아내에게 기댔다. 아내의 따뜻한 체온으로 빗속에서 얼어붙은 내 몸을 녹일 작정이었다.

그러나 아내가 계속 몸을 떨어 나는 아내에게서 떨어지고 말았다.

택시가 읍내에서 멎었다. 아내가 핸드백에서 천원짜리 한 장을 꺼내 택시 기사에게 휙 던져 주고 차문을 열고 나갔다.

"쌍년! 택시 기사라고 우습게 보나, 돈을 어디다 던져?"

택시 기사가 아내의 등뒤에 대고 투덜거렸다. 나는 나의 아내에게 돼먹지 않은 욕을 하는 택시 기사의 뒤통수를 주먹으로 한대 때렸다. 택시 기사가 깜짝 놀라서 나를 돌아보았다.

"뭘 봐, 임마? 남의 여편네한테 함부로 욕을 하니 귀신한테 뒤통수를 얻어맞는 거잖아."

나는 하얗게 웃었다. 택시 기사가 고개를 갸우뚱하더니 엑셀러레이터 페달을 힘껏 밟았다. 나는 연기처럼 택시에서 빠져나왔다. 아내가 벌써 읍내의 다방으로 들어가고 있었다.

다방에는 신 사장이라는 놈이 나와 있었다. 머리는 스포츠형으로 짧았고 체격이 호리호리했다. 아내는 다방의 어두컴컴한 구석에서 신 사장이라는 놈의 옆에 바짝 달라붙어 있었다.

나는 그들 앞에 앉았다.

"어떻게 됐어?"

신 사장이 아내를 추궁하듯이 물었다.

"3천7백만원밖에 보험금을 안 주겠대요."

"제기랄! 그럼 퇴직금까지 다 해봤자 7천밖에 안 되잖아?"

"변호사를 대야 하겠어요."

"변호사를 대면 얼마나 받는데?"

"호프만식으로 재판을 걸면 1억5천은 충분히 받을 수 있대요."

"도둑놈들이군."

"누가요?"

"보험회사 말이지 누구야?"

신 사장이라는 놈이 담배를 꺼내 물었다. 그러자 아내가 재빨리 성냥을 켜서 불을 붙여주었다.

‘망할 년! 내가 재떨이 좀 가지고 오라고 했을 때는 손이 없냐 발이 없냐 하고 투덜거리더니, 놈이 담배를 물자마자 성냥을 켜서 불을 붙여줘?’

나는 아내의 얼굴에 침을 뱉고 싶었다. 신 사장이라는 놈이 담배연기로 도너츠를 만들어서 내뿜었다. 아내가 감탄하는 시선으로 놈을 쳐다보았다. 나는 쿨럭대고 기침을 했다. 놈이 내 얼굴에 담배연기를 뱉었기 때문이다.

그때 다방 아가씨가 내 무릎 위에 냉큼 올라 앉았다. 나는 당황했다. 사람들은 내가 보이지 않기 때문에 곧잘 나에게 부딪치거나 나를 깔고 앉고는 했다. 나는 그럴 때마다 재빨리 피하고는 했는데 담배연기 때문에 미처 다방 아가씨를 보지 못했던 것이다.

“차 주문 하시겠어요?”

다방 아가씨가 내 무릎에 앉아서 몸을 흔들었다. 다방 아가씨는 미니스커트 차림이었다. 탄력 있는 궁둥이가 내 무릎에 얹혀져 몸을 흔들자, 나는 기분이 미묘했다.

“커피!”

신 사장이 말했다.

“나두요.”

아내가 앵무새처럼 재빨리 따라 말했다. 다방 아가씨가 껌을 질겅질겅 씹으며 내 무릎에서 일어나 카운터로 걸어갔다.

“아이들은 어떻게 할 거야?”

“고아원에 보낸다고 했잖아요?”

아내가 야멸차게 말했다. 나는 아내의 말에 가슴이 싸하게 저려왔다. 아내가 신 사장이라는 놈과 살기 위해 아이들을 고아원에 보내기로 한 것이다.

“틀림없지?”

신 사장이라는 놈이 다짐을 했다.

“내가 언제 허튼 소리 했어요?”

아내가 눈을 흘겼다. 나는 이들을 죽여 버려야겠다고 결심했다. 나는 내가 비록 아내에 의해 살해되었지만 아내가 아이들만 곱게 키워준다면 미워하지 않으리라고 생각했었다. 내가 죽었기 때문에 누군가 아이들을 돌보아 주어야 했던 것이다. 비록 나를 죽인 아내지만 제 속으로 낳은 아이들을 구박이야 하랴 생각했던 것이다. 그러나 아내가 신 사장이라는 놈과 살기 위해 아이들을 고아원으로 보낼 궁리를 하자 더 이상 용서할 수 없다고 생각했다.

아내와 놈은 다방에서 커피를 마신 뒤 읍내의 단란주점으로 들어갔다. 그들은 단란주점에서 밤 12시까지 술을 마시고, 노래를 부르고, 껴안고 춤을 추었다.

나는 그들이 단란주점을 나와 러브 호텔로 들어가자 따라 들어가지 않고 밖에서 우두커니 러브 호텔을 쳐다보았다. 그들이 러브 호텔 침대에서 알몸으로 껴안고 뒹구는 모습을 보고 싶은 마음은 추호도 없었다.

언제가 그들이 무슨 짓을 하는지 궁금하여 따라 들어갔다가 나는 못 볼 것을 보고 말았던 것이다. 그들은 청계천에서 파는 포르노 비디오 테이프보다 더욱 낯뜨거운 짓을 하고 있었다.

나는 담배를 피워 물었다. 밤이 깊어 갈수록 비바람이 차갑게 불고 있었다.

나는 집으로 돌아왔다. 아이들이 어떻게 지내고 있는지 궁금했다. 그러나 아이들 방까지 들어갈 수는 없었다. 아이들은 내가 나타나면 방안의 공기가 서늘하여 자다가 말고 소스라쳐 놀

라 일어나곤 했다. 나는 사랑하는 아이들을 놀라게 하고 싶지는
않았다.

나는 대문을 통해 현관으로 들어갔다. 현관문은 잠겨 있었으
나 바늘 구멍만 있어도 나는 연기처럼 스며들기 때문에 거실로
들어가는 것은 아무것도 아니었다.

4.

거실은 조용했다. 나는 아이들 방으로 가서 문틈으로 아이들
이 자는 모습을 들여다보았다. 아이들 방에는 2층 침대가 있었
는데 딸이 2층, 아들이 1층에서 자고 있었다. 딸은 초등학교 4학
년, 아들은 초등학교 1학년이었다.

아들은 이불을 걷어차고 자고 있었다. 나는 문틈으로 스며들
어가 아들의 이불을 덮어줄까 하다가 그만두었다. 그런 짓을 하
다가는 아이들이 소스라쳐 놀라 깨어날 것이다.

딸의 얼굴에는 눈물 자국이 말라붙어 있었다. 아마 유난히 겁
이 많은 딸이 아내가 외출을 하자 무서워서 울다가 잠이 든 모
양이었다. 아들은 나이도 어리지만 무서움을 잘 모른다.

'불쌍한 것들.'

나는 아이들의 잠자는 모습을 보고 눈시울이 뜨거워졌다. 사
랑하는 아이들을 보고도 가까이 가서 안아줄 수 없다는 사실이
새삼스럽게 슬펐다.

나는 손등으로 눈을 씻고 안방으로 들어갔다. 안방은 아내의
옷가지들이 어지럽게 흩어져 있었다. 아내가 놈을 만나기 위해
외출복을 갈아입고는 집에서 입는 옷을 함부로 벗어던진 탓이
었다.

'눈이 뒤집혔어.'

나는 아내의 옷가지들을 발로 차고 침대에 벌렁 누웠다. 침대는 따뜻했다.

'신 사장 놈한테 홀딱 빠진 아내가 아이들을 고아원으로 보낼 텐데 어떻게 하지?'

나는 도저히 잠을 이룰 수가 없었다. 아이들이 고아원에서 온갖 고생을 할 생각을 하자 가슴이 미어지는 것처럼 아팠다.

나는 아내를 죽이지 못하고 거꾸로 내가 당한 것에 새삼스럽게 분통이 터졌다. 그날 아내가 신 사장이라는 놈과 바람을 피우는 것을 확인한 나는 며칠 동안 오로지 아내를 죽이는 방법만 연구했다. 그리하여 아내에게 수면제를 먹이고 아내가 잠이 들면 아내를 들쳐업고 길에다 버린 후 교통사고로 위장하여 죽일 결심을 했다.

나는 그 계획을 실전하기 위해 아이들을 집에서 떼어놓을 생각을 했다. 아이들이 보지 않더라도 아이들이 가까이 있는 곳에서 아내를 살해할 수는 없었다.

나는 기회를 기다리기로 했다. 기회는 금방 왔다. 며칠 후 아이들의 이모이자 아내의 동생인 처제의 생일이었기 때문에 나는 선물 보따리를 사가지고 아내와 아이들을 데리고 인천으로 갔다. 나는 아내와 아이들과 함께 처제네 집에서 저녁식사를 한 다음에 수사본부로 간다면서 혼자서 처제의 집을 나섰다.

아내는 내가 처제의 집을 나온 지 한 시간 만에 아이들을 두고 처제의 집에서 나왔다. 아내는 택시를 타고 김포로 달려가기 시작했다. 김포로 가서 신 사장이라는 놈을 만날 계획인 것이 분명했다. 나는 아내를 미행하기 시작했다. 아내가 집에 들르면 금상첨화였다. 나는 아내가 유달리 좋아하는 인삼 드링크에 수면제를 타놓았기 때문에 아내는 그것을 마시자마자 잠이 들 터였다.

아내는 내가 생각했던 대로 집으로 먼저 돌아왔다. 그녀는 집에 돌아오자마자 거실에 놓여 있는 인삼 드링크를 마시고는 안방에 들어가 옷을 갈아입으려다가 잠이 들고 말았다. 내가 30분쯤 뒤에 집에 들어가자 아내는 속옷 차림으로 침대에 쓰러져 자고 있었다.

'계획대로 되는군.'

나는 속으로 미소를 지었다. 나는 죽은 듯이 잠들어 있는 아내에게 겉옷을 입혔다. 그리고는 아내를 들쳐업고 나오려다가 아내를 거실에 내려놓고 밖을 살폈다. 누군가 내가 아내를 업고 밖으로 나가는 것을 본다면 모든 것이 수포로 돌아가는 것이다.

나는 대문으로 나와 골목을 살폈다.

다행히 골목에는 그림자 하나 없었다. 시간이 이미 밤 12시가 지나 있었다.

나는 아내를 들쳐업고 대문을 나와 아내를 차에 실었다. 그리고 차를 끌고 한적한 곳으로 달려갔다. 이마에서 식은땀이 비오듯이 흘러내리고 있었다.

아내를 싣고 강화 쪽으로 10분쯤 달리자, 차량이 뚝 끊어지고 안개가 자욱하게 내리고 있었다. 날씨조차 나를 도와줄 모양이었다. 나는 아내를 차에서 끌어내려 길바닥에 팽개쳤다. 이제 차에 시동을 걸고 아내를 치어버리면 그만인 것이다. 아내를 확실하게 죽이려면 두 번쯤 차로 치어야 할 것이다.

나는 시동을 걸었다. 안개가 자욱해서 서둘러야 했다. 그러나 나는 차마 아내를 차로 치어 죽일 수가 없었다. 아내를 죽이는 것은 시동을 걸고 아내 위로 지나가기만 하면 되는 것이었다.

손에 피를 묻힐 필요도 없었고 고통스러워하는 모습을 보지 않아도 되었다.

'하지만…….'

나는 고개를 흔들었다. 막상 아내를 죽이려니까 아내와 함께 했던 수많은 날들이 주마등처럼 머릿속을 스쳐오고 있었다. 한때 우리는 누구보다도 뜨겁게 사랑했었다. 그런데 이제 와서 아내를 죽여야 하다니. 진정으로 아내를 사랑한다면 아내를 용서할 수도 있지 않은가. 아내를 더욱 열심히 사랑해 주면 아내도 다시 나에게 돌아올 것이 아닌가.

나는 되지 못하게 그런 생각을 했다. 그리고 교통사고를 위장하여 아내를 살해했다가 발각된 내 모습이 머릿속에 떠올랐다. 그것은 생각만 해도 끔찍했다. 나는 살인자가 되고 싶지도 않았고 살인자가 되어 동료 형사들로부터 범죄 사실을 추궁받고 싶지도 않았다.

나는 허겁지겁 차에서 내려 아내를 다시 들쳐업고 차에 실었다. 아무도 본 사람이 없는 것이 다행이었다.

아내는 내가 집에 돌아와 침대에 눕힐 때까지 세상 모르고 자고 있었다. 나는 안개에 젖은 아내의 겉옷을 벗겨 주고 침대에 나란히 누웠다. 살해를 하려다가 만 아내와 함께 눕자 기분이 요상했다. 마치 시체와 함께 누워 있는 기분이었다.

잠이 든 아내는 지극히 평온해 보였다.

다음날 아내는 잠에서 깨어나 깜짝 놀란 표정을 했다. 나는 화성에 갔다가 집에 무전기를 두고 가서 다시 왔는데 당신이 있길래 옆에서 자게 되었다고 거짓말을 했다.

"아이들을 데리고 오려고 했는데 잠이 들어서 데리고 올 수가 없었어요."

아내는 입에 침도 바르지 않고 거짓말을 했다.

"잘했어. 모처럼 둘이서 오붓하게 보내지 뭐. 오늘은 일요일이니까 내일 새벽에나 올라가야겠어."

아내는 내 말에 엉거주춤 미소를 지었다. 아직도 상황이 어떻게 돌아가고 있는지 파악을 못하고 있었다. 나는 속으로 아내를 죽이지 않기를 잘했다고 생각했다. 머리가 부시시 했으나 아내는 여전히 가슴이 설렐 정도로 미인이었다.

아내가 아침을 준비하기 시작했다. 나는 욕조에 따뜻한 물을 받아서 들어가 누웠다. 그리고 아내를 불러 등을 밀어달라고 했다. 아내는 아침을 준비하다가 말고 욕실로 들어와서 내 등을 밀었다. 내가 집에 돌아올 때면 으레 되풀이하는 일이어서 아내는 군소리 한번 하지 않고 내 등을 밀었다. 나는 내 등에서 움직이는 아내의 손에 열의가 없다는 사실을 금방 알아차렸다.

아내는 또 신 사장이라는 놈을 생각하고 있는 모양이었다.

'내가 그 놈보다 못할 게 뭐가 있어?'

나는 아내가 신 사장이라는 놈에게 푹 빠진 까닭을 도무지 이해할 수가 없었다. 나도 미남 측에 드는 인물이어서 총각 때는 여순경들이 데이트를 하려고 안달을 했었다.

'어쨌거나 아내를 사랑해야 돼!'

아내를 추궁하면 일이 더욱 꼬인다. 용서해 줄 테니 두번 다시 그런 짓을 저지르지 말라는 훈계는 아내를 쫓아내는 것이나 마찬가지일 것이다. 그저 모르는 체하고 아내를 더욱 위해 주어 아내가 나의 참사랑을 깨닫고 돌아오게 하는 것이 첩경이었다.

나는 아내를 껴안았다. 부부의 사랑이란 행동이 중요하다. 아내가 나를 뿌리치는 시늉을 했으나 내가 적극적으로 달라붙자 마지못해 응해 주었다.

우리는 침대로 갔다. 집에 아이들이 없어서 다행이었다. 나는 침대에서 아내를 껴안으며 신 사장이라는 놈을 생각했다. 놈이 아내를 나처럼 껴안았을 생각을 하자 또 다시 분통이 터졌다. 그러나 나는 참았다.

그날 나는 아내를 세번이나 안아주었다. 나는 내가 수사를 하기 위해 걸핏하면 집을 비워 아내가 외로움을 견디지 못해 바람을 피우게 된 것이 아닐까 하는 생각을 했고, 그렇다면 아내를 만족시켜 주는 것이 최상의 사랑이라고 생각했던 것이다.

그 일이 끝나자 나는 늘어지게 잠을 잤다.

아내도 내 옆에서 늘어지게 잠을 잤다. 저녁때가 되자 아이들이 인천에서 내려왔고, 나는 아이들과 놀아주었다. 아이들은 내가 모처럼 놀아주자 신이 나서 깔깔대고 웃어댔다.

밤이 되었다. 나는 아내와 아이들과 함께 텔레비전을 보았다. 아내는 나에게 과일을 깎아다 주기도 했고 커피를 타서 갖다 주기도 하는 등 신혼 초처럼 애교를 떨었다. 나는 흐뭇했다. 아내가 더욱 사랑스러워졌다. 그러나 문득문득 신 사장이라는 놈과 놀아나는 아내의 모습이 떠올라 얼굴이 어두워지기도 했다.

아이들이 잠이 들었다. 나는 아이들을 안아다가 침대에 눕혔다. 그리고 아이들의 이마에 키스를 해주었다.

"아빠! 사랑해요!"

딸이 눈을 방긋 뜨고 말했다.

"아빠도 사랑한단다!"

아들은 쌔근쌔근 코를 골며 자고 있었다. 나는 거실로 돌아와 소파에 등을 기대고 앉았다. 아내가 내 옆에 다가와 몸을 기댔다. 나는 아내의 어깨를 감싸안았다.

나는 늘어지게 하품을 했다.

“졸려요?”

아내가 물었다.

“아니.”

나는 거짓말을 했다. 사실은 아까부터 졸음이 쏟아지고 있었
다.

“졸리면 주무세요.”

아내가 말했다.

“괜찮아.”

나는 무겁게 감기는 눈까풀을 밀어올리며 간신히 중얼거렸
다. 그것이 세상에서 내가 마지막으로 한 말이었다. 나는 그때
부터 세상 모르고 깊은 잠에 떨어졌고, 아내가 나를 살해할 때
까지 아무것도 의식하지 못하게 되었다.

5.

아내가 돌아왔다. 가슴이 답답하여 눈을 뜨자 아내가 내 가슴
위에 엎드려 자고 있었다. 나는 어이가 없었다. 아내는 내가 침
대에 쓰러져 뒹굴다가 잠을 자고 있는 것도 모르고 내 위에 엎
드려 자고 있었다.

나는 영혼이다. 내가 침대 위에 쓰러져 자고 있어도 사람들
눈에 띄지 않는다. 아내도 영혼인 내가 자기 침대에서 쓰러져
자고 있는 줄은 까맣게 몰랐을 것이다.

아내는 입을 약간 벌린 채 자고 있었다. 그 모습이 나를 자극
했다. 나는 무의식중에 아내의 입술에 키스를 하려다가 그만두
었다. 아내의 입에서 술 냄새가 왈칵 풍겼다.

나는 무겁게 한숨을 내쉬었다. 아내는 신 사장이라는 놈과 러

브 호텔에서 사랑을 나눈 후 새벽에 돌아온 모양이었다. 벌써 날이 부옇게 밝아오고 있었다.

나는 아내를 옆으로 밀어냈다. 아내가 끙 하고 신음 소리를 내뱉고 네 활개를 폈다. 아내의 팔이 내 가슴 위로 얹혀졌다. 나는 아내의 팔을 내려놓았다.

나는 우두커니 허공을 쳐다보았다. 아내와 이렇게 한 침대에 누워 보는 것은 참으로 오래간만이었다. 아내가 신 사장이라는 놈과 놀아나기 전만 해도, 아니 아내가 나를 살해하기 전까지만 해도 우리는 이렇게 침대에 나란히 누워 있을 수가 있었다. 그러나 이제는 모든 것이 그만이었다. 나는 영혼이었고 아내는 살부(殺夫)를 한 독부(毒婦)였다. 그러나 살아 있는 여자였다.

우리는 존재하는 경계가 다르다. 일테면 아내는 3차원에 존재하는 셈이고 나는 4차원에 존재하는 셈인 것이다.

내가 아내에게 죽임을 당한 것은 지금 생각해도 어처구니가 없다. 나는 아내와 관계를 한 그날 혼곤히 잠들었었다. 나중에 안 일이지만 나는 아내가 수면제를 탄 커피를 마신 뒤 잠에 취해 떨어졌던 것이다. 내가 잠이 깬 것은 누군가 내 입에 테이프를 붙이고 손발을 뒤로 묶은 뒤였다. 나는 그때까지도 정신없이 자고 있었다.

잠결인지 꿈결인지 아이들이 우는 소리가 들렸다. 나는 눈을 뜨려고 했다. 그런데 눈이 잘 떠지지 않았다. 간신히 무거운 눈꺼풀을 들어올리자 아이들이 묶여서 안방에 끌려와 있었다. 나는 재빨리 사방을 휘둘러보고 깜짝 놀랐다. 누군가 검은 스타킹을 뒤집어쓴 채 부엌칼을 들고 아내에게 옷을 벗으라고 위협하고 있었고, 나는 손발이 묶여 있었다.

'가, 가정 파괴범!'

나는 머리끝이 쭈뼛했다. 내가 수없이 조사해 온 사건들, 내가 그런 사건들의 피해자로 전락할 처지에 놓여 있었다.

"빨리 벗어!"

가정 파괴범이 부엌칼을 아내에게 들이대고 으르렁거렸다. 아이들은 방구석에 몰려서 두려움에 떨며 소리내어 울고 있었다.

"시끄러워!"

검은 스타킹으로 복면을 한 가정 파괴범이 아이들에게 버럭 소리를 질렀다. 나는 손목을 묶은 밧줄을 풀려고 낑낑거렸다. 그러나 손목은 단단한 나이롱줄로 묶여 있었다.

그때 아내가 복면을 한 사내에게 눈짓을 했다. 나는 내가 잘못 본 것이 아닐까 하고 생각했다. 아내가 복면을 한 사내에게 눈짓을 하다니! 그럴 리가 없다! 그러나 아내의 눈짓에 복면을 한 사내가 고개를 끄덕거리더니 아내에게 다가가서 상의를 찢었다. 아내는 밤이라 얇은 잠옷 차림이었다.

아내가 거짓으로 비명을 질러댔다.

복면을 한 사내가 잠옷을 찢자 속에 아무것도 걸치지 않은 아내의 뽀얀 속살이 그대로 드러났다. 나는 눈에서 불이 일어나는 것 같았다. 나는 명색이 강력계 형사였다. 강력계 형사인 내가 집에서 가정 파괴범에게 아내가 강간당하는 모습을 지켜볼 수가 없었다. 더구나 아이들이 울면서 보고 있는 것이다.

나는 복면을 한 사내에게 그대로 돌진했다. 그리하여 잠옷이 찢어진 아내를 침대에 눕히고 그 짓을 하려는 놈을 머리로 들이받았다. 놈이 쿵 하고 나가떨어졌다.

"아니, 이 새끼가!"

놈이 벌떡 일어나서 나의 가슴을 부엌칼로 찔렀다. 가슴이 화끈했다. 나는 멈칫했다. 놈도 멈칫하여 아내를 쳐다보고 있었다.
아내가 또 다시 놈에게 눈짓을 했다. 놈이 마지못한 듯 부엌칼
로 다시 나를 찔렀다.
　"덤벼들지만 않으면 살려주려고 했는데."
　놈이 침을 뱉고 큰 소리로 중얼거렸다. 마치 아이들에게 들으
라는 소리 같았다.
　"에이, 재수 없어!"
　놈이 갑자기 아내를 주먹으로 패기 시작했다. 아내가 울부짖
기 시작했고 고통스러워하며 방안을 데굴데굴 굴렀다. 나는 이
해할 수 없었다. 놈이 왜 아내를 구타하고 있는지 전혀 이해가
되지 않았다. 나는 그때까지 숨이 끊어지지 않았었다. 놈이 처
음 부엌칼로 찔렀을 때 멈칫하여 서 있었고, 두번째 부엌칼로
찔렀을 때 방바닥에 꼬꾸라지기는 했었다. 그러나 나는 의식이
분명하게 있었다.
　놈이 아내를 구타하는 것을 멈추고 밖으로 달려나갔다.
　아이들은 자지러지게 울고 있었다. 아내는 주위를 휘둘러보
고 놈이 밖으로 나간 것을 알아차렸다. 아내는 재빨리 자신의
손목에 묶인 밧줄을 풀었다. 나는 아내가 이제 나를 구해 주리
라고 생각했다. 그러나 아내는 아이들부터 데리고 나가 아이들
방에 집어넣었다.
　'왜 아이들을 방에 집어넣지?'
　나는 아내의 행위를 이해할 수 없었다.
　아내가 안방 문을 잠갔다. 그리고 내 얼굴을 들여다보고는 깜
짝 놀란 표정을 했다. 나는 아내를 향해 손을 뻗었다. 그러자 아
내가 내 손을 홱 뿌리쳤다.
　"이렇게 일을 하면 나보고 어떻게 하란 말이야!"

아내가 두 손으로 얼굴을 감싸쥐고 신경질을 냈다. 나는 어처구니가 없었다. 아내가 무슨 말을 하는지 이해할 수 없었다.

"정말 미치겠어!"

아내가 나를 뒤집어서 바로 눕혔다. 나는 아내를 쳐다보았다. 나는 아내가 나를 구해 주기를 간절히 바라는 눈빛으로 아내를 쳐다보고 있었다.

그러나 아내는 이미 눈이 뒤집혀 있었다.

내 가슴에는 그때까지도 부엌칼이 박혀 있었다. 아내가 부엌칼을 뽑더니 눈을 꽉 감고 내 가슴을 푹 찔렀다.

나는 그렇게 하여 죽었다.

검은 스타킹으로 복면을 한 사내가 신 사장이라는 놈이라는 것을 내가 깨달은 것은 내가 죽은 뒤의 일이었다. 아내는 신 사장이라는 놈이 침입하기 전에 나에게 수면제를 탄 커피를 먹여서 재웠고, 가정 파괴범이 침입한 것으로 위장을 했던 것이다.

"하마터면 내가 교통사고로 위장당해 죽을 뻔했어. 그러니 내가 어떻게 당신을 안 죽여? 내가 당신을 죽이지 않으면 당신이 날 죽일 텐데."

아내는 나의 장례를 치른 뒤 내 무덤에서 그렇게 중얼거렸다. 아내는 내가 자신을 죽이려 했던 것을 알고 있었다. 나는 그때서야 아내가 나를 죽인 까닭을 이해했다.

내가 원혼이 되어 저승으로 가지 못하고 구천을 헤매고 있는 것은 아내가 나를 살해했기 때문이다.

아내는 내가 숨이 완전히 끊어진 것을 확인한 뒤에야 경찰에 신고했다. 경찰은 강력계 형사인 내가 가정 파괴범에게 당했다는 사실에 충격을 받았다. 그들이 재빨리 출동하여 현장 조사를 실시했지만 범인을 잡지는 못했다.

그들은 아내의 치정 관계를 조사해야 마땅했지만 동료 형사의 부인을 조사하는 것에 익숙하지 못했다. 내가 근무하는 경찰서의 강력계 형사들 모두가 아내를 알고 있었고, 우리 집에 한두번씩은 놀러 와서 술을 마시거나 화투를 치곤 했기 때문에 아내를 의심할 수가 없었던 것이다. 게다가 아내도 가정 파괴범에게 구타를 당해 온몸이 멍투성이였다. 복면을 한 사내, 아니 신 사장이라는 놈이 아내를 마구 구타한 것은 아내가 의심을 받지 않게 하기 위해서였다.

나의 동료들, 강력계 형사들은 애꿎은 주변 우범자들이나 동일수법의 전과자들을 잡아다가 족쳤지만 그들이 짓지도 않은 죄를 자백할 리는 없었다. 그렇게 하여 수사는 지지부진했고 오늘까지 수사본부만 명목상으로 존재하고 있었다.

나는 슬펐다. 형사들이 수사를 그렇게 대충대충 하는 것도 슬펐고, 아이들이 한동안 그 충격에서 헤어나지 못하고 울고 있는 것도 슬펐다. 나는 아내가 아이들만 제대로 돌보면 아내를 용서하리라고 생각했다.

아내가 신 사장이라는 놈팡이와 바람을 피우건 어쨌건 아이들에게는 엄마가 필요했기 때문이다. 그러나 아내는 자신이 낳은 아이들에게도 냉랭했다. 나는 아내와 신 사장이라는 놈에게 반드시 복수를 하리라고 생각했다. 아이들을 고아원으로 보낸다면 엄마의 존재는 무용지물인 것이다.

나는 잠이 든 아내의 곁을 빠져나와 박형사 집으로 향했다.

내가 아내에게 죽임을 당하는 동안 박형사는 아기를 낳았는데 사산(死産)을 하고 말았다. 게다가 부인의 자궁까지 들어내는 바람에 두번 다시 아이를 가질 수 없게 되었다.

박형사가 내 살인사건에 집중적으로 매달릴 수 없었던 것도 그 까닭이었다. 박형사는 부인의 병이 회복되고 부인과 자신이 그 충격에서 벗어나자 내 살인사건에 관심을 갖기 시작했다.

"최형사님이 너무나 안됐어."

어느 날 박형사가 부인에게 말했다. 최형사는 나를 말하는 것이었다. 내 이름이 최인철이었다.

"그러게 말예요. 인정이 유난히 많으신 분인데."

부인이 해쓱한 얼굴로 대답했다.

"강력계 형사가 가정 파괴범에게 당하다니 그런 말도 안 되는 일이 어디 있어?"

"부인이 바람을 피운다는 소문도 있대요."

"그래?"

"시장에 갔더니 시장 아줌마들이 수군거려요. 지물포 신 사장이라는 사람과 미쳐서 돌아다닌다고."

"그랬구나. 어쩐지 얼마 전에 러브 호텔 앞에 낯익은 여자가 있더라니. 그 여자가 최형사님 부인이었어."

"당신이 봤어요?"

"나만 봤나? 최형사님도 봤는데."

"그럼 바람을 피우는 것이 발각이 나서 살해했나?"

나는 박형사 부인의 말에 가슴이 뛰었다. 여자의 육감이 뛰어나다더니 그야말로 내 사건의 핵심을 꿰뚫은 것이다.

나는 그 후 박형사 집을 자주 기웃거렸다.

"왜 이렇게 방안이 싸늘하지?"

박형사는 내가 나타나면 방안이 싸늘하다고 의아해 했다.

"당신도 그래요?"

부인이 놀라서 물었다.

"당신도 그래?"

　박형사가 깜짝 놀란 시늉을 했다. 나는 두 사람에게 미안하여 몇 걸음 떨어졌다. 영혼인 내가 나타나면 지옥불처럼 뜨거운 곳이라도 싸늘한 냉기가 도는 것이다.
　"난 내가 병원에서 수술을 받은 지 얼마 되지 않아 그런 줄 알았어요."
　"이상하네. 방바닥은 따뜻한데."
　박형사가 고개를 갸우뚱거렸다.

　6.

　나는 박형사 집을 빠져나오고 말았다. 사람들은 내가 가까이 있으면 언제나 몸이 오싹한 전율을 느끼는 것이다. 박형사와 박형사 부인이 갑자기 방안에 냉기가 도는 것을 느낀 것은 영혼인 나 때문이었다.
　박형사는 부인과 함께 아침식사 중이었다. 부인은 다행히 몸이 회복되어 있었다. 나는 창가에서 그들이 식사하는 모습을 우두커니 지켜보았다. 그들에게 아이들만 있으면 오손도손 단란하게 살 수 있을 것이다. 그러나 부인이 다시는 아기를 갖지 못하게 되어 그들의 단란한 가정이 침울해 보였다.
　나는 다시 밖으로 나와 거리를 배회했다. 박형사와 부인이 아침식사하는 것을 마냥 지켜보고 있을 수가 없었다. 나는 이리저리 거리를 배회하다가 아이들을 찾아가 멀찍이서 지켜보다가 공원묘지로 돌아와 영혼들과 하릴없이 이런저런 얘기를 나누었다.
　영혼들은 심심하다. 그들은 언제나 사랑하는 가족들을 지켜볼 수 있으나 가족들에게 말을 걸 수도 없고 가족들을 안아줄 수도 없다. 억울하게 죽은 영혼들이라도 원수를 갚을 수조차 없어 처음 얼마 동안은 꺼이꺼이 울기만 한다.

나도 처음엔 아이들을 지켜보며 꺼이꺼이 울었다. 그러나 운다고 해서 아이들에게 무슨 도움이 되겠는가. 영혼들이 대개 그렇듯이 얼마의 시간이 지나면 가족들에 대한 미련을 버린다. 그리고 가족들에 대한 미련과 집착을 버리고 나면 비로소 망각의 강을 건너 저승으로 가게 되는 것이다.

우리는 그것을 피안(彼岸)이라고 부른다.

피안.

영원한 안식.

이 언덕에서 저 언덕으로 넘어가는 것.

이승에서 저승으로 넘어가는 것은 존재에서 비존재가 되는 것이다. 불가(佛家)에서는 그것을 해탈(解脫)이라고 했다.

아내가 마침내 아이들을 고아원에 맡겼다. 아이들은 울며불며 아내에게서 떨어지지 않으려고 했으나, 아빠가 죽어서 엄마가 돈을 벌어야 하므로 너희들이 고아원에 있어야 한다고 하자 아이들은 고개를 끄덕거렸다. 그러나 아내가 떠나간 뒤에 아이들은 다시 서럽게 울었다. 나는 아이들이 우는 모습을 보고 가슴이 미어지는 것 같았다.

박형사가 아이들을 찾아온 것은 아내가 집을 팔고 아이들을 고아원에 맡긴 뒤였다.

"아저씨가 누군지 아니?"

박형사는 아이들에게 초콜릿을 하나씩 주었다.

"네, 아빠 친구 박형사 아저씨죠?"

딸이 침울한 목소리로 대답했다.

"친구는 아니고 후배란다."

아이들이 고개를 끄덕거렸다.
"너 이 목소리 기억할 수 있겠니? 잘 들어봐!"
박형사가 소형 녹음기를 틀었다. 그러자 소형 녹음기에서 신 사장의 목소리가 흘러나오기 시작했다.
"집값을 6천5백밖에 못 받았단 말이야? 시가가 8천만원은 된다고 했잖아?"
"급하게 판다니까 매수자가 배짱을 부리는 걸 어떻게 해요?"
아내의 목소리도 흘러나왔다.
"엄마예요."
딸이 울먹이는 목소리로 말했다. 아들의 눈에서도 벌써 굵은 눈물이 흘러내리고 있었다.
"여자 목소리 말고 남자 목소리 말이야."
딸이 다시 귀를 기울였다. 녹음기에서는 게속 아내와 신 사장이라는 놈의 목소리가 흘러나오고 있었다.
"나한테 공갈치는 거 아니지? 난 살인까지 했단 말이야!"
"누가 듣겠어요!"
"듣긴 누가 들어?"
"당신이 살인을 했으면 난 살인 교사자라구요!"
"당신 남편이 자꾸 꿈에 나타나. 죽이는 게 아닌데 공연한 짓을 했어!"
"왜 이래요? 내가 당신한테 거짓말을 하겠어요? 우리는 죽으나 사나 한 배를 탔다고요."
"좋아!"
박형사가 녹음기를 껐다.
"아빠를 칼로 찌른 사람 목소리예요!"
그때 아들이 소리를 버럭 질렀다.

“맞아요! 아빠를 죽인 사람 목소리예요! 우리 집에 맨날 전화를 걸어서 엄마를 바꾸라고 했던 사람과 똑같아요!”

딸도 신 사장이라는 놈의 목소리를 알고 있었다.

“내가 그럴 줄 알았어 !”

박형사가 주먹을 움켜쥐었다. 그리고는 주머니에서 무전기를 꺼내 계장에게 보고를 했다.

“계장님! 저 박형사입니다! 두 연놈을 잡아다가 자백을 받아야 하겠습니다!”

나는 눈을 질끈 감았다. 사필귀정이라는 말이 있듯이 남편을 살해한 독부(毒婦)와 간부(姦夫)의 살인 행각이 박형사에 의해 발각이 된 것이다.

아내와 신 사장이라는 놈은 속초에서 연행되어 왔다. 두 연놈은 나의 퇴직금과 집을 판 돈을 가지고 속초에서 밀월 여행을 즐기고 있었다. 인면수심이었다.

신 사장이라는 놈은 연행되어 오는 동안 자백을 했다. 아내는 경찰서 취조실에서 자신은 결백하다고 패악질을 하다가 수사에 협조를 하지 않으면 정상이 참작되지 않아 교수대로 끌려갈 것이라고 위협을 하자 그때서야 자백을 했다.

아내와 신 사장이라는 놈은 재판에서 무기형이 확정되었다. 나는 아내가 사형을 선고받지 않은 것이 다행이라고 생각했다. 이상하게 아내가 측은했다.

어느 날 박형사 부인이 고아원에 있는 아이들을 찾아왔다. 여름이었다. 날씨가 푹푹 찌고 있었다. 박형사 부인은 아이들에게 아이스크림을 사주었다.

“어떻게 지내니?”

박형사 부인은 말이 없는 여자였다. 아이들은 박형사 부인의 말을 이해할 수 없었는지 눈만 깜박거렸다.

"엄마 보고 싶지 않니?"

"보고 싶어요."

아들이 냉큼 대답했다. 나는 자신을 버린 엄마를 보고 싶다는 아들의 말에 가슴이 터질 것 같았다.

"너는?"

딸이 입술을 앙다물고 고개를 흔들었다.

"아줌마가 엄마한테 데려다 줄까?"

"네."

아들이 이번에도 냉큼 대답했다.

"너도 같이 갈래?"

박형사 부인이 딸에게 물었다.

"네."

딸이 고개를 숙이고 낮게 대답을 했다. 딸의 눈에서 눈물이 주르르 흘러내렸다.

박형사 부인은 사흘에 한번 꼴로 아이들을 찾아왔다. 어떤 때는 박형사와 함께 찾아오곤 했는데 아이들이 뛰어노는 것을 보고는 박형사와 마주 보고 기쁜 표정을 짓고는 했다.

아이들은 이제 박형사 부인을 기다리기 시작했다. 박형사 부인이 올 때면 늘 침울해 있는 딸의 얼굴에서도 웃음꽃이 활짝 피었다.

박형사 부인이 아이들을 데리고 청주 여자 교도소로 아내를 찾아갔다.

"우리가 아이들을 키우려고 그래요. 부인께서 허락해 주세요. 고아원에 있는 것보다 더 잘 키울게요."

나는 그때서야 박형사 부인이 아이들을 자주 찾아온 까닭을 알고 깜짝 놀랐다. 그리고 그렇게만 되면 내가 구천을 헤매지 않고 편안하게 저승으로 갈 수 있을 것이라고 생각했다. 그러나 한편으로 표독한 아내가 허락을 해주지 않을까봐 은근히 걱정 되었다.

"좋을 대로 하세요."

아내는 의외로 순순히 허락했다.

아이들도 아내를 면회했다. 아내는 그때서야 뜨거운 눈물을 흘렸다.

"엄마가 아빠를 죽였어! 엄마가 아빠를 칼로 찌르는 걸 봤단 말이야!"

딸이 아내에게 눈을 치뜨고 소리를 질렀다.

"나도 크면 엄마를 죽일 거야! 칼로 찔러 죽일 거야!"

딸의 말에 놀란 것은 박형사 부인이었다. 나도 가슴이 싸 하게 저려왔다. 딸의 어린 가슴에 엄마에 대한 분노가 응어리져 있었던 모양이다.

"미친년!"

아내가 냉랭하게 코웃음을 쳤다.

박형사 부인이 황급히 아이들을 데리고 면회실을 나갔다. 나는 아내의 얼굴을 쳐다보았다. 아내의 두 눈에 형언할 수 없는 슬픈 표정이 깃들어 있었다.

"그래, 나를 죽여! 내가 네 아빠를 죽였어!"

아내가 발작을 하듯이 울면서 고함을 질렀다. 나는 아내에게 연민을 느꼈다. 그러나 아내를 도와주고 싶은 마음은 추호도 없었다.

가을이 왔다. 나는 이제 아이들을 보러 박형사 집으로 가지 않는다. 박형사는 여름이 가기 전에 내 아이들을 입양시켰고 아이들은 박형사 부부를 부모처럼 따르고 있었다.

한가위가 되었다. 내가 묻힌 공원묘지에도 수많은 사람들이 성묘를 하러 왔다. 나는 성묘를 하러 올 가족이 없어서 쓸쓸하게 한가위를 맞이했다. 나는 내 옆에 묻힌 영혼에게서 겨우 술 한 잔을 얻어마셨다.

오후가 되었다. 성묘객들이 거의 모두 돌아갔을 무렵, 한복을 곱게 입은 아이들과 박형사 부부가 찾아왔다. 그들은 북어포와 과일 몇 개를 내 무덤 앞에 진설한 뒤 아이들에게 술을 따르게 했다.

나는 가슴이 컥 하고 막히는 것 같았다. 박형사가 아이들을 데리고 나를 찾아와 준 것이 너무나 고마웠다.

아이들이 나에게 절을 하고 나자, 박형사 부부도 절을 했다. 나는 황급히 일어나 맞절을 했다. 그리고 박형사 부부가 따른 술을 맛있게 마셨다. 내가 마셔본 술 중에 가장 맛있는 술이었다.

박형사와 부인도 음복주라며 술을 한 잔씩 마셨다.

아이들이 공원묘지에서 뛰어 놀기 시작했다. 박형사와 부인은 내 무덤에 나란히 등을 기대고 누워 아이들이 뛰어노는 것을 흐뭇한 시선으로 보고 있다가 정겹게 포옹을 했다. 나는 아이들에게 달려가 덩실덩실 춤을 추며 함께 뛰어놀았다.

나는 영혼이다.

윙크男과 핑크女

▶ 이승영

63년 강원도 화천 출생.
91년 제2회김래성추리문학상 수상.
「미스 코리아 살인사건」으로 한국미스터리클럽 선정
제1회추리문학독자상 수상.
「코리안 시리즈 살인사건」,
「낙원의 쿠데타」(이상 장편추리소설),
「숲속의 미녀」,「특별한 눈동자」,
「환상의 여인」(이상 단편추리소설) 외 작품 다수.

윙크男과 핑크女

　작가의 말 : 이 소설의 내용은 세상에 알려지지 않은 실화임을 밝혀두는 바이다.

윙크남

　참된 힘은 자기 자신 속에서만 끌어낼 수 있다고 세네카가 목젖이 보이도록 외친 걸로 알고 있습니다.
　자신의 죄를 고백하는 것도 진정한 용기와 함께 참된 힘이 필요하다고 생각합니다.
　하지만 생이 마감될 때까지 비밀로 간직해야 할 죄를 고백하는 것은 만용이 아닐까요?
　여러분은 지금까지 태양 아래서 몇 번이나 범죄를 저지르셨는지요? 한번도 없다구요? 그렇다면 달빛 아래에서는 죄를 저질렀군요.

나는 인간이 죄 한번 짓지 않고 깨끗하게 인생을 살아왔노라고 외치는 인간을 보면 고소를 금치 못합니다. 단지 법망에 걸리지 않았을 뿐이니까요.

내가 바로 그런 인간이지요.

나는 권력에 약하고 여자에는 더욱 약한 윙크남입니다. 내가 인생을 어느 정도 알게 되었을 때, 정상적인 방법으로는 권력과 여자를 마음껏 가질 수 없다는 사실을 깨달았지요. 한때 나는 돈버는 방법과 여자의 심리를 사로잡는 법 등의 책을 미친 듯이 읽으면서 인생을 더듬어 보았지요. 결국 책값만 날리고 말았지만 인간의 심리에 대해서 손톱만큼은 알게 되었지요. 그리고 어려운 의학서적과 법률서적을 읽은 것도 나중에 큰 힘이 되었지요. 분명히 말하지만 책 속에는 돈과 여자를 내것으로 만드는 비법들이 무궁무진하게 담겨 있었습니다. 그것을 얼마만큼 현실에서 활용할 수 있느냐가 관건일 뿐이었지요.

이 세상에는 나 같은 인간들이 너무 많더군요. 부와 명예를 노리는 인간들이요. 그러나 거의 대부분은 범죄 행각이 들통나서 검은 별을 달 뿐이지요.

나는 그런 저급한 인간들과는 달랐습니다.

내 나이 26살 때였습니다.

나비정!

모 명문 여대 3학년인 나비정을 그녀의 집에서 처음 보았을 때, 속으로 내 친구한테 감사부터 했지요. 내 친구한테 그런 지성을 가진 여동생이 있었다니 말입니다.

나는 비정이를 내 여자로 만들기 위해서 모든 방법을 동원했습니다.

"비정아, 내 꿈은……."

비정이는 나만큼 꿈이 원대한 여자였습니다. 내가 달콤한 말로 꿈을 속삭이자, 스스로 옷을 벗더군요.

나는 뚱뚱한 비정이를 사랑하지 않았지요. 그녀의 뒷배경만을 좋아했을 뿐입니다.

범죄 세계의 인간 군상은 한마디로 표현해서 악취가 날 뿐이었습니다. 그러나 나는 군계일학 같은 범죄자였지요.

내 아내 또한 자신의 꿈을 성취하기 위해서 범죄자의 길로 거침없이 들어서더군요. 아내는 환상을 좇아가는 불나비임에 틀림없었습니다. 또한 화수분 같은 여자였습니다. 부동산 투기의 귀재였지요.

내 첫번째 범죄 사업은 성공이었습니다.

그러나 사랑 없는 결혼 생활은 한계가 있기 마련이었지요. 허나 난 절제와 자제를 할 줄 아는 인간이었습니다.

아내는 내가 결혼기념일과 생일 선물을 할 때마다 기쁨의 미소를 지었지만 내 마음속을 들여다보았다면 온몸을 부르르 떨었을 겁니다.

(살 좀더 쪄라. 그래야 심장마비로 빨리 갈 거 아니냐…….)

내 두번째 범죄는 봉이 김선달 같은 대사기극이었지요. 많은 사람들한테 사기쳐서 내가 얻은 것은 눈부신 금덩어리였습니다.

내 나이 37세 때였습니다. 검사 출신의 초선 의원이 된 것이지요.

핑크녀 1

여자는 무엇으로 사는가? 이 물음에 답할 수 있는 여성은 몇 명이나 될까요?

여러분은 여자의 추측과 남자의 확신 중에 어느쪽이 더 정확하다고 생각하시는지요? 키플링은 여자의 추측이 더 정확하다는 명언을 남겼는데, 저 역시 키플링의 빛나는 명언에 전적으로 동감한답니다.

저희 언니 나비정은 형부의 성공을 먹고 사는 여자였습니다.

7년 전의 그 사건을 언니가 모를 리 없었을 텐데 말입니다.

그 사건은 언니 입장에서 보면 아담 스미드와 실러의 명언을 되새기게 하는 사건에 불과할 수도 있었을 거예요.

여자에겐 자비가, 남자에겐 관용이 그 미덕이다! 라는 아담 스미드의 명언과 용서는 승리 중에 가장 신성한 것이다! 라는 실러의 명언 말이에요.

그렇습니다. 결혼을 한 달 앞둔 동생이 언니 집에 놀러 가는 것은 지극히 당연한 행동이었지요. 그리고 며칠 후 결혼을 앞둔 신부가 부모님 앞으로 한 통의 편지를 남겨 놓고 잠적한 것은 분명히 비정상적인 행동이었지요.

엄마 아빠, 보세요.
용서해 주세요.
저한테는 장래를 약속한 남자가 있어요. 엄마와 아빠가 사위로 받아들이기 어려운 가엾은 남자예요. 하지만 저도 정택씨를 싫어하는 건 아니었어요. 냉정하게 정택씨의 마음을 거절했어야 했는데 그만 시기를 놓쳐 버리는 바람에 본의 아니게 평지풍

파를 일으키고 말았어요.

이제 저를 이 세상에 존재하지 않는 딸로 잊어주세요.

엄마 아빠, 오래오래 건강하세요.

불효 자식 미정 올림.

사람의 운명은 한순간에 결정된다고 했나요? 집을 나온 저는 수녀의 길을 걷기 시작했지요. 그러나 7년 동안의 그 망각을 위한 길은 한낱 정신적 피난길에 불과했습니다.

핑크녀 2

영웅호걸은 술과 여자를 좋아한다고 하지요?

제 남편 박대상도 술과 여자를 무척 좋아했지요.

저는 영웅 호걸들이 어떤 여자를 좋아하는지도 잘 알고 있답니다. 아내가 아닌 여자를 매우 좋아한다는 것을요.

내 남편은 영웅처럼 살아 왔어요. 바다처럼 넓고 깊은 마음으로 세상을 살아 왔어요. 아내인 저보다는 타인의 기분부터 배려해 주고, 동네 어르신네들한테는 깍듯이 인사를 하고 다녔습니다. 자고로 큰 인물은 훌륭한 인격과 예의를 몸에 지니고 있어야 그만한 대접을 받는 거 아니겠습니까.

저 나비정은 제 남편을 천상천하 유아독존의 인물로 만들고 싶었어요. 그러기 위해서는 많은 돈이 필요했지요. 저는 개같이 벌어서 남편에게 정승처럼 쓰게 했지요.

남편은 제 돈으로 권력과 줄을 닿았고, 주위 분들이 어렵거나 곤란한 일을 당할 때마다 자기 일처럼 발벗고 나섰답니다.

그리하여 제 남편은 금배지를 달 수 있었지요.

제 인생의 모든 꿈은 남편에게 걸려 있습니다.

그런데 제 동생이 돌아왔어요.

"언니, 형부가 국회의원이 되었다며?"

미정이의 눈빛은 음모를 담고 있는 듯이 보였어요.

"이제 시작이야."

"형부의 꿈이 대통령이라며?"

"그 자리는 하늘이 내려준다고 하는데, 천운이 따라줄지는 모르겠어."

"그럼 언니는 국모가 되는 거네?"

"이제 초선인데 뭐."

"나도 형부 같은 남자하고 결혼할까?"

미정이는 성숙한 여인이 되어 있었어요. 남자들이라면 누구나 한번쯤은 눈길을 보낼 정도로 아름다웠어요. 질투가 날 만큼요…….

윙크남

입센이 부르짖었던가요? 이 세상에서 가장 강한 인간은 고독한 인간이다! 라고 말입니다.

입센이 바로 나를 두고 한 말이 아닌가 싶군요.

처제가 돌아왔다는 소식을 아내한테 들었을 때, 죄책감보다는 고독감이 몰려 오더군요. 내가 진정으로 사랑했던 여자는 아내가 아니라 처제였지요.

그러나 그때 처제는 갓 대학에 입학한 어린 나이였고, 아내는 내 꿈을 위해 기꺼이 희생하겠다고 했지요.

나는 처제에게 더없이 좋은 형부였습니다. 처제는 나를 교통사고로 죽은 처남 이상으로 믿고 따랐지요.

아내가 복부인으로 전국의 강토를 누비고 다닐 때, 처제는 우리 집에 와서 언니 대신 주방에서 일을 했습니다. 즐겁고 기쁜 마음으로 말입니다.

그런 어여쁜 처제에게 결혼할 남자가 생겼습니다. 나는 내 부하에게 특별히 부탁을 해서 남종택이라는 인간에 대해서 뒷조사를 해보았지요. 처제와 헤어지게 할 건수를 만들기 위해서 말입니다.

이런, 이런…….

남종택이라는 작자는 나처럼 여자를 무척 밝히는 인간이었더군요. 게다가 여성 관계가 무척 복잡한 녀석이었습니다. 결혼을 앞둔 녀석이 여러 여성과 교제를 하고 있었다는 사실이 이해가 되지 않을 정도였습니다.

나보다 더 여자를 밝히는 자식이 있었다니…….

더욱 놀라운 사실은 녀석이 두 살짜리 여아의 아버지였던 것입니다. 미혼모는 피해자와 상의 없이 출산을 했고, 1년여 동안 지속적으로 결혼을 요구해 왔다는 것입니다. 또한 미혼모는 녀석애게 상당한 액수의 사업자금을 빌려주기까지 했더군요.

착하고 청순한 처제가 그런 인간에게 시집간다고 생각하니까 분노가 솟구치더군요.

그날 밤 집에는 아무도 없었습니다. 처제와 나 단둘뿐이었지요.

"처제, 남자들은 결코 믿을 만한 동물이 못 돼."

"알아요. 이 세상에 믿을 수 있는 남자는 아빠와 형부, 그리고 정택씨 단 세 사람뿐이라는 걸요."

처제는 녀석에게 깊이 빠져 있더군요.

“처제, 우리 맥주 한 잔 할까?”

“좋아요.”

나는 처제가 마른 안주를 준비하는 동안 미리 컵에 맥주를 따르고 수면제를 넣었습니다. 새벽에 침대에서 깨어난 처제는 흐느끼기만 하더군요. 남정택에 대한 조사 자료를 다 읽고 말입니다.

“미안해. 처제를 너무 사랑했나봐. 내가 순간적으로 이성을 잃었었나봐…….”

나는 진심으로 사과를 했습니다.

“언니와 이혼하고 공직에서 물러날게. 처제가 원한다면 검찰에 고발을 해도 돼…….”

“…….”

처제는 아무 말 없이 집으로 돌아가더군요. 그리고 이틀 후에 처제는 한 통의 편지를 남겨 놓고 집을 나가버리더군요.

그런 처제가 7년만에 성숙한 여인이 되어서 내 앞에 나타난 것입니다. 내게 유혹의 눈빛을 보내면서 말입니다.

핑크녀 1

여러분은 제가 왜 수녀복을 입은 채 원죄의 세계로 다시 돌아왔는지 어느 정도 짐작하실 겁니다. 7년 전의 복수를 위해서 형부 앞에 나타난 거라구요.

여러분은 인간의 마음을 어디까지 알고 계시는지요? 제가 7년 전에 형부한테 당한 복수를 하기 위해서 돌아온 거라고 장담하실 수 있으신지요.

여러분은 사람을 너무 믿어서는 안 됩니다. 돈 앞에는 부모

형제도 남일 수가 있고, 열 길 물 속은 알아도 한 길 사람 속은 모른다고 하지 않습니까. 하물며 남인 제 마음을 어떻게 잘 안다고 하실 수 있나요.

여러분은 살인이나 성폭행이 누구한테서 잘 일어난다고 생각하시는지요? 유감스럽게도 일면식도 없는 타인이 아니라 친분이 있는 주위 사람들에 의해서 압도적으로 발생한다는 사실을 아셔야 합니다.

제 가슴속에는 십자가와 날이 시퍼런 칼이 있습니다.

저는 7년 전에 제 자신과 십자가, 그리고 성경과 하느님께 약속했습니다. 그리고 그 약속을 지키기 위해서 돌아온 것입니다.

약속은 지키기 위해서 만들어진 것이지 거짓을 위해서 만들어진 것은 아니겠지요.

어제 밤이었습니다. 언니는 부모님께 제가 돌아온 사실을 비밀로 하고 있었습니다. 저는 다시 하느님 품으로 돌아가야 했기 때문입니다. 형부는 의원 세미나에 참석하기 위해서 제주도에 있다고 하더군요. 언니와 저는 7년만에 나란히 침대에 앉아서 대화를 나누었답니다.

"언니, 내가 왜 수녀가 되었는지 알아?"

언니의 눈가에 가는 경련이 일더군요.

"……넌 여고 때도 성당엘 자주 나갔잖니."

"아니, 난 하나의 약속을 지키기 위해서 수녀가 된 거야. 내 자신과의 약속을 지키기 위해서……."

"약속?"

"응, 하느님이 허락한 약속."

언니는 두려운 눈빛으로 저를 보더군요.

"민수는 자?"

유치원에 다니는 민수는 제 조카였습니다.

"언제 갈 거니?"

"주교님한테 보름 간의 휴가를 허락받았어. 수녀한테 휴가라니 좀 어색하지?"

"……엄마 아빠는 정말 안 보고 갈 거니?"

언니는 저와의 대화를 힘겨워하더군요.

"언니, 언니는 내가 약속을 목숨처럼 소중하게 생각하고 잘 지킨다는 거 알지?"

"응, 너는 항상 약속만큼은 칼처럼 잘 지켰지."

"고마워, 언니."

"뭐가?"

"마음 편하게 떠날 수 있게 해 줘서. 민수 동생은 안 볼 거야?"

"……민수 하나로 족해."

"그만 자자, 언니."

이제 저는 7년 전에 제 자신과 한 약속을 지키기 위해서 칼을 꺼낼 것입니다.

그 후의 결과는 신의 뜻으로 받아들이기로 말입니다.

핑크녀 2

미정이는 눈으로 분명히 묻고 있었습니다. 언니, 7년 전의 일을 알고 있지? 라고 말이에요.

어렴풋이 알 것 같아, 라고 말해 주고 싶었지만 제 가정을 깨고 싶지는 않아요.

남편은 7년 전에 미정이의 신랑될 남자가 저희 친정집으로 찾아와서 미정이의 행방을 알려달라고 했을 때, 한마디로 내쫓아 버리더군요.

"콩밥 먹고 싶어! 내가 누군지 알아! 네 놈 뒷조사를 다 해 봤어. 처제가 네 놈 때문에 충격을 받았단 말이야!"

그런데 7년만에 돌아온 미정이의 눈빛은 옛날의 그 투명한 눈빛이 아니었어요. 그때 내가 집을 비운 그날 밤에 둘 사이에 무슨 일이 있었던 것이 분명합니다. 상상하기조차 싫은 그 무슨 일이요…….

하지만 남편은 모범적인 가장이었습니다. 게다가 많은 사람들한테 존경을 받고 있었구요. 남편은 제 인생의 모든 것, 그 이상은 아무것도 생각하고 싶지 않습니다.

미정이는 누구한테 복수하려고 온 것일까……?

윙크남

자고로 절세미녀는 영웅을 알아본다고 했나요?

하하하…….

처제가 의원 사무실로 전화를 걸어서 나를 만나자고 하더군요. 아무도 모르게 말입니다.

나는 처제를 태우고 교외로 달렸지요.

우리는 러브 호텔로 들어갔지요. 나는 처제가 가자는 대로 왔을 뿐입니다.

"형부, 7년 전에 고마웠어요."

처제의 눈빛은 유혹 그 자체였습니다.

"……나 원망 많이 했지?"

"형부가 아니었으면 제가 하느님 품에 안길 수 없었을 거예요.”
“언니한테 얘기 들었어. 내일 모레 성당으로 돌아간다구?”
처제는 나를 안타까운 눈빛으로 바라보면서 고개를 끄덕이더군요. 어서 안아달라는 눈빛으로 말입니다.
하지만 나는 파렴치한 인간이 아닙니다. 처제에다가 수녀의 신분인 처제를 어떻게 침대에 눕힐 수 있습니까. 소파에다 빨리 눕혀야지요.

핑크녀 1

콧노래가 들려옵니다. 샤워를 하는 형부의 노랫소리가 악마보다 더 악마스럽게 들려옵니다.
저는 성호를 그었습니다.
맥주컵에 수면제를 부었습니다. 그리고 형부가 나올 때쯤에 맥주를 따랐습니다. 제 맥주와 함께요. 7년 전에 형부가 저한테 했던 그대로요.

핑크녀 2

미정이는 저한테 작별 인사조차 없이 떠나버렸습니다. 남편은 보름 동안 집에 들어오지 않고 있었습니다. 남편의 행방을 찾으려고 아무리 수소문해 보아도 찾을 길이 없었습니다.
다시 1주일이 지났습니다.
얼굴에 수염을 잔뜩 기른 얼굴로 남편이 귀가했습니다. 눈빛은 죽은 생선 눈을 해가지고 말입니다.
“그 동안 어디 있었어요!”

164

“……”

윙크남

인간에게는 누구나 인생의 위기가 찾아오게 마련입니다. 이제 내가 선택할 수 있는 길은 세 가지로 국한되어 있다고 봅니다.

첫번째는 아내와 이혼을 하는 것이고, 두번째는 내 스스로 목숨을 끊어버리는 것입니다. 그리고 세번째는 내 정치적 야심을 더욱 키워가는 것입니다.

아내가 처제와의 일을 눈치채는 것은 시간 문제일 뿐입니다. 내가 이혼을 당하는 것은 불을 보듯 뻔합니다. 그렇다고 내 정치적 야심을 위해서 노력하는 것도 무의미하게 느껴질 뿐입니다.

그렇다면 내가 택할 수 있는 마지막 선택은 죽음뿐이 아닌가 싶습니다.

처제는 나에게 복수를 하기 위해서 7년을 기도했다고 합니다.

나는 한 달 가까이 병원에 있으면서 처제에게 완벽한 복수를 당한 사실이 믿을 수가 없었습니다. 칼!

처제의 칼이 차라리 내 심장을 찔렀다면 지금 이렇게 정신적으로 고통받지는 않을 것입니다.

“당신은 결국 죽음을 택하고 말 거예요. 7년 동안 완벽한 살인을 구상했어요. 당신을 죽이지 않고 죽일 수 있는 유일한 방법을요. 저 또한 안전하게 다시 하느님 품으로 돌아갈 수 있는 살인 방법을요. 호호호…….”

나는 처제의 마지막 말을 떠올리면서 걷잡을 수 없는 분노에 신경안정제를 마구 입에 털어넣었습니다.

핑크녀 1

하느님, 죄인의 기도를 들어주셔서 감사합니다.
저를 살인하지 않게 해주셔서 감사합니다.
형부가 변하지 않게 해주셔서 감사합니다.
다시 하느님 품으로 돌아올 수 있게 해주셔서 감사합니다.
이제는 오로지 하느님의 말씀만을 따르게 해주셔서 감사합니다.

핑크녀 2

남편이 국회의장 앞으로 의원직 사퇴서를 낸 사실을 뉴스도 듣는 순간, 저는 혼절했다가 깨어났습니다. 그리고 남편은 저한테 이혼을 요구해 왔습니다. 이미 도장만 찍으면 되게끔 이혼 서류를 모두 준비해 놓은 것입니다.
"이, 이유가 뭐지요?"
"……사랑 없는 결혼 생활은 더 이상 하고 싶지 않아."
"……당신 미쳤어요? 미쳤냐구요!"
남편은 희미하게 미소만 지을 뿐이었습니다.
"미, 미정이하고 무슨 일 있었지요? 미정이가 돌아가고 나서부터 당신이 이상해졌어요. 왜죠? 무엇 때문이죠?"
"알고 싶나? 이런 말은 하고 싶지 않았지만, 난 처제를 사랑했었어. 지금까지 당신을 처제로 생각하고 살아왔단 말이야! 더 이상의 결혼 생활은 지옥일 뿐이야."

저는 칼보다 무서운 것이 인간의 혀라는 걸 그때 처음 느꼈지요. 제 가슴속에는 남편에 대한 살의로 불타오르고 있었습니다.

윙크남

처제가 원하는 대로 나는 모든 것을 정리했습니다. 처제는 이제 내 스스로 목숨을 끊기를 기도하고 있을 겁니다.

여러분은 인생의 즐거움을 어디에서 찾고 계시는지요? 이 세상에서 가장 소중한 것이 무엇이라고 생각하십니까?

돈? 명예? 건강이라구요?

자기 목숨만큼 소중한 것이 또 있을까요?

처제는 내가 자살을 할 거라고 단언하고 떠났습니다.

나는 나의 새로운 인생을 필사적으로 모색해 보았습니다. 살기 위해서 말입니다. 그러나, 그러면 그럴수록 죽음은 더욱 내 앞으로 다가오는 것이었습니다.

두 달이 지나고 반 년이 지나고 다시 1년의 세월이 흐르는 동안 죽음에 대한 유혹은 끝없이 지속되고 있었습니다.

나는 이미 폐인이 되어가고 있었지요.

핑크녀 1

저는 오늘도 하느님의 품에서 축복의 하루를 마감했습니다. 주교님과 신부님은 저에 대한 칭찬을 아끼지 않고 있답니다. 로사리오는 훌륭한 수녀라고 말입니다.

2년 동안 경찰은 저를 찾아오지 않았답니다. 앞으로도 저를 찾아오지 않을 거라고 믿고 있답니다.

형부는 저를 경찰에 신고할 수가 없을 겁니다.

그날 밤 저는 형부의 가장 중요한 부분을 절단했지요. 그리고 그것을 변기통에 넣고 물을 내렸습니다.

저한테는 그보다 더한 복수의 방법은 없었습니다.

7년을 기다린 일이었습니다. 그 7년 동안 저는 두 마음이 변화하지 않기를 하느님께 기도드렸습니다. 7년이 흐를 때까지 형부에 대한 복수심이 사라지지 않기를 기도했고, 저에 대한 형부의 음욕이 변하지 않기를 간절히 기원했습니다.

두 마음 중에 한 마음만 변했더라도 형부는 자신의 일부를 잃지 않았을 겁니다.

핑크녀 2

김전무는 아빠의 신임을 받고 있는 멋있는 남자였습니다. 5년 전에 상처한 김전무와 저는 한 달 후에 결혼하기로 했지요.

저는 1주일 전에 미정이가 있는 성당으로 찾아가서 저의 결혼 소식을 전해 주었습니다.

"축하해, 언니."

"고마워. 행복하니?"

"응."

"그 사람…… 너한테 무슨 나쁜 죄를 진 거니?"

미정이는 성호를 긋더군요.

"이 세상에 죄 안 짓고 사는 사람은 한 명도 없어."

"……."

"더 이상은 알려고 하지 마, 언니. 그 누구도 자기 앞날을 알 수 없는 것처럼 과거의 자신 모습도 이해가 안 되는 거야."

“모르겠어. 산다는 게 뭔지…… 그 사람 중이 되었다고 하더라.”

미정이는 미소를 지으면서 자기만의 세계로 걸어가더군요.

성당을 나오면서 저는 전 남편과 미정이와의 관계를 확신할 수 있었습니다. 그러나 저는 끝내 모른 척할 수밖에 없었습니다.

저한테는 앞으로의 제 인생이 중요할 뿐입니다. 전 남편과 이혼하고 나서 그가 의문의 여자한테 중요한 부분을 절단당했다는 근거 있는 소문을 들었을 때도 모른 척했지요.

저는 언제나 침묵하는 다수 속의 한 사람이 좋으니까요.

윙크남

불자들은 내가 속세에서 국회의원직을 사퇴하고 중이 된 사연을 궁금해 합니다.

나도 내 인생이 부처님을 모시면서 번뇌를 잠재우게 될 줄은 꿈에도 몰랐습니다.

작품 속에서 살인을 밥먹듯이 하는 한 추리작가는 저의 속세에서의 얘기를 모두 듣고는 고개를 갸웃거리더군요.

“굳이 스님이 되실 필요가 있었나요? 명예를 위해서 사실 수도 있지 않았을까요?”

“허허허, 큰스님이 되는 것도 대통령되는 것보다 어려운 일이지요. 내가 다른 스님들보다 큰스님이 되기가 더 유리하다고 생각하지 않소?”

“……하하하.”

그 추리작가와 나는 아름다운 인연을 맺게 되었지요.

다람쥐가 도토리를 모으는 가을의 산사는 고요하기만 했습니다. 추리작가와 나는 사랑에 대해서 많은 대화를 나누었지요.
"스님, 일전에 말씀하신 인생의 반전 말입니다. 스님이 되실 줄은 꿈에도 몰랐다고 하셨지요?"
"내일의 내 모습이 어떻게 변할 줄 모르는데 소승이 너무 아는 체를 한 것 같군요."
"처제를 지금도 생각하고 계십니까?"
"물론이오. 부처님보다 더 많이 생각하지요. 허허허."
"큰스님이 되시기는 틀린 것 같군요."
"번뇌지요. 그러나 이제는 분명하게 말할 수 있지요. 소승이 처제를 취한 것은 이루어질 수 없는 사랑에 대한 걷잡을 수 없는 상실감과 소유욕 때문이었음을요. 세상 사람들이 속세의 소승을 비난할지라도 그때의 진실은 사랑 그 자체였다고 부처님 앞에 맹세할 수 있다오. 결혼을 앞둔 처제를 잃기 싫었던 소승의 마음을 미화하고 싶은 생각은 조금도 없다오."
나는 그 추리작가에게만큼은 속세의 내 마음을 거짓 없이 말해 주었지요. 그리고 가끔 산사를 내려올 때 그 추리작가한테 전화를 걸어서 냉면을 얻어먹고는 했지요.

핑크녀

고해성사를 해도 영혼으로 기도를 해도 피를 묻힌 제 손을 용서할 수가 없습니다.
하느님을 더 이상 모독할 수가 없었습니다. 수많은 신도들의 눈도 똑바로 쳐다볼 수가 없었어요.
아무리 손을 씻어도 과거의 피는 지워지지 않았습니다.

저는 더 이상 기도를 드릴 자격이 없는 하느님의 종이 분명했습니다. 그때 저에게 구원의 손길이 다가오고 있음을 나중에야 알게 되었습니다.

하느님! 감사합니다.

윙크남과 핑크녀

스님에게 냉면을 사드리고 나서 한 달 후에 찾아간 산사에는 스님이 떠나고 안 계시더군요.

그리고 6개월이 지났을 때였습니다. 뜻밖에도 스님에게서 전화가 왔더군요. 스님이 운영하는 조그만 고아원의 후원자가 되어 달라는 부탁의 전화가 말입니다.

충청도의 한 시골에 위치해 있는 스님의 고아원에는 주로 장애 아동들이 보호를 받고 있더군요.

승복이 잘 어울리는 스님은 반갑게 합장을 하고 나서 부처님 흉내를 내시더군요. 엄지와 검지를 동그랗게 만들고 후원비를 내라고 손바닥을 펼치시더군요.

그런데 스님 옆에서 한 수녀가 미소를 짓고 있더군요.

"그 누구도 알 수 없는 인생의 반전 아니겠소."

스님은 윙크를 하면서 후원비를 핑크빛 미소를 짓고 있는 수녀에게 건네주더군요.

"부처님과 하느님이 만날 수 없다고 생각하시는 건 아니겠지요? 허허허……."

작가의 말 : 나는 항상 꿈꾸어 왔다. 이 세상에서 가장 아름다운 남녀의 만남을…….

그가 나를 노리고 있다

▶ 이기원
67년생.
아주대학교 환경공학과 졸업.
일간스포츠 신춘 대중문학상 공포 스릴러 부문 당선.
「레터 앤 폰」(장편소설),
「살모사의 고려장」(단편소설),
「세기말의 동화」(작품집),
「나이스 콤비」(아동추리소설) 시리즈 등
작품 다수.

그가 나를 노리고 있다

1

"슉!"

뒷덜미에 섬뜩한 기운이 느껴졌다. 마치 살인자의 예리한 칼이 등뒤를 스치고 지나간 것 같았다.

"꺄악!"

나는 방청객들의 비명소리가 터져나오는 것과 동시에 재빠르게 고개를 돌렸다.

"쿵!"

방송국 공개홀 높은 천정에 매달려 있던 조명기가 바닥에 떨어져 사방으로 불꽃들을 토해내고 있었다. 방청석에서 보았다면 그것은 화려한 분수처럼 보였을지도 모른다. 하지만 내게 있어 그것은 죽음의 불꽃이었다.

"허억!"

나는 바람 빠진 풍선처럼 털썩 주저앉았다. 불꽃 한 줄기가 신발 쪽으로 날아들었다. 발을 빼려 했지만 이상하게도 그것은 내 것이 아닌 것처럼 꼼짝하지 않았다. 마치 누군가에게 쫓겨 도망가는 꿈을 꿀 때처럼 마음만 다급해질 뿐이었다. 금방이라도 다른 조명기가 내 머리 위로 떨어질 것 같은 또 다른 두려움이 엄습해 왔다. 나의 심장은 완주한 마라톤 선수처럼 폭발하기 일보 직전이었다.

"지지직!"

조명기는 음산한 소리를 내뱉으며 불똥들을 쏟아내고 있었다. 하지만 그 기세는 조금씩 수그러들고 있었다. 이어 주위가 천천히 어두워지는 것 같았다. 나는 이를 악물었다. 하지만 이번에도 마음뿐이었다.

"아……."

입에서 공허한 신음 소리가 튀어나왔다. 공개홀의 요란한 소음이 일시에 정지된 듯했다. 대신 우웅 하는 단조로운 저음이 내 몸을 끝없는 구덩이 속으로 끌어들이고 있었다. 정신이 가물가물해졌다. 맥이 빠진 고개가 자꾸 뒤로 넘어가려 했다. 정신을 잃지 않으려고 눈을 부릅떴다.

하지만 허사였다. 내 몸은 이미 나의 통제를 벗어나고 있었다. 정신을 잃기 직전, 내 머리속에는 하나의 생각이 스치고 지나갔다.

이것은 사고가 아니야.

2

그 놈이 나타난 것은 3개월 전이었다.

나는 신보를 발표한 직후 잘 나가는 토크쇼에 출연했다. 프로그램은 오랜 슬럼프에서 벗어나 새 앨범을 발표한 나를 띄워 주는 취지로 마련된 것이었다. 거기서 나는 지난 앨범 실패로 인한 좌절과 방황에 대해서 허심탄회하게 말했다. 물론 약간의 꾸밈과 거짓이 있었다. 하지만 감동적인 분위기를 연출하는 데에는 그만이었다. 내 스스로 나의 말에 감동이 되었을 정도였다.

실의에 빠져 술로 세월을 보내다가 결국 알코올 중독 증세와 우울증으로 병원에 입원하기도 했다는 얘기를 했을 때에는 스튜디오 안이 잠시 숙연해지기도 했다.

생방송으로 진행된 그 프로에서의 맨 마지막 순서는 신곡을 들려주는 순서였다. 수백회나 되는 방송 출연에 수십회가 넘는 공연을 한 나였지만, 그때는 정말 오랜만에 가슴이 파르르 떨려 왔다.

타이틀 곡인 발라드 1절을 부르는 동안 가요계 정상을 재탈환하기 위해 흘렸던 땀과 눈물의 세월이 주마등처럼 스쳐 지나갔다. 눈가에는 약간의 눈물이 비쳤고, 그로 인한 슬픈 감정이 노래 안에 잘 녹아들었다.

간주가 나오는 동안 나는 반응을 살피려고 20명 정도 되는 방청객을 휘이 둘러보았다. 그들의 얼굴에 나타난 감동 어린 표정을 확인하기 위해서였다. 예상대로 사람들은 내 노래에 흠뻑 빠져 있었다.

나는 흡족한 미소를 숨긴 채 더욱 슬픈 표정으로 마지막 남은 몇 명의 표정을 마저 확인했다.

그런데 마지막 세 명을 남겨놓고 머리속이 하얘지기 시작했다.

"……!"

방청객 중에 그가 있었던 것이다. 팔짱을 끼고 쳐다보는 그의 얼굴에는 경멸조의 비웃음이 실려 있었다.

'이제 넌 빠져나갈 수 없어!'

나는 그의 표정을 읽을 수 있었다.

이윽고 2절을 불러야 할 때가 되었지만 완전히 지워진 내 머리속에선 가사가 떠오를 리 만무했다. 노래를 불러야 할 때를 놓친 나는 어안이벙벙해진 얼굴로 뒷걸음질쳤다.

한순간 현기증이 찾아오자 나는 중심을 잃었다. 이때 나를 구원해 준 것은 임기응변이 뛰어난 사회자였다. 그는 쓰러지는 나를 부축하며 노래를 중단시켰다.

"아직도 몸이 완전히 회복되지 않았는데도 불구하고, 팬들을 위해 제 프로에 출연해 주셔서 감사합니다."

그는 나를 자리에 앉히며 말했다. 방청객들은 그의 말에 수긍하는 표정을 지으며 안타까워했다.

"자, 여러분, 신희상씨에게 뜨거운 박수 부탁드립니다."

나는 우레와 같은 박수 소리를 들으며 조금씩 정신을 차렸다. 그리고 박수 소리가 끝날 무렵 간신히 눈을 뜨고 그들에게 미소를 지어 보였다. 다시 박수 소리가 터져나왔다. 나는 의도적으로 그가 있는 곳은 바라보지 않았다. 아니, 바라볼 엄두가 나지 않았다고 해야 옳을 것이다.

방송이 끝나자 나는 사회자의 부축을 받으며 스튜디오 밖으로 나왔다. 매니저는 걱정스러운 얼굴로 사회자로부터 나를 인계받았다.

"멋졌어. 역시 넌 선수야. 어떻게 그렇게 할 생각을 한 거지?"

매니저는 남들이 보지 않는 틈을 타서 말했다. 아까의 일이 쇼맨십에서 비롯된 것이라 믿는 듯했다. 나는 굳이 변명하려 하지 않았다. 이유야 어찌됐든간에 동정 점수를 따게 된 것은 사실이었으니까.

"잠깐."

나는 그의 부축에서 몸을 빼며 뒤를 돌아보았다. 혹시 그가 따라오지는 않을까 하는 의구심 때문이었다.

다행히도 그는 보이지 않았다. 하지만 그가 또 나타날 거라는 예감이 들었다. 그러자 익숙치 않은 공포가 서서히 나를 자극하기 시작했다.

어쩌면 내가 다른 사람을 보고 과민반응을 보인 것일지도 모른다는 생각이 들었다. 순간적으로 마주친 사람의 얼굴을 몇 개월이 지난 시점에서 기억하는 것은 불가능한 일이라고 스스로를 위로하기도 했다. 또한 그렇게 믿고 싶어서 '아니다'라는 말을 무수히 반복하기도 했다.

그러나 그럴수록 그의 얼굴은 선명하게 떠오를 뿐이었다.

3

"하필 그때 떨어질 게 뭐야. 정말 큰일날 뻔했어."

모범 택시가 출발하자 매니저가 입을 열었다.

우리는 병원 주차장을 빠져나오고 있었다. 나는 병원으로 가는 앰뷸런스에서 깨어났다. 그때까지 내 손에는 마이크가 들려져 있었다. 그것이 마치 내 생명의 끈이라도 된다고 생각했던 것 같았다.

나는 집으로 가고 싶었지만 매니저는 내 의견을 무시했다. 때문에 병원에서 별의미도 없는 주사를 한 대 맞아야 했고, 안정을 취하라는 의사의 상투적인 지시도 들어야 했다. 그러나 나는 그것들이 내게 아무런 도움이 되지 않는다는 것을 너무 잘 알고 있었다. 내게 정말 도움이 되고, 또한 필요한 것은 첫번째도 술, 두번째도 술, 세번째도 술이기 때문이었다.

"떨어진 게 아니라 떨어뜨린 거야. 그는 나를 노리고……."

나는 거울을 보며 혼잣말하듯 중얼거렸다. 그러다 내 목소리에 공포가 배어 있음을 느끼고는 입을 다물었다.

"누가 그 위에 올라가 일부러 그걸 떨어뜨리겠어?"

나는 대꾸를 하지 않았다. 어차피 나의 말을 이해할 수 없을 테니까.

"네 노래는 뮤직비디오로 대체되었어."

아무 말도 하지 않자, 그가 말했다. 나는 대답 대신 고개를 돌려 뒤쪽을 살폈다. 특별하게 이상한 점은 발견되지 않았다. 따라오는 차도 없었다. 나는 안도의 한숨을 내쉬며 다시 전방을 바라보았다.

"헉!"

순간 나는 숨을 멈추었다. 동시에 몸이 **빳빳**하게 경직되었다. 그가 도로 가에 서 있었던 것이다. 그는 택시를 잡으려는 사람 흉내를 내고 있었다.

"왜 그래?"

매니저가 나의 어깨를 잡고 흔들었다.

우리가 탄 택시는 그를 천천히 지나갔다. 우리가 탄 차가 모범 택시라는 사실이 다소 위안을 주었지만 그를 지나쳐 가는 시간은 너무도 길었다.

나는 그자의 얼굴에서 여유 있는 미소를 발견했다. 그것은 또 한번 내 숨통을 조였다 놓은 것에 대한 자기 만족의 표시였다.

"다시 병원으로 갈까?"

매니저는 내 눈동자를 살피고 있었다.

"아, 아니!"

나는 머리를 도리질했다. 사이드 미러를 통해 그가 멀어지자 비로소 말문이 터졌다.

“잠시 딴 생각을 했어.”

나는 멈추었던 숨을 몰아쉬면서 대답했다.

“무슨?”

“…….”

나는 우울한 표정으로 그를 쳐다보았다. 마땅히 할 말을 찾지 못했기 때문이다.

“너 요즘 이상해. 널 유심히 관찰했는데…… 제정신이 아닌 것 같아.”

매니저가 심각한 어조로 말을 이었다.

“누가 쫓아오기라도 하는 것처럼 필요 이상으로 뒤를 돌아보고, 어떤 때에는 아무데나 들어가 숨기도 하잖아. 도대체 왜 그러는 거야?”

“나도 모르겠어. 그저 초조해서 그런 것 같아. 형이 잘 알잖아. 내가 지난 앨범을 실패하고 어떻게 지냈는지를.”

“잘 알지. 그래서 웬만한 것은 그냥 이해하고 넘어가고 있는 거야. 하지만 나만 이해해서 될 게 있고 안 될 게 있는 거야.”

“형, 나 지금 피곤해.”

나는 대화를 회피하기 위해 시트에 몸을 기대고는 눈을 감았다.

나는 소리치고 싶었다. 그것 때문에 그러는 게 아니야. 지금 어떤 놈이 나를 죽이려 하고 있어. 그것도 아주 천천히 내 피를 말리고 있단 말이야. 얼마 전에는 아파트 앞길에서 차로 나를 치려고도 했어. 그리고…….

“거의 다 왔어. 지금 자지 마.”

매니저가 어두운 얼굴로 말했다.

가슴이 답답해지기 시작했다. 나는 습관적으로 메마른 입술에 침을 발랐다. 술 생각이 간절했다.

4

범인이 반드시 현장에 나타난다는 속설을 증명이라도 하듯 나는 그곳에 갔었다. 뺑소니 사고가 일어난 지 꼭 1주일째 되는 날이었다. 그곳은 언제 사고가 있었냐는 듯 차들이 평화롭게 질주하고 있었다. 달라진 게 있다면 인도 쪽에 설치된 신호등 위에 플래카드가 걸려 있다는 것이었다.

〈목격자를 찾습니다. ○월 ○일 새벽…….〉

내겐 그 내용을 끝까지 읽을 용기가 없었다. 그래서 시선을 내리깔고 횡단보도 앞에서 신호가 바뀌기만 기다렸지만 생각만큼 쉽게 바뀌지 않았다. 나는 막연한 불안감으로 주위를 천천히 살펴보았디.

그때 그 사내가 내 시야에 들어왔다.

그는 플래카드 밑에 피켓을 들고 서 있었다.

그 피켓에는 플래카드와 거의 비슷한 내용이 들어 있었다. 다른 게 하나 있다면 약혼녀를 죽인 범인을 꼭 잡게 해 달라는 간곡한 부탁이었다.

다음 순간 나는 피켓을 든 그 남자와 눈이 마주쳤다. 그 눈을 외면하려고 했지만 그는 조금의 틈도 허용하지 않았다. 나는 거미줄에 걸린 날벌레처럼 굳어진 채로 온몸을 휘감는 전율을 느꼈다. 손이 떨리는 것을 느끼자 핸들을 꼭 잡았다. 그러자 이번엔 팔이 떨리기 시작했다.

그의 눈은 내 마음속을 꿰뚫어보는 듯했다.

'대가를 치르게 될 것이다!'

그의 목소리인지 분명치 않았지만 분명 나는 어떤 목소리를 들었다.

나는 교수대에 선 죄수처럼 입술을 깨물며 힘들게 눈을 감았다. 그대로 시간이 멈춘 듯했다. 이 공간에는 나를 노려보고 있는 그의 시선과 떨고 있는 나의 모습만이 존재하는 것 같았다.

그러나 영원토록 지속될 것 같았던 그 상황은 뒤에 있던 차들의 신경질적인 크랙션 소리로 인해 깨졌다. 내 차만이 신호가 바뀌었는데도 그대로 멈춰 있었던 것이다. 나는 엉겁결에 오른손을 들어 사과 사인을 한 다음 액셀러레이터를 밟았다.

그 사내 옆을 지날 때 고개를 돌려 다시 한번 그를 쳐다보았다. 그러나 그는 웬일인지 먼 하늘을 멍하니 바라보고 있었다. 혹시 그와 눈이 마주친 게 나만의 착각은 아니었나 하는 생각이 들었다. 도무지 무엇이 진실이고 무엇이 거짓인지 알 수 없었던 것이다.

결국 나는 신경이 예민해져서 나만이 그렇게 느낀 것뿐이라고 편리하게 생각하기로 했다.

그렇다고 죄책감이 없을 수는 없었다. 늘 불안했으며, 수시로 악몽이 찾아들었다. 어떤 때에는 그가 먼 하늘을 바라보았던 것조차 나를 안심시키려는 술책일지도 모른다는 생각이 들었다.

앨범의 후반 작업이 진행되고 있었지만 일이 잘될 리 없었다. 벼르고 별러서 3년만에 내는 음반이었다. 여기에는 내 가수 인생의 전부가 달려 있었다.

가요계는 두번의 실패를 인정하지 않는 곳이다. 그나마 내가 정상에 섰었기 때문에 또 한번의 기회가 주어졌던 것이다. 만약 신인이었다면 단 한번의 실패로 가수 인생을 차압당했을 것이다.

그런데 나는 이 중요한 순간에 고통을 받고 있었다.

꼭 한번 자수를 할까도 생각했었다. 하지만 어림없는 생각이었다. 그것으로 나의 인생은 끝이었다. 그것은 죽음의 다른 이름인 것이다. 그리고 내 앨범을 사준 백만이 넘는 팬들을 실망시키는 일이었다.

아무리 생각해도 다른 방법이 없었다. 어떤 고통과 대가가 있더라도 오로지 내 스스로 모든 것을 감수하고 헤쳐나가는 방법밖에는 없었다.

그 결과 나는 조금씩 안정을 찾기 시작했다. 앨범은 예정대로 착착 진행되어갔고, 그에 따른 프로모션 계획도 완벽하게 수립되어갔다. 노래의 완성도도 전과 비할 바가 아니었다. 또한 이런저런 마음 고생으로 몸무게가 5kg이나 빠져 이전보다 훨씬 보기 좋은 몸매가 되었다. 특히 통통한 볼의 살이 빠져서 훨씬 미남으로 보인다는 소리까지 듣게 되었다.

앨범이 나와 샘플을 다운타운과 방송가에 뿌렸는데 반응이 좋았다. 너도나도 이번 노래는 '대박'이라고 떠들어댔다. 이에 부흥하여 프로덕션 사장은 로비를 위한 특별 예산을 편성해 놓기도 했다. 그리고 나는 의욕적으로 방송 활동을 시작했다.

그런데 방송 개시 첫날, 토크쇼가 열리던 스튜디오에서 그 자와 마주친 것이었다.

5

모범 택시에서 내리자마자 나는 옆에 매니저가 있다는 것을 잠시 의식하지 못하고 뒤를 돌아보았다. 다행히도 그는 보이지 않았다. 나는 안도의 한숨을 내쉬었다. 매니저는 그런 나를 보며 불쌍하다는 듯이 혀를 끌끌 찼다.

집으로 돌아오자 나는 침입의 흔적이 있나 살펴보았다. 문들은 아침에 잠가 놓은 그대로였다. 물건들도 대부분 제자리를 지키고 있었다. 적어도 그는 침입하지 않았던 것 같았다.

나는 베란다 쪽으로 가서 커튼을 조금 걷어내고 밖을 내다보았다.

"그럴 줄 알았어."

나는 이를 바득바득 갈면서 말했다. 그가 파란색 승용차에 타고 있는 것을 발견했기 때문이다. 다른 사람의 눈은 속일 수 있어도 나를 속일 수는 없었다.

"자, 이리 와서 앉아봐."

매니저는 내 어깨를 잡아끌더니 소파로 데려가 앉혔다.

"내 얘기 똑바로 들어. 오늘부터는 절대 술 마시지 마."

"그건……."

"너 노래 부를 때 마이크 잡은 손이 떨리는 거 알아?"

"그건 감정을 살리느라고……."

나는 갑작스런 매니저의 말에 궁색한 변명을 꺼냈다.

"말도 안 되는 소리. 그뿐이야? 매사에 신경질적이야. 또 그 불안해 하는 꼴이란……. 예전에 우울증인가 뭔가로 고생할 때도 그렇지는 않았어."

"요즘은 감정이 잘 통제되지 않아."

나는 참담한 심정이 되어 말했다.

"그건 니가 술에 의존하기 때문이야. 이번 앨범이 중요한 건 나도 잘 알아. 그리고 니 맘이 어떻다는 것도. 그래도 그렇지, 요즘 네가 어떻게 살고 있는지 알기나 해?"

나는 고개를 떨구었다. 솔직히 내가 어떻게 살고 있는지 나 자신도 모르기 때문이었다. 요즘은 두 가지 생각밖에 없었다. 무슨 수를 써서라도 가요 순위 프로에서 1위를 해야 한다는 것과 나를 괴롭히는 그 자를 어떻게 해서라도 처치해야 한다는 것이었다.

"당장 술 끊어. 프로모션도 잘되고 인기도 꾸준히 오르고 있잖아. 니가 걱정할 건 아무것도 없어. 그러니까 오늘부터……."

나는 갑자기 매니저의 말이 듣기 싫어졌다. 하지만 귀를 막을 수도 없는 노릇이었다. 나는 궁여지책으로 테이블 위에 아무렇게나 놓여 있는 신문을 역시 아무렇게나 읽었다. 그랬더니 잔소리가 귀에 들어오지 않았다.

신흥종교가 문제다, 수능시험도 문제다, 당산 철교가 철거돼도 문제다, 주가가 연일 폭락해서 문제다 등등, 신문에는 온갖 문제들로 가득 차 있었다. 하지만 다행인 것은 나에게 해당되는 것은 하나도 없다는 사실이었다.

"그뿐이면 말도 잃겠어. 너 요즘 완전히 맛이 갔어. 젊은 놈이 치매도 아니고 그렇게 기억을 못해서 어디다 쓰겠어? 술만 먹으면 왜 그전에 있었던 일을 하나도 기억하지 못하는 거야?"

나는 다시 신문에 집중함으로써 청신경을 무디게 했다. 그러다 우연히 내 안에 있는 영혼을 일깨우는 기사를 발견했다.

'연쇄살인범 오리무중. 1주일 간격으로 벌써 세 명이 살해되었지만 아직 경찰은 범인의 윤곽조차 잡지 못하고 있다. 피살자의 공통점은 20대의 젊은 남자라는 것과 모두 머리에 둔기로 맞은 흔적, 그리고 목졸린 흔적이 발견되었다는 것뿐이다. 경찰은……'

나는 어떤 생각이 떠올라 회심의 미소를 지었다. 그것은 악몽으로부터 해방될 묘안이었다.

"술 먹는 거 나한테 들키면 바로 병원으로 처넣을 거야. 알코올 중독으로 말이야. 알았어?"

나는 즐거운 상상에 빠졌다. 가슴을 짓누르고 있던 체증이 조금씩 사라져가는 것을 느낄 수 있었다. 게다가 이 사건들은 모두 우리 동네에서 이루어진 것들이었다. 초등학교 정문, 사우나 입구, 교회 안 등이 범행 장소였다.

"야, 내 말 알아들었냐고 묻잖아?"

매니저가 내 얼굴 앞으로 바싹 다가와서 소리쳤다.

"응?"

나는 고개를 들고 영문을 모르겠다는 표정을 지었다.

"너 혹시, 약 때리는 거 아냐?"

"약이라니?"

"눈동자에 힘도 없는데다, 주위도 산만하고……."

"아냐, 봐."

나는 양쪽 팔을 걷어붙여 그에게 보여주었다. 그는 혹시나 하는 마음으로 내 팔에 혈관주사 자국이 있나 살폈다.

"아니니까 다행이다만, 하여튼 너 오늘부터 술 먹으면 안 돼? 알았지?"

"알았어. 내가 다시 한번 술 먹으면 개새끼야."

"그럼 이 집에 남아 있는 술을 다 처리해도 불만 없겠지?"

말을 끝낸 매니저는 곧바로 집안을 샅샅이 뒤졌다. 곳곳에서 술이 쏟아져나왔다. 매니저는 그 술들을 모두 모아서 싱크대로 가져갔다. 그리고 내가 보는 앞에서 수입 양주 7병과 맥주 20여 병을 개수대에 쏟아부었다. 아까웠지만 그렇다고 그를 제지할 수는 없었다. 아니, 제지할 생각도 없었다. 이제야 말로 술을 끊어야겠다는 결심이 섰기 때문이었다.

"더 없어?"

매니저가 마지막 맥주를 쏟아붓고는 물었다. 나는 잠시 망설였다. 레코드 회사 사장에게서 선물로 받은 '루이 13세'가 생각났기 때문이다.

"없어."

나는 어깨를 으쓱하며 손바닥을 내보였다.

프리미엄이 붙어서 수백만원이나 하는 값도 값이지만 희소성 때문에 더 애지중지했던 그 술을 개수구에 쏟아부을 생각은 조금도 없었던 것이다.

"정말 없지?"

매니저가 윽박지르듯 물었다.

"없어."

나는 단호하게 말했다.

6

승용차에 뭔가 부딪혔다고 느끼기 전까지만 해도 나는 졸고 있었다. 가볍게 느껴진 그 충돌로 인해 눈을 반쯤 떴을 때에야 비로소 그녀를 발견했으니까. 사실 그때는 그녀가 남자인지 여자인지도 알 수 없었다. 하여간 내가 발견했을 때 그녀는 허공에 떠 있었다.

그때까지 남아 있던 술기운이 한순간에 사라지는 것을 느끼며 본능적으로 브레이크를 밟아 급정거를 했다. 나는 재빨리 차에서 내려 그녀에게 뛰어갔다. 그녀는 차로부터 10여 미터 정도 떨어진 곳에 정상적인 인간이라면 취할 수 없는 자세로 쓰러져 있었다. 첫눈에 양쪽 다리에 골절상을 입었음을 알 수 있었다. 그녀는 신음 소리도 제대로 내지 못한 채 경련하고 있었다.

순간 나의 걸음은 거기서 딱 멈춰졌다. 나는 주위를 둘러보았다. 저 멀리 도로를 재빠르게 스치고 지나가는 자동차의 불빛만이 보일 뿐 그곳에는 아무도 없었다.

나는 뒷걸음질쳐서 차 있는 곳으로 갔다. 이미 머리속에는 어떻게 해야겠다는 계산이 모두 서 있었다. 차에 올라탄 나는 기어를 후진에 놓고 액셀러레이터를 밟았다. 차는 천천히 후진했다. 머리속에서 굵은 땀방울들이 가려움을 동반하며 연신 흘러내렸다.

곧 과속 방지턱을 넘을 때와 비슷한 느낌이 전해져 왔다. 엄밀히 말하면 그것과는 조금 달랐다. 이번 것에는 야릇한 쿠션감이 있었던 것이다. 나는 그 방지턱 위에 차가 오래 머물 수 있도록 잠시 기어를 '파킹' 위치에 가져다 놓았다. 그리고 행여 그녀의 비명 소리라도 듣게 될까봐 라디오 볼륨을 한껏 올렸다.

내 차는 그녀를 넘어갔다가 다시 넘어왔다. 나는 스스로 그것을 즐길 수 있기를 바랬다. 그녀가 무생물이 되었다는 확신이 서자 다시 차를 출발시켰다.

눈에서 눈물이 흘렀다. 하지만 입은 웃기 위해 갖은 노력을 하고 있었다. 이윽고 메마른 웃음이 터져나왔다. 그러나 눈물은 멈추지 않았다.

집으로 돌아온 나는 그 새벽에, 그것도 아파트 내에서 난생처음으로 직접 세차를 했다. 남들이 보면 미친놈이라 할 법했지만 달리 방법이 없었다. 차를 깨끗이 닦고 나자 다소 안심이 되었다. 승용차가 입은 외상은 경미했다. 차끼리의 충돌이 아니었기 때문인 것 같았다.

이후 내 차는 마치 아무 일도 없었다는 듯이 마음껏 거리를 누비고 다녔다. 나와는 달리 감정이 없었기에 가능했던 것이다.

하지만 나는 그것이 절대적으로 불가능했다.

7

나는 그 놈을 처치할 무기를 찾았다. 곧 적당한 것을 찾았다.

"이거면 충분해."

신발장 위에 놓여 있던 공구함 속에서 손잡이가 절반 정도 잘려나간 손망치를 발견했던 것이다. 언제 그런 것이 있었을까 하는 의구심이 생겼지만 그런 건 아무래도 상관이 없었다. 오히려 손망치를 거기에 넣어둔 사람에게 감사하고 싶은 마음이었다. 나는 망치의 무게를 가늠하며 손으로 잠시 휘둘러 보았다. 그때 망치머리 끝에 뭔가가 묻어 있는 것이 보였다.

"이게 뭐지?"

나는 손톱으로 그것을 긁어냈다. 검붉은 가루 같은 것이 손톱 사이에 끼었다. 그것은 쇳가루와는 다른 그 무엇이었다. 왠지 께름칙한 기분이 든 나는 싱크대로 가서 망치를 닦았다. 이미 바싹 말라버린 그 흔적은 쉽게 지워지지 않았다. 나는 수세미를 이용해서 남아 있던 흔적을 다 지우고는 만족스럽게 망치를 살펴보았다. 기분이 다소 유쾌해졌다.

"음."

나는 망치를 들고 거울 앞에 섰다. 그러자 조금 전까지 나를 누르던 두려움은 사라지고 대신 알 수 없는 흥분이 자리잡기 시작했다.

"그 놈을 찾는 일만 남았어."

나는 망치를 들고 베란다 쪽으로 뛰어가 커튼 사이로 밖을 내다보았다. 아파트 광장에는 몇 대의 차만이 서 있을 뿐 사람의 모습은 보이지 않았다. 시도 때도 없이 나타나는 그였지만 어떤 때에는 코빼기도 보이지 않았던 것이다.

하지만 오늘 밤에 그가 꼭 나타날 것만 같았다. 아니, 어쩌면 지금 이 아파트 어디선가 나를 노려보고 있을지도 모른다. 그 놈은 충분히 그럴 만한 놈이었다. 나를 옥죄어 오는 놈에게 이제 더 이상은 당하고 있지 않을 것이다.

"방법은 단 하나뿐이야."

나는 망치에 대고 중얼거렸다.

"이 신희상이 너 같은 놈에게 만만히 당하고만 있을 거라고 생각하면 오산이야. 물론 네 기분을 모르는 건 아니야. 하지만 이제 나도 고통을 받을 만큼 받았어. 더 이상 네 놈을 기다리며 떨지는 않을 거라구."

손에 든 망치는 내게 어떤 확신을 주고 있었다.

8

내게 있어서 밤은 또 하나의 지옥이었다. 나의 모든 공포는 밤으로부터 비롯되는 것이기 때문이었다.

망치를 쥐고 있는 손에서 땀이 배어나왔다. 그것은 마치 내게 어서 먹이감을 달라고 조르는 것 같았다. 나는 두 손으로 손잡이를 움켜쥐고 망치를 노려보았다. 시야가 흐려지며 손이 부들부들 떨려왔다. 나는 화들짝 놀라 망치를 떨어뜨렸다. 망치로 내 머리를 후려치고 싶은 충동이 일었기 때문이었다. 나는 망치보다 내 자신이 더 무서워졌다.

나는 망치를 다시 공구함에 집어넣었다. 거기에도 검붉은 것이 묻어 있었다. 조심스럽게 그것을 손으로 긁어냈다.

"혹시…… 이 망치로…… 누군가가……."

나는 고개를 절레절레 흔들며 중얼거렸다. 매니저의 얼굴이 떠올랐던 것이다.

"아니야……. 이건…… 피가 아닐 거야."

나는 급히 전화기로 달려갔다. 누군가 곁에 있어 줄 사람이 필요했다. 수화기를 들고 제일 익숙한 전화번호를 눌렀다.

"여보세요?"

벨이 세번 정도 울리자 굵직한 매니저의 목소리가 들려왔다. 나는 황급히 전화를 끊었다.

"내가 이렇게 불안해 한다는 걸 알면 방송을 취소시킬지 몰라."

나는 마치 옆사람에게 얘기하듯 중얼거렸다.

"나 혼자 이겨내야 해."

문득 나는 한기를 느끼며 어깨를 움츠렸다. 이어 부들부들 떨리는 어깨를 감싸안으며 서실을 서성거렸다.

"술이라도 한 잔 했으면 좋겠는데……."

이렇게 중얼거리는 순간, 나는 이미 장롱 깊숙이 숨겨 놓은 루이 13세를 꺼내들고 있었다.

"한 잔만 하는 거야. 한 잔 정도야. 괜찮겠지. 안 그래?"

나는 내 자신에게 허락을 요구하며 서둘러 견고하게 닫혀 있는 뚜껑을 열었다.

"잔이 어디 있을 텐데……."

나는 거실로 가며 병에 입을 대고 한 모금 들이켰다. 식도로부터 짜릿함이 온몸으로 퍼져나갔다. 그 온기는 이내 또 다른 갈증을 일으켰다.

나는 스트레이트잔을 들었다가 곧 집어던졌다. 도저히 그런 작은 잔으로는 갈증이 풀리지 않을 게 분명했다. 몸 안에 퍼진 알코올기는 내 영혼의 불안함을 잠재우는 좋은 친구였다. 그런 친구를 거부할 수는 없는 일이었다.

나는 온더록스잔에다 술을 가득 부었다. 잔에 술을 따르고 병을 세우자 병 주둥이로 한 방울의 술이 흘러내리는 것이 보였다. 나는 재빨리 혀를 가져가 술을 핥았다. 그리고 아쉬운 김에 병에 입을 대고 다시 한 모금을 시원하게 들이켰다. 코로 뜨거운 열기가 흘러나왔다. 혈관을 따라 흐르고 있는 술기운은 내게 용기를 주기 시작했다.

병을 내려놓고 온더록스잔에 가득 찬 위스키를 조용히 내려다보았다. 갑자기 서글픔이 느껴졌다.

"이 잔을 다 마시고 나면 어떡하지?"

그러면서 내 시선은 병으로 갔다. 저절로 미소가 지어졌다. 그리고는 잔을 들어 단숨에 들이켰다. 몇 초만에 백만원어치는 될 만큼의 양을 마신 것이었다. 온몸이 새처럼 가벼워졌으며 또한 자유로워졌다.

"술은 남기는 법이 아니야."

나는 다시 온더록스잔에 술을 따르면서 중얼거렸다.

9

나는 미친 듯이 춤을 추었다. 내 음악은 쥐를 몰고 다니는 피리부는 사나이의 피리 소리 같다. 도저히 가만히 놓아두질 않는 음악이다. 그래서 나는 내 음악을 사랑한다.

새 앨범에 실린 노래는 하나같이 히트할 만한 요건을 가지고 있었다. 이제까지 5장의 앨범을 냈지만 이번 것처럼 마음에 든 적은 없었다.

지금 흘러나오는 노래는 그야말로 타의 추종을 불허하는 메가톤급 히트곡이 될 것이다. 단지 내가 컨디션이 좋지 않아 잠시 주춤했을 뿐 프로모션은 잘되고 있었다. 이번 주에 차트 8위니까, 앞으로 한 달 안에 1위로 올라설 수 있을 것이다.

내일부터 술을 끊으면 나는 예전의 명성을 되찾게 되는 것이다. 그렇게 되면 나에게는 밝은 미래만이 있을 것이다.

나는 자유롭다. 이 세상 그 누구도 나를 구속할 수 없다.

하지만…… 솔직히 말하면 내가 누리는 것은 완전한 자유가 아니다.

내가 완전한 자유를 누리기 위해서는 어디선가 나를 노려보고 있는 그 자의 시선을 제거해야 한다. 그래, 이제 곧 나는 완전한 자유를 누리게 될 거야.

"나와! 너 같은 놈 이제는 겁나지 않아!"

나는 거침없이 고함을 질렀다. 온몸을 감싸는 술기운과 음악의 열기로 나는 격정적으로 되어가고 있었다.

다음 음악이 나오자 나는 춤을 추며 창가로 가서 손가락으로 커튼을 살짝 걷고 밖을 내다봤다.

"그래."

반가움과 분노의 감정이 적당히 뒤섞인 말이 튀어나왔다. 그놈이 가로등 밑에서 팔짱을 낀 채 내가 있는 곳을 물끄러미 올려다보고 있었다.

"그래, 막다른 골목으로 쥐새끼를 몰아놓았다고 생각하겠지? 마음껏 즐겨라. 자, 곧 내 심정이 어떤 건지 알게 해 줄 테니까."

나는 신발장 위에 놓여 있는 공구함으로 뛰어갔다. 거기에는 깨끗이 닦인 손망치가 나를 보며 미소를 짓고 있었다.

10

"잠깐 얘기 좀 하죠."

나는 감정을 억제하며 최대한 부드럽게 말했다.

"저, 당신은…… 가수 신희상……."

내가 나타나자, 그는 깜짝 놀란 듯했다. 그의 가면은 잠깐 나를 속일 정도로 완벽했다. 그러나 나는 그의 정체를 알고 있었기에 쉽게 넘어가지 않았다.

"그래요. 알고 계실 겁니다. 그러니까 이리 좀 따라오시죠."

나는 그에게 최대한 정중하게 예의를 표했다.

그는 머뭇거리더니 나를 따라왔다. 나는 주위를 살펴 한적한 곳임을 확인하고는 화단을 넘었다. 그는 따라오지 않았다.

"괜찮아요. 잠깐이면 됩니다."

나는 나무 그늘 속에 서서 그에게 말했다. 그리고 아무것도 없다는 듯이 양손을 펴서 그에게 보여주었다. 그는 여전히 내가 자신의 정체를 모른다고 생각하는 것 같았다.

"왜 그러는 거죠?"

그는 화단을 넘어 내게로 천천히 다가오며 물었다. 나는 대답 대신 미소를 지어 보였다. 하지만 그가 내 미소를 보았는지는 확실하지 않았다. 나는 자연스럽게 뒷짐을 지는 척했다. 그리곤 허리춤에 끼워두었던 망치를 슬그머니 꺼냈다.

"이 아파트에 사신단 말만 들었는데, 오늘 이렇게 처음……."

그는 말을 채 끝내지 못했다. 내가 휘두른 망치가 그의 표정을 순간적으로 얼어붙게 했던 것이다.

"퍽!"

망치는 나를 배신하지 않았다. 예상했던 지점에 가서 정확히 둔중한 파열음을 내주었던 것이다. 예상대로 그자는 나의 일격에 푹 고꾸라졌다.

"내가 널 모를 거라고 생각했겠지? 이 비열한 녀석!"

 나의 목소리는 어느새 가래가 끓는 듯 낮게 그렁거리는 소리로 변해 있었다.

11

"야, 일어나."

언제 왔는지 매니저가 자고 있는 나를 발로 톡톡 걷어찼다.

"으음……."

힘겹게 몸을 움직이자 나도 모르게 신음이 새어나왔다. 본드로 붙여놓은 듯 눈이 떠지지 않았다.

"안 되겠다. 널 묶어서 데리고 다니며 방송하거나 병원에 처넣거나 해야겠어."

나는 일어나는 것을 포기한 채 그의 목소리를 음미했다. 술이 덜 깨서인지 그의 목소리가 감미롭게 들려왔다.

"일어나!"

갑자기 얼굴에 차가운 물수건이 올려졌다. 매니저는 그것으로 내 얼굴을 마구 닦았다. 정신이 퍼뜩 들었다.

"이건 뭐야? 어젯밤 코피 흘렸냐?"

물수건이 이제는 얼굴 대신 나의 오른손을 감쌌다. 나는 물수건의 차가운 감촉을 느끼며 의아한 생각이 들었다. 코피? 내가 언제? 도무지 기억이 나지 않았다. 왜 얼굴과 손에 피가 묻었는지 아무런 대답도 할 수 없었다. 매니저도 대답을 기대하지 않았던 듯 더 이상 묻지 않았다.

잠시 후 매니저는 나를 억지로 일으켜 앉혔다. 그때까지도 나는 그 의문을 풀기 위해서 노력했다.

"이봐, 제발 정신 좀 차려. 내가 어제 술을 다 버렸잖아. 어떻게 된 거야?"

그의 목소리는 짜증과 불안으로 푹 가라앉아 있었다.

"……사실은 루이 13세가 한 병 있었어. 비싼 거라 그냥 버리기도 아까웠어. 그래서 어제 마지막으로 마셨어. 정말이야. 오늘부터는 정말 마시지 않을 거야. 믿어 줘."

나는 그의 손을 붙잡고 애원했다.

"일단 시간이 없으니까, 라디오 출연부터 하고 얘기하자. 방송 끝나면 사장님을 만나야 해. 사장님하고 네 문제를 얘기하기로 했어. 이제 네 문제는 내 손을 떠난 거야."

그는 내 손을 뿌리치며 매정하게 말했다.

"잘 좀 말해 줘. 이게 마지막 기회야. 사장님도 내가 떠서 돈을 많이 벌길 원하잖아."

"그건 모르는 얘기야. 방송 활동을 중지하는 게 신비감 내지는 궁금증을 일으킬지도 모르니까."

"안 돼!"

나는 내가 놀랄 정도로 버럭 소리를 내질렀다. 손에 잔뜩 힘이 들어갔다.

"날 치기라도 하려고?"

매니저가 빈정거렸다.

"아, 아니."

나는 고개를 수그렸다. 힘이 들어가 있던 손은 어느새 무릎 위에 얌전히 놓여 있었다.

"자, 일어나서 빨리 준비해. 생방송이야. 이번에 늦으면 하고 싶어도 못해."

나는 말없이 일어나 욕실로 갔다. 이루 말할 수 없는 무력감이 찾아들었다.

12

아침 햇살이 너무 눈부셨다. 뫼르소가 살인을 저질렀을 법한 그런 햇살이 내리비치고 있었다.

"벌써 4번째래."

매니저가 시선을 왼쪽으로 돌리며 말했다.

"무슨?"

나는 그의 시선을 좇았다.

아파트 화단 너머의 나무들 사이로 테이프들이 둘러쳐져 있었다. 화단 앞에는 경찰차와 앰뷸런스 등이 서 있었다. 웅성거리며 서 있는 사람들의 얼굴에는 계속 아파트 주변에서 일어나고 있는 연쇄살인에 대한 공포가 스며 있었다.

우리는 강렬한 호기심에 이끌려 발걸음을 그리로 옮겼다.

"무슨 일이에요?"

나는 등을 보이고 있는 남자에게 다가가 물었다. 수첩을 들고 있는 폼이 기자인 듯했다.

"살인사건이 났습니다."

그가 돌아서면서 말했다.

"아!"

나는 소스라치게 놀랐다.

바로 그였던 것이다. 아니, 그 놈이었던 것이다.

어제 그렇게 기다리고 있을 때에는 모습을 보이지 않더니, 이렇게 불쑥 또 나타난 것이었다.

"아니, 신희상씨군요. 저 팬입니다. 참, 아시죠? 20대 남자 연쇄살인사건 말입니다. 바로 그 사건이에요. 오늘로 벌써 4번째 희생잡니다. 이거 이 아파트에 사시기 겁나겠어요?"

기자로 변장한 그는 매니저와 함께 있는 나에게 은근한 협박을 가하고 있었다. 나는 토할 지경이었다.

"모방 범죄일지도 모르잖아요."

매니저가 눈치도 없이 물었다. 매니저가 아니었다면 나는 벌써 자리를 뜨고 말았을 것이다. 하지만 지금 그럴 수는 없었다. 요즘 가뜩이나 내 행동을 이상하게 보는데 어떻게 그런 일을 할 수 있을까? 문득 놈이 노리는 것도 나의 그런 행동일지도 모른다는 생각이 들었다.

"절대 그렇지 않습니다. 신문에는 그냥 머리 부분이 망치로 맞았다는 얘기만 기사로 나갔습니다. 하지만 여태까지 난 사건을 보면 모두 오른쪽 귀 바로 위를 가격당했습니다. 또한 상처를 통해 모두 같은 둔기로 행해진 것임이 밝혀졌습니다. 이 정도면 동일범이라고 보는 데 무리는 없을 겁니다."

기자라고 사칭한 놈이 마치 형사처럼 말했다.

"그렇군요."

매니저는 고개를 끄덕이더니 나를 잡아끌었다.

"잠깐, 희상씨."

그가 나를 불러세우자, 나는 화들짝 놀라며 제자리에 멈춰 섰다. 혹시 매니저에게 몇 달 전에 있었던 뺑소니 살인사건의 범인은 나라고 말하려는 것은 아닐까. 나는 슬로우 모션처럼 천천히 몸을 돌렸다. 내 표정은 분노로 일그러져 있었다.

"싸인 하나 해 주십시오."

그는 보기에도 역겨운 미소를 지으며 들고 있던 수첩과 볼펜을 내밀었다.

13

"도대체 범인은 누구일까?"

운전을 하면서 매니저가 물었다.

"글쎄, 형사들이 알아서 하겠지."

살인사건보다 조금 전 나를 협박했던 놈에 대한 생각에 빠져 있던 나는 매니저의 질문에 건성으로 대답했다.

"어제 술 먹고 뭐했어?"

매니저가 한심한 듯 물었다.

"그냥 잤어."

나는 시큰둥하게 대답했다. 매니저의 질문 자체가 시큰둥하다고 느껴졌기 때문이다. 또한 어제 술 먹고 뭘 했는지 조금도 기억나지 않기 때문이기도 했다.

매니저는 나와 대화를 포기한 듯 운전에 열중했다.

나는 다시 녀석에 대한 생각으로 돌아갔다. 어떻게 그렇게 뻔뻔스럽게 나타날 수 있는 건지 이해할 수 없는 일이었다. 이제는 조금도 방심할 수가 없게 되었다. 언제 어느 때 어떤 모습으로 나타날지 알 수 없는 것이다.

나는 절박한 심정이 되어 놈을 처치해야겠다는 생각을 더욱 굳혔다. 그 놈이 있는 한 나는 영원히 조마조마하며 살아갈 수밖에 없는 것이다.

우리의 차가 횡단보도 앞에서 멈춰 섰다. 나는 습관적으로 길을 건너는 사람을 물끄러미 바라보았다. 그러나 그 인파 속에서 다시 그 놈을 발견하고는 고개를 돌려버렸다. 그가 언제 이곳까지 와서 내 앞을 지나가는지 놀라지 않을 수 없었다.

하지만 이제 더 이상 그런 것을 이해하지 않기로 했다. 또한 분석하지도 않기로 했다. 지금 내게 중요한 건 그 흡혈귀 같은 녀석이 나를 죽이기 전에 내가 그 녀석을 해치우는 것이다. 그 놈의 손아귀에서 자유롭게 되어야 나의 가수 생활을 계속할 수 있을 것이다. 누구도 내 앞길을 방해하게 둘 수는 없다.

그런데 왜 오늘 아침 내 손에 피가 묻어 있었던 걸까? 지난주에도 그런 일이 있었던 것 같은데. 아니, 이건 정말 이상한 일이다. 2주 전에도 손에 피가 묻어 있었던 것 같은데…….

그런데 더 이상한 건 기억 저편에 어렴풋이 연쇄살인의 희생자가 공포에 떨던 모습이 보인다는 것이다. 죽음을 눈앞에 둔 희생자들의 그 겁에 질린 눈동자와 표정이 가쁜 숨소리와 함께 생생하게 느껴지는 것이다.

도대체 무엇 때문일까?

못생긴 생쥐 한 마리

▶ 서미애
65년생.
86년 대전일보 신춘문예 시 당선.
87년 단국대학교 국문과 졸업.
94년 스포츠서울 신춘문예 추리소설부문 당선.
「남편을 죽이는 서른 가지 방법」,
「거울을 보는 남자」,「서울 광시곡」
(이상 단편추리소설) 외 작품 다수.

못생긴 생쥐 한 마리

1.

오늘 아침 또 한 장의 편지가 도착했다. 벌써 4번째 편지였다. 기석은 우편함에서 편지를 꺼내들고는 조용한 주택가의 거리를 두리번거렸다. 마치 편지의 주인이 자신을 보고 있기라도 하는 것처럼.

"도대체 누가 이렇게 나의 일거수일투족을 다 알고 있는 것일까?"

기석이 처음 편지를 받은 것은 보름 전이었다. 편지 내용은 단 한 줄이었다.

"나는 당신의 모든 것을 알고 있다."

영화에 나오는 협박 편지처럼 그 편지는 잡지에서 오려붙인 각양각색의 글자들로 이루어져 있었다. 누군가 장난을 친 것이라는 생각에 기석은 가볍게 그 편지를 휴지통에 버렸다. 하지만 두번째 편지가 도착했을 때는 긴장하지 않을 수 없었다.

낡은 타이프로 친 그 편지에는 3일 전 기석의 모든 행적이 샅샅이 적혀 있었다.

그날 기석은 아내와 함께 백화점에 들러 진주목걸이를 사고 외식을 했었다. 편지에는 그가 집을 나온 시각, 그가 들른 장소, 그리고 그가 진주목걸이를 산 사실까지 모두 적혀 있었다. 모든 것이 너무도 정확했다. 그리고 마지막은 이렇게 끝나고 있었다.

"당신이 저지른 범죄가 영원히 숨겨질 것이라고 생각하는가?"

세번째 편지는 한 장의 사진이었다. 편지가 도착하기 3일 전 춘천에 있는 그의 별장에서 나오는 기석이 찍힌 사진이었다. 기석은 봉투에서 사진이 나오자 그대로 불태워버렸다. 불에 타는 사진의 뒤에는 이런 글이 적혀 있었다.

"아무리 도망쳐도 내 눈을 피할 수는 없다."

기석은 누군가 자신의 목을 조르고 있는 것 같은 두려움을 느꼈다. 아내에게조차도 알리지 않았던 춘천행이었는데 누군가 그의 뒤를 미행한 것이다. 그 사진을 찍은 사람은 기석이 그곳에 여자를 데리고 갔다는 사실을 알고 있을 것이다.

기석은 혜영에게 전화를 걸어 당분간 만나지 않는 게 좋겠다고 통보했다. 이유를 묻는 혜영에게 그는 작품 때문이라고 둘러댔다. 그게 이유가 되지 않는다는 걸 잘 알고 있는 혜영은 알겠다며 차갑게 전화를 끊었다.

사실 기석이 두려워하는 것은 자신이 없는 사이 편지가 도착하는 일이었다. 혹시라도 아내가 보게 된다면 하는 불안감이 그의 외출까지도 최소한으로 만들었다.

3~4일 간격으로 도착하는 편지 때문에 그는 아침마다 우편함을 확인하는 버릇까지 생겼다. 아내는 기석이 갑자기 외출을

줄이는 것에 대해 아무런 눈치도 채지 못한 것 같았다. 그런 면에서 아내는 둔감한 편이라고 할 수 있다.

"왜 다시 들어왔어요? 당신 외출한다고 했잖아요?"

잡지사에 나간다고 하던 남편이 다시 들어오자, 아내가 의아한 눈으로 쳐다보았다. 편지 때문에 잠시 정신이 나가 있었던 모양이다.

"응, 놓고 간 게 있어서……."

그는 태연하게 이야기하고 서재로 들어갔다. 잠시 서랍을 뒤적거리는 시늉을 하고 다시 거실로 나가 보니, 아내가 다용도실 문을 열어놓고 박스를 하나 둘 꺼내고 있었다.

"뭐하려고?"

"그냥 정리를 좀 하려고 그래요."

봄만 되면 아내는 집안의 모든 것들을 꺼내 새로 정리하곤 했다. 아마도 또 그 연례행사가 시작된 모양이었다.

"일찍 들어올 거죠?"

아내가 불안한 얼굴로 기석을 쳐다보았다. 그녀는 무엇인가 하고 싶은 말을 감추고 있는 것처럼 보였다. 아내의 얼굴을 본 기석의 머리에는 불길한 생각이 스쳐 지나갔다.

"무슨 일 있는 거야?"

혹시 아내가 자신의 서랍에서 그 편지들을 본 게 아닐까 하는 불안한 생각이 들었다. 기석은 자신도 모르게 식은땀이 흐르는 것을 느끼며 아내를 바라보았다. 그녀는 몇 번이나 입술을 깨물더니 어렵게 입을 열었다.

"사실은 이상한 전화가 자꾸 와요."

"이상한 전화?"

아내가 편지를 보지 않았다는 사실은 다행이었지만 난데없이 이상한 전화라니, 이건 또 무슨 일인가.

"무슨 전환데?"

"뭐라고 말은 하지 않아요. 그냥 내가 전화를 받으면 목소리를 확인하고는 그냥 끊어버려요."

"걱정하지 마. 장난 전화겠지……."

아내를 안심시키기 위해 별일 아니라고 말은 하고 있었지만 기석의 가슴은 철렁해지지 않을 수 없었다. 어쩌면 편지의 주인공이 편지를 보내는 일에 만족하지 않고 전화까지 하는지도 모르는 일이었다.

"정 전화를 받기 싫으면 자동 응답기를 틀어놔."

"네…… 다녀오세요."

아내의 배웅을 받고 대문을 나선 기석은 깊은 한숨을 내쉬었다. 여름날 소나기를 뿌리는 먹구름이 몰려오듯이 그의 마음에도 검은 그림자가 빠르게 자리잡았다. 앞이 보이지 않는 미로에 빠져버린 암담함이 그를 더욱 안절부절 못하게 하고 있었다. 그는 잡지사에 들른 후 현철을 만나 상의를 해봐야겠다고 생각했다.

현철은 고등학교 때부터 기석의 둘도 없는 친구였다. 둘 사이에 비밀이라고는 존재하지 않을 만큼 그렇게 친밀한 사이였다. 혜영과의 만남도 이야기할 만큼 둘은 서로를 잘 알고 있었다.

"장난 편지 같지는 않은데?"

기석이 내민 편지를 읽고 현철의 표정도 진지해졌다.

"단지 장난을 치기 위해서 그런 시간과 노력을 들일 사람이 있을까? 이건 누군가 너에게 구체적인 협박을 하는 거야."

편지를 본 현철의 얼굴에도 의혹의 그림자가 드리워졌다. 그는 조심스럽게 기석의 얼굴을 살폈다. 그의 시선에는 많은 질문들이 담겨 있다는 것을 느낄 수 있었다.

"모르겠어. 도대체 무슨 일을 가지고 이러는 건지. 생각해 봐. 넌 누구보다 더 나를 잘 알잖아. 내가 이런 협박 편지를 받을 만큼 그렇게 못된 짓을 저질렀다고 생각해?"

"하지만 평범한 일이라면 이렇게까지 너를 괴롭히겠어? 협박할 거리도 없는데 이런 편지를 보낸다는 건 우습잖아?"

"그럼 넌 내가 너도 모르는 무슨 엄청난 일을 저지르고 숨기고 있다는 거야?"

"……."

대답을 하지 않고 담배를 꺼내 무는 현철을 보자, 기석은 뱃속을 꺼내 보이고 싶은 충동을 느꼈다. 버선목이라면 뒤집어 보이겠다더니 지금 기석의 마음이 바로 그랬다.

"……만약 내가 이런 편지를 들고 널 찾아갔다면 넌 무슨 생각을 할 거 같애?"

한동안 침묵을 지키던 현철이 자리를 털고 일어나며 창문을 열었다. 따스한 봄바람이 사무실 안으로 흘러들었다. 현철도 마음이 답답했던 모양이다.

"하지만 난 정말 숨기는 게 없다구. 마음에 걸리는 게 있다면 혜영이 일 정도인데, 그건 이미 1년도 넘은 일이야. 그런데 이제야 그걸 빌미로 이런 협박 편지가 올 리는 없잖아?"

"그렇겠지……."

현철은 고개를 끄덕거리며 재떨이를 찾아 담배재를 털었다.

"짚이는 사람이 하나도 없어?"

"그런 사람이 있었다면 너한테 편지까지 보이며 의논을 하겠어?"

"그런데 좀 이상하지 않아? 협박 편지라면 뭔가 원하는 것을 이야기할 텐데 그런 게 전혀 없잖아?”

“그러니까 더 미치겠지. 도무지 이놈이 노리는 게 뭔지 모르겠어. 차라리 돈이라도 달라면 이렇게 불안하지는 않을 거야.”

기석은 자리에서 일어나 이리 저리 사무실을 오가며 이야기를 계속했다.

“넌 모를 거다. 이 편지를 받은 후로 내가 얼마나 머리속을 뒤적거렸는지. 혹시 내가 모르는 사이에 누구에게 피해를 준 적은 없는지, 누군가에게 상처를 준 일은 없는지 생각하고 또 생각했어. 하지만 아무리 찾아보려고 해도 찾을 수가 없는 거야. 요즘엔 글도 안 써지고 정말 미칠 지경이다.”

“일단 다음 편지를 기다려 보자. 지금으로서는 이 편지밖에 다른 위협은 없었잖아?”

“참, 아내가 이상한 전화가 걸려온다는 소리를 했어.”

“전화?”

“그래, 누군지 말은 안 하고 아내가 전화를 받으면 그냥 끊어버린다더군.”

“이 협박 편지, 부인도 알고 있어?”

“아니, 알아봐야 나만 의심할 테니까.”

그리고 한동안 두 사람은 담배만 피워대며 각자의 생각에 잠겨들었다. 아무리 생각에 생각을 거듭해도 아무런 해답도 결론도 없었다. 현철의 말대로 다음 편지가 올 때를 기다려 보는 수밖에 다른 방법이 없었다.

2.

눈을 뜨자, 아내가 걱정스럽게 쳐다보고 있었다. 기석은 식은

땀으로 젖은 이불을 걷고 일어나 앉았다. 조금 전 꾼 악몽이 아직도 생생하게 눈앞에 어른거렸다. 아내는 기석의 이마를 닦아주며 불안하게 물었다.

"당신 요즘 이상해요. 무슨 일 있어요? 통 잠도 못 자고……."

"아니야, 아마 소설 때문에 그런 모양이야."

"너무 무리하지 말아요. 그러다 몸 상하겠어요."

"내 걱정 말고 좀더 자."

그는 아내의 어깨를 토닥여주고 서재로 건너왔다. 아무래도 다시 잠이 올 것 같지 않았다. 의자 깊숙이 몸을 기댄 기석은 다시 한번 차분히 37년 동안의 과거를 더듬어보았다. 도대체 이 편지의 주인이 말하는 범죄라는 것은 무엇일까? 아니, 이 편지를 보낸 사람의 저의는 무엇인가? 모든 것이 미스터리였다.

그는 머리를 흔들며 여름에 출간할 예정인 소설을 정리하기 위해 컴퓨터를 켰다. 일에 몰두해서라도 편지에 대한 생각을 지우고 싶었다.

이번 소설은 그의 5번째 장편이었다. 작가로 데뷔한 지 10년. 모 신문사 1억원 장편소설에 당선되어 화려하게 데뷔한 그는 그 후로 2년마다 한 권의 책을 냈지만 대개의 평이 데뷔작만 못하다는 것이었다.

이번만큼은 어떠한 일이 있어도 그 동안의 부진을 만회하고자 마음 먹고 있었지만 그런 부담 때문인지 글은 더욱 써지지 않고 있었다. 컴퓨터를 켜놓고 화면을 들여다보고 있던 그는 담배를 피우기 위해 라이터를 찾았다. 그러다 문득 어떤 생각이 머리속을 스치고 지나갔다. 이대로 다음 편지가 오기를 기다리고만 있을 수 없다는 생각이 든 것이다.

기석은 서랍을 열어 깊숙이 넣어두었던 편지를 꺼냈다. 그 편지를 단서로 해서 자신에게 편지를 보낸 사람을 찾을 수 있지 않을까 싶었다. 그렇게 생각을 하고 편지를 살펴보니 여러 가지 추측을 할 수 있었다. 우선 봉투에 찍힌 직인이 모두 같은 우체국이었다. 용산 우체국. 이로써 한 가지 사실은 알게 되었다. 편지지와 종이는 문구점에서 파는 흔한 것이었지만 편지를 쓰는 데 사용된 타이프라이터는 요즘엔 나오지 않는 오래된 것이었다. 거기다가 ㄹ 글자가 흐릿하게 찍히는 특징을 가지고 있었다.

기석은 마치 자신이 살인사건을 풀어가는 탐정이라도 된 것 같은 흥분을 느끼며 또 다른 단서가 없는지 살펴보았다. 그는 편지지를 들어 스탠드 불빛에 비추어 보았다. 그렇게 하면 지문이라도 나타날 것처럼. 문득 경찰들이 지문을 어떻게 찾아내는지, 그리고 그 지문으로 범인을 어떻게 잡는지 궁금했다. 누구에게 물어볼까 궁리를 해보았지만 경찰 중에는 아는 사람이 없었다. 그는 이리저리 머리를 굴리다가 탁 손가락을 튕겼다. 해결 방법은 아주 간단했다. 소설가인 자신의 직업이 좋은 핑계거리가 될 수 있지 않을까 싶었다. 경찰이 등장하는 소설을 쓰기 위해 취재를 하러 온 것처럼 한다면 그들도 흔쾌히 수사 방법을 알려주리라. 편지를 받은 이후 처음으로 기석의 마음속에 드리워져 있던 검은 그림자가 저만큼 물러나는 것 같았다. 그는 아침이 되자마자 경찰서에 가봐야겠다고 생각하며 다시 소설을 쓰기 시작했다.

새벽에 잠깐 눈을 붙인 기석은 늦은 아침 집을 나섰다. 무작정 편지를 기다리다가 무언가 할 일이 생기자 실낱 같은 희망이 보이는 것 같았다. 용산 우체국은 용산역 옆에 자리하고 있었다. 그는 우체국 안으로 들어가 창구 앞에 마련된 소파에 앉아 한동안 편지를 붙이러 오는 사람들을 지켜보았다. 설령 기석에게 보낼 편지를 붙이러 오는 사람이 있다고 해도 그를 알아볼 방법이 없다는 것을 잘 알면서도 그는 자리를 떠날 수가 없었다.

날카롭게 생긴 남자가 주위를 두리번거리며 들어오면 그 사람이 편지의 주인처럼 보이기도 했고, 선글라스를 낀 젊은 여자가 들어오면 그 여자도 의심스럽게 보였다.

그렇게 들어오는 모든 사람들을 의심스런 눈초리로 지켜보던 기석은 더 있다가는 머리가 이상해질 것 같은 기분에 자리를 털고 일어났다.

두 시간 가까이 앉아 사람들의 얼굴만 쳐다보다가 일어나는 기석이 이상했던지, 창구의 직원이 동료에게 소곤거리는 모습이 보였다. 아무런 성과는 없었지만 그래도 우체국을 나오는 기석의 발걸음은 가벼워져 있었다.

편지의 주인이 늘 기석의 뒤를 밟고 있다면 틀림없이 용산 우체국에 나타난 그의 모습을 어디에선가 지켜보고 있을 것이다. 그것만으로도 그는 더 이상 협박 편지를 보내지 않을지도 모른다. 기석은 그런 기대를 하며 용산 경찰서로 발걸음을 옮겼다.

"작가시군요. 저도 한때는 글을 쓰고 싶어했지요. 그런데 뭘 알고 싶어서 그러시죠?"

기석의 명함을 받아든 형사가 호기심에 눈을 빛내며 바라보았다.

"수사를 하는 방법이나 형사들의 생활, 그런 것들을 좀 알고 싶어서요."

"수사를 하는 방법이라……."

형사는 기석의 질문이 너무 광범위하다는 듯 고개를 갸우뚱거렸다.

"그러니까 지문 채취라든가 그 지문으로 범인을 추적해 나가는 과정 같은 것 말입니다."

"지문은 분가루 같은 걸 뿌려서 찾아내는데 지문이 찍혀 있을 만한 곳에 붓질을 해서 찾곤 하지요. 하지만 지문을 찾았다고 해서 다 범인을 잡을 수 있는 건 아닙니다. 여러 가지 지문 중에 어느 게 범인의 지문인지도 모르고, 또 용의자를 찾지 못한 경우는 무용지물이 될 수도 있거든요."

기석은 형사가 하는 말을 수첩에 적으며 이따금 고개를 끄덕였다. 형사는 더욱 신이 나서 이런 저런 정보를 주었지만, 기석에게 다른 이야기는 귀에 들어오지 않았다. 여기서 막히는 것인가?

"그럼, 만약 누군가가 협박 편지를 받았을 경우 그건 어떻게 찾습니까?"

"편지봉투의 우체국 직인이나 편지지, 필체, 지문, 뭐 이런 걸로 수사를 좁혀 나가겠지요. 대개의 협박 편지는 요구 조건이 있기 때문에 범인과 접촉을 하게 될 상황이 생깁니다."

이제 더 이상 형사에게서 얻어낼 정보가 없다는 생각이 들자, 기석은 자리를 털고 일어나며 고맙다는 인사를 했다. 경찰서의 문을 나서면서 기석은 자신을 보고 있을 누군가에게 이렇게 소리치고 싶었다.

"그렇게 숨어 있다고 내가 겁낼 줄 알아? 나도 널 찾아내고 말겠어!"

마음속으로는 수십번도 더 고함을 질러대고 싶었지만 그는 단 한마디의 비명도 지르지 못하고 두려운 눈으로 주위를 두리번거리며 집으로 향하고 있었다.

3.

며칠 동안 편지가 도착하지 않았다. 기석은 자신의 뒤를 미행하던 범인이 용산 우체국과 경찰서를 들락거리는 자신의 모습에 겁을 집어먹은 것이라고 단정했다. 협박 편지를 들고 경찰서로 달려가 신고를 한 것으로 보고 다시 협박 편지를 보낼 엄두를 못 내는 것이리라.

오랜만에 기석의 마음은 평온해졌다. 막혀 있던 소설도 술술 풀렸다. 그 동안 편지 때문에 잊고 있었던 일들도 몇 가지 처리를 했다. 은행에 들러 보험금과 자동차 할부금을 내고, 혜영에게 전화를 걸어 만날 약속도 했다. 모든 게 전과 다름없이 순탄하게 보였다.

"도대체 뭐 때문에 전화도 안해 준 거예요?"

오랜만에 만난 혜영은 호텔에 들어서자마자 따지고 들었다. 23살의 탄력 있는 몸매가 그의 욕망을 자극했다. 기석은 서둘러 혜영에게 달려들었다. 하지만 혜영은 쉽게 옷을 벗으려 하지 않았다. 한동안 연락을 하지 않은 기석에게 아직도 화가 안 풀린 모양이었다.

"그럴 일이 있었어. 이젠 다 해결됐으니까 신경쓰지 마."

"그 동안 내가 얼마나 전화 오기를 기다렸는 줄 알아요?"

말을 끝낸 혜영은 핸드백을 열어 편지를 꺼내 기석에게 내밀었다. 불길한 예감이 들었다. 기석은 긴장으로 굳어지는 자신을 느끼며 편지를 받아들었다. 생각대로 용산 우체국 직인이 찍힌 편지였다.

봉투 안에는 호텔에서 뒹굴고 있는 기석과 혜영의 정사 장면을 찍은 사진이 들어 있었다.

"누가 이런 사진을 찍어 편지를 보낸 거죠? 무서워요, 누군가 나를 지켜보고 있다는 생각을 하니 두려워서 어떻게 해야 할지 모르겠어요."

혜영의 목소리가 가늘게 떨리고 있었다. 기석은 아무 말도 하지 못하고 사진만 뚫어지게 쳐다보았다.

"이 사진이 이 선생님에게도 간 거죠? 그래서 한동안 만나지 말자는 이야기를 했던 거죠? 그런 일이 있으면 얘기를 해주었어야죠."

혜영은 고개를 흔들었다. 그 동안 그런 사실을 모르고 있었다는 것에 대한 항변인 듯했다.

혜영의 목소리가 점점 더 올라가자, 기석은 벗어두었던 양복 저고리를 들고 일어났다. 이제 이 은밀한 만남을 끝내야 할 때가 왔다는 것을 알았다. 아마 오늘 이후 그가 혜영에게 전화를 거는 일은 다시 없을 것이다. 갑자기 아내에게 미안하다는 생각이 들었다. 애정 같은 건 이미 옛날에 사라져 버렸다고 해도 아내는 아내인 것이다.

"잘 생각했어."

가만히 기석의 이야기를 듣고 있던 현철은 그 한마디만 하고는 입을 다물었다.

"왜 나한테 보내던 편지를 중단하고 혜영에게 편지를 보낸 것일까? 정말 누가 무슨 이유로 이런 짓을 계속하고 있는지 알 수가 없다……."

기석의 한풀 꺾인 목소리는 허공을 떠돌다 사라졌다. 그 말은 현철에게 하는 것이 아니라 자기 자신에게 하는 질문이었다.

"난 점점 머리가 이상해지고 있는 것 같아. 등뒤에 누군가가 서 있는 것 같아 돌아보는 게 한두번이 아니야. 글을 쓰다 말고 갑자기 일어나 창 밖을 샅샅이 살펴보기도 하고, 혹시 도청장치라도 있지 않을까 하고 벽이며 가구들을 조사하기도 하지……. 한 시간이나 벽을 살피다가 문득 이런 내 모습을 지켜보고 있을 그 놈 생각을 하면 피가 거꾸로 치솟는 것 같아 참을 수가 없어. 난 마치 실험실의 모르모트가 된 기분이야."

현철을 만나고 돌아온 그날부터 기석은 또다시 아침마다 편지함을 열어보기 시작했다. 조마조마한 마음으로 편지함을 열어 텅비어 있는 안을 확인하면 안도의 한숨을 쉬고 하루를 시작했다. 그러나 해가 지고 밤이 되면 그의 불안은 점점 더 커져 갔다. 스스로 마음을 굳게 먹어야 한다고 다짐을 해보지만 아무 소용이 없었다.

그때부터 기석은 도통 잠을 이루지 못했다. 자리에 누워 눈을 감으면 그 놈이 코앞에 얼굴을 대고 지켜볼 것 같았다. 편지가 1주일이 넘게 오지 않았지만 기석의 마음은 점점 더 불안해지기만 했다. 협박 편지를 받는 것도 두려운 일이었지만 갑작스럽게 끊어져 버린 협박 편지는 더 불길하게 생각되었다.

기석이 며칠 동안 잠을 이루지 못하자, 아내가 조심스럽게 수면제를 먹어보라는 얘기를 꺼냈다. 아무리 아파도 약을 잘 먹지 않는 타입인 기석도 4일이 넘게 잠을 이루지 못하자 아내의 의견을 받아들였다. 무엇보다도 정신이 멍해서 견딜 수가 없었다.

"당신이 말한 그 전화, 이제는 안 와?"

"네, 이상하게 당신이 없는 시간에만 걸려왔었어요. 지금은 당신이 늘 집에 있잖아요. 아마 그래서 안 오나봐요."

더 이상 전화가 걸려오지 않는다는 것은 다행스러운 일이었다. 하지만 기석은 또 한번 아내의 무신경을 확인하고는 그녀의 얼굴도 보기가 싫어졌다.

기석이 외출했을 때만 전화가 걸려온다는 것은 누군가가 그 집을 주시하고 있다는 것을 말해 주는 것인데도 아내에게는 그런 사실이 아무렇지도 않은 모양이었다. 아내는 단지 더 이상 전화가 걸려오지 않는다는 사실에만 안도를 하고 있는 것이다.

기석은 자신이 혜영과 만나게 된 것에 대한 책임이 아내에게도 있다고 생각했다. 10년의 결혼 생활을 통해 아내는 점점 여자 아닌 여자로 변해 갔다. 권태기가 온 것인지는 모르지만 기석은 아침에 일어나 잠든 아내의 얼굴을 보고 있노라면 짜증이 났다. 이 지겨운 얼굴을 평생을 봐야 하다니 하는 생각에 한두 번 인상을 찡그린 게 아니었다.

기석은 자신이 아내의 어디가 좋아서 결혼을 하게 되었는지조차 기억을 못하게 되면서 다른 여자에게로 시선을 돌렸다.

아내가 아닌 여자에게는 신선한 내음이 났다. 혜영을 만나면서부터 이혼이라는 단어가 자주 머리속에 아른거렸다. 그리고 실제로 아내에게 이혼을 하자는 말을 꺼낸 적도 있었다.

혜영에 대한 일을 눈치챘는지 아내가 싸움을 걸어온 날, 기석은 자기도 모르게 불쑥 이혼하자는 말을 하고 말았다. 그 순간에는 자신을 몰아붙이는 아내에게 화가 나서 튀어나온 말이었지만 한번 입 밖으로 이혼이라는 말이 나오자 구체적이고 진지하게 이혼에 대해 생각하게 되었다.

만약 이혼을 하게 된다면 아내는 얼마나 위자료를 청구할까 하는 현실적인 문제들로 고심을 한 적도 있었다. 아버지에게서 물려받은 두 채의 상가 건물은 10억 정도의 가치를 가지고 있

214

고, 인세 등의 수입으로 모은 다른 재산도 적지 않게 있었다.

신문에 이혼시 여자의 위자료가 점점 많아져 간다는 기사가 실린 적이 있다. 기석은 지나가는 말로 만약 이혼을 하게 된다면 위자료는 얼마나 받고 싶냐고 아내의 마음을 떠보았다. 농담으로 그랬는지 진심인지는 몰라도 아내는 기석이 가진 모든 재산을 위자료로 달라고 하겠다는 말을 했었다. 그때 아내의 얼굴이 얼마나 탐욕스럽게 보였던지, 기석은 하마터면 아내의 목을 조를 뻔했다.

하지만 그것도 혜영이 있을 때 이야기다.

단 하루만이라도 아무 생각 없이 푹 자고 싶다는 생각에 아내에게서 수면제를 받은 기석은 곧 약을 먹고 침실로 들어갔다.

약효는 곧 기석의 눈을 감게 만들었다. 참으로 오랜만에 잠으로 빠져드는 자신을 느낄 수 있었다.

저녁에 잠이 든 기석은 다음날 오후가 되어서야 잠에서 깨어났다. 그렇게 오래 자고 났는데도 영 머리가 개운치가 않았다. 수면제 탓인가 싶기도 했지만 뭔가 께름칙한 감각이 남아 기석을 괴롭혔다. 잠을 자고 있는 동안 피비린내를 맡았던 것 같았다. 그것은 정말 이상한 경험이었다. 도무지 눈을 뜨려고 해도 뜰 수가 없고 생생한 피비린내만 그의 후각을 자극했었다.

"뭘 그렇게 찾아요?"

혹시나 밤새 맡았던 피비린내의 원인을 찾을까 싶어 침실을 뒤지던 기석은 아내의 질문에 몸을 바로 하고 앉았다.

"당신, 간밤에 피비린내 못 맡았어?"

"피비린내요?"

아내는 의아한 눈빛으로 기석을 쳐다보았다. 어쩌면 그런 아내의 반응은 당연한 것이었다. 기석이 생생하게 맡았다고 느끼는 피비린내는 실은 꿈 속의 일일 수도 있는 것이다. 하지만 꿈이라고 하기에는 너무도 생생하고 확실했다.

"당신, 정말 왜 그래요? 요즘 점점 이상해지고 있는 거 아녜요?"

"이상해지기는 뭐가 이상해진다는 거야? 피비린내를 맡았으니까 그렇다고 하는 거 아니야?"

그는 괜히 아내에게 짜증을 부리며 소리를 질렀다. 갑작스럽게 언성을 높이는 남편의 모습에 놀란 아내가 눈을 동그랗게 뜨고 기석을 올려다보았다. 아내의 흔들리는 눈동자를 보자 기석의 마음은 편치가 않았다. 스스로가 생각해도 너무 했다는 생각이 들었다. 그런데도 미안하다는 말을 할 수가 없었다. 그것은 자기 자신이 이상해지고 있다는 아내의 말을 인정하는 꼴이었다. 그는 침실로 나와 서재로 걸음을 옮겼다. 몇 통의 편지가 자신의 신경을 이렇게 갉아먹고 있다니. 기석은 서재의 문을 잠그며 조금씩 자신이 무너져 가고 있다는 것을 인정하지 않을 수 없었다.

4.

점점 잠을 자는 게 두려워지기 시작했다. 현철에게 말한 대로 자신이 실험용 쥐가 되어 누군가의 감시와 통제를 받고 있다는 생각, 그리고 악몽 속에 맡게 되는 피비린내는 며칠만에 기석을 몰라볼 정도로 핼쓱해지게 했다.

어느 날 양치를 하면서 거울을 쳐다보던 기석은 한동안 거울 속의 남자가 누군지 몰라 당황스러웠다. 거울이 비추고 있는 사람은 바로 자신이라는 것을 알고 있었지만 거기에는 도무지 자신이라고 할 수없는, 초췌한 모습의 한 남자가 불안하고 겁먹은 눈동자로 서 있었던 것이다. 처음으로 기석은 자신의 모습을 객관적으로 바라보았다. 그 동안 거울을 쳐다보며 수없이 보아왔던 모습이건만 단 한번도 그렇게 자세히 자신의 얼굴을 살펴본 적은 없었다.

그의 얼굴에는 그가 살아왔던 37년이 고스란히 담겨 있었다. 그는 갑자기 큭큭 웃음이 터지는 것을 참을 수가 없었다. 한번 터지기 시작한 웃음은 걷잡을 수 없이 커져만 갔다. 왜 웃음이 나는지 생각할 겨를도 없이 눈물이 나고 배가 당길 정도로 정신없이 킬킬거리다가 갑자기 웃음을 멈췄다. 협박 편지를 받았을 때와는 또 다른 공포가 엄습해 왔다. 그것은 자신이 정말로 미쳐가고 있는 게 아닌가 하는 두려움이었다.

간신히 양치를 끝내고 몸을 돌리는데 욕실문을 열고 그를 쳐다보고 있는 아내가 보였다. 언제부터 보고 있었는지 아내의 얼굴에는 기석을 두려워하는 기색이 역력했다.

'왜, 당신의 남편이 미친 것처럼 보이나? 그래, 난 미쳤어. 당신의 소설을 훔쳐 문단에 데뷔한 그때부터 난 이미 미쳐 있었는지도 모르지.'

기석은 아무 말도 하지 않고 아내를 지나쳐 서재로 갔다. 마음 저 밑바닥에서 누군가 강해져야 한다고 소리치고 있었다. 그까짓 편지 몇 통이 무슨 위협이 되느냐고 속삭였다.

'그래, 편지를 태워버려야지.'

기석은 서둘러 책상 서랍을 열고 편지들을 찾았다. 하지만 서랍 어디에도 편지는 보이지 않았다. 혹시 다른 곳에 둔 것인지도 몰라 서재를 다 뒤졌지만 역시 편지는 없었다. 아내가 발견해 치워버린 것일까?

"당신, 서재에서 내 편지들 치웠어?"

"전 당신 서재에 들어가지 않는 거 아시잖아요? 왜 그래요, 중요한 편지가 없어졌어요?"

기석은 아무런 대답도 하지 않고 서재의 문을 닫았다. 그리고는 재빨리 전화기를 들어 현철에게 전화를 했다.

"편지가 없어졌어. 모두 사라졌단 말이야."

현철의 목소리를 확인하자마자 기석은 다급하게 말했다.

"편지라니, 자네 지금 무슨 소리를 하고 있는 거야?"

"편지 말이야, 협박 편지. 자네에게 말한 바로 그 편지."

한동안 전화선 너머로 아무 말도 들려오지 않았다. 전화가 끊어진 게 아닌가 싶어 기석이 여보세요 하고 말을 하고 나서야 현철의 목소리가 다시 들렸다.

"도무지 무슨 소린지 모르겠군. 협박 편지는 뭐고 나한테 얘기를 했다는 건 또 무슨 소리야?"

"……."

기석은 갑자기 말문이 탁 막혔다. 이 친구가 왜 이렇게 시치미를 떼는가 싶었다. 하지만 현철의 목소리는 진심인 것 같았다.

"자네, 무슨 꿈꾼 거 아니야? 잘 생각해 봐."

기석은 자신도 모르게 온몸의 힘이 쭉 빠져 들고 있던 수화기를 떨어뜨렸다. 머리속이 급격하게 돌아가고 모든 게 혼란 그 자체였다. 며칠 전까지 머리를 맞대고 의논을 하던 현철이 편지에 대해 전혀 모른다니, 도저히 믿기지가 않았다. 정말 난 미친 것일까?

그는 혜영을 만나 확인을 해야겠다는 생각에 황급히 집을 나섰다. 혜영이 자신의 이 혼란을 해결해 줄 것이다. 현철은 편지가 있었다는 사실 자체를 부정하고 있지만, 혜영은 자신과 마찬가지로 편지를 받지 않았던가.

"도대체 지금 무슨 말씀을 하고 계신지 모르겠네요? 제가 왜 협박 편지를 받아야 하죠? 전 그런 일 없어요."

출판사로 혜영을 찾아간 기석은 그 말을 듣고 그 자리에 그대로 주저앉고 싶었다. 무슨 일인지 궁금해 하는 다른 사람들의 시선을 뒤로 하고 출판사 문을 나서는데, 누군가의 목소리가 들려왔다.

"작품이 안 된다고 두문불출한다던 소문이더니 머리가 돈 모양이야? 저 몰골 봐, 완전히 정신병원에서 탈출한 모습이지."

그 얼마 후 기석은 서재에서 시체로 발견되었다. 아내의 신고로 출동한 경찰은 서재를 둘러보고는 그의 죽음을 자살로 확인하고 수사를 종결했다.

그의 장례식이 있던 날, 출판사 사람들과 몇 명의 친구들이 그의 마지막 모습을 지켜보았다. 아무도 말은 하지 않았지만 다들 그가 왜 그렇게 갑자기 미쳐버렸는지 궁금했다.

혜영은 그의 입관을 지켜보며 계속 기석이 사무실을 찾아온 날을 생각해 보았다.

'그는 정말 미친 것일까? 사람들이 다 있는 사무실에서 협박 편지니 뭐니 하며 이야기를 하다니⋯⋯.'

그녀로서는 부정할 수밖에 없었다. 이미 유부남인 그와의 정사 장면이 찍힌 사진이 우편으로 왔었다는 것을 사람들이 알게 된다면 그녀의 미래를 위해 도움될 일이 하나도 없다는 것은 불을 보듯 뻔한 일이었다.

"그가 내 소설로 신문에 당선되었다는 것을 알았을 때도 난 그를 용서할 수 있었어요. 어차피 난 소설가로 성공하고 싶은 마음도 없었으니까요. 하지만 이혼이라는 말을 꺼냈을 때 난 정말 참을 수가 없었어요. 자기가 누구 때문에 그 자리에 섰는데 이제 와서 이혼이라는 말을 해요?"

"난 솔직히 당신이 그 친구의 재산 때문에 그런 시나리오를 만든 줄 알았어."

"물론 그런 보너스도 있었죠. 하지만 그건 내가 그를 위해 살아온 10년의 세월에 비하면 그렇게 큰 것도 아니잖아요?"

"당신은 무서운 여자야."

"걱정 말아요. 당신에게는 그런 음모를 꾸미지 않을 테니까요. 자, 이제 그 술잔을 내려놓고 이리 와서 날 안아줘요."

그녀의 말을 기다렸다는 듯 현철은 곧 술잔을 내려놓고 기석의 아내에게 다가갔다. 이제 더 이상 그 둘을 가로막는 방해물은 없었다.

당신의 아버지

▶ 장근양

목포 출생.
89년 영화진흥공사 시나리오 공모전 입상.
90년 스포츠서울 신춘문예 추리부문 당선.
「대통령 밀사」, 「핵심」, 「사랑특급」,
「그늘 속의 그림자」(이상 장편추리소설),
「비디오 살인사건」(단편추리소설) 외 작품 다수.

당신의 아버지

그녀의 슬픔은 깊고도 길었다. 결국은 그렇게 마감하고야 말 삶을, 그토록 모질게 희경을 힘겹게 했던 아버지였다. 하지만 희경의 눈에서 소리 없이 흘러내리는 눈물은 멈출 줄 몰랐다.

"몸 상하겠어. 이제 그만 마음을 거두어. 죽은 사람은 죽은 사람이야. 언젠가는 겪어야 할 일이 아니겠어. 부모 앞서 가지 않는 바에야, 세상 사람 모두 결국엔 부모 죽음 넘어 사는 거야."

"오죽 설움이 많았으면……. 아버지 죽음 때문이라지만, 다 자기 설움이 있어야 우는 게야."

문상객이라야 서넛밖에 되지 않았다. 영안실 안은 썰렁했다. 화창한 봄날씨와는 사뭇 대조적인 공간이었다. 동네 이웃간 아주머니 두어 분이 혀를 차며 안타까워하고 있을 뿐, 남자라곤 희경의 애인인 영남뿐이었다.

중년 사내 둘이 영안실을 기웃거리다가 들어섰다. 영정을 향해 쪼그리고 앉아 고개를 푹 숙이고 있는 희경 대신에 영남이 나섰다.

"어떻게 오셨는지요?"

갓 서른의 나이에 비하여 영남의 처신은 의젓했다. 건은 쓰지 않았지만, 검은 양복을 입고 팔에 상장을 두른 모습이 자못 엄숙했다.

"사고를 낸 운전자가 가입한 자동차 보험에서 나왔습니다. 이분은 이번 사건을 담당하신 형사 분이십니다."

눈빛이 예사롭지 않은 중년 사내가 한 걸음 앞서 나서며 자신을 소개했다. 곁다리로 소개를 받은 늙수그레한 형사는 침중한 낯빛으로 신분증을 꺼내 보였다.

"고인과는 생면부지이지만 술잔이라도 괴야지요."

영정 앞에 다가서는 그들을 보고, 영남은 희경을 부축해 자리를 비키도록 했다.

두 사람은 술잔을 고이고 묵념을 한 후 희경을 돌아보았다. 영남이 두 사람의 신원을 희경에게 알렸다. 눈물 자욱이 역력한 희경의 얼굴이 더욱 어두워졌다.

"김희경씨 본인이십니까?"

형사가 물었다.

"네."

"사고를 낸 운전사는 구치소로 넘어갔습니다."

형사는 희경의 얼굴을 민망하리만큼 들여다보고 있었다. 희경은 다시금 큰 눈동자에 눈물을 담으며 입술을 깨물었다.

"조사를 해보았습니다만, 첫 새벽 어스름 속에 아버님께서 검은 옷을 입고 도로에 내려서는 바람에 미처 발견을 못했다고 합니다. 물론 운전사가 전날 날새기로 화투를 친 탓에, 심신이 모두 피로한 상태였다는 사실도 인정됐습니다."

말을 잇는 보험 회사원의 말투는 조심스러웠다.

"하지만 희경씨, 이런 말씀을 드리기는 죄송합니다만, 주변 사람들 이야기를 들어보니까, 아버님께서는 대단한 애주가로, 새벽 해장술을 하루도 거르지 않으셨다더군요. 사고 당일도 첫 새벽에 시장통의 해장국집에서 소주 두 홉을 혼자서 다 드셨다지요. 술을 판 아주머니의 이야기에 의하면, 전날 마신 술이 덜 깨셨는지 술집에 들어설 때 이미 전에 없이 비척거렸다고 합니다. 그래서 여느 때보다도 정성을 들여 술국을 데워 드렸다고 생생히 기억하더군요. 동네에까지 올라갔다 왔습니다. 이틀 걸러 하루는 술주정으로 동네가 떠들썩했다고 하더군요."

희경의 눈에서 눈물이 주르르 흘러내렸다. 얼굴을 딱딱하게 굳히고 눈 가를 일으켜세운 영남이 파르르 나섰다.

"그런 이야기를 이 자리에서 꼭 해야 합니까! 이틀째 아무것도 먹지 못하고, 잠도 못 자고 눈물만 흘리고 있는 사람 앞에서요!"

보험 회사원은 즉각 대응하지 않았다. 우선 옆구리에 끼고 있던 서류를 들추어보고 눈빛을 가다듬은 다음 영남 쪽으로 얼굴을 돌려 날카롭게 쏘아보았다.

"고인이 되신 김삼남씨는 육이오 월남 당시 고아가 되셨으며, 부인과 십여 년 전에 사별하고 혈육이라곤 김희경씨 혼자라고 알고 있습니다. 실례지만 선생님은 고인과 어떠한 관계이신지요?"

머쓱해진 영남을 형사가 짐짓 달랬다.

"법적인 문제가 있으므로 제삼자의 개입은 곤란합니다. 사람이 살다 보면 가끔씩은 인정으로 해결할 수 없는 모진 일을 사무적으로 처리할 수밖에 없는 경우도 많지 않겠소?"

보험 회사원도 눈빛을 거두었다.

"이미 벌어진 일입니다. 아무쪼록 뒷수습을 이성적으로 해야 하지 않겠습니까? 안타까운 일이지만, 고인의 장례도 치러야 하겠고, 운전사도 가족이 딸린 사람인데 어떻게든 합의를 해서 일을 원만하게 마무리합시다."

형사도 고개를 끄덕여 맞장구를 쳤다. 그렇지만 영남은 만만하게 물러서지 않았다.

"일의 순서가 그렇다고 해도, 이제 고아가 되어 버린 희경이 혼자서 어떻게 그런 일에 나섭니까. 그리고 합의 문제는 운전자의 가족도 나서야 될 일 아닙니까!"

"옳은 말씀입니다. 운전자의 형이라는 사람이 위임장을 받아 지금 밖에서 기다리고 있습니다."

"당장 들어와서 고인 앞에 무릎 꿇고 빌라고 하세요!"

다시금 보험 회사원의 눈에 힘이 들어갔다. 그는 숫제 영남을 무시하고 희경에게 말했다.

"변호사를 선임하실 수도 있습니다. 아니면 믿을 수 있는 주위 어른들이나 직장 상사 분에게라도 위임을 하시든지요."

숫제 얼굴을 붉힌 영남이 끼어들었다.

"나는 희경이와 결혼을 약속한 사입니다."

이번에는 형사가 즉각 대꾸했다.

"법적으로 효력이 있는 관계가 아닙니다."

"아버지!"

갑자기 희경이 영정 앞으로 쓰러지며 오열했다. 영남이 무릎을 꿇고 앉아 희경을 다독였다. 그의 눈에도 눈물이 비쳤다.

형사와 보험 회사원은 약속이나 한 듯 담배를 꺼내 물고 시선을 천정으로 둔 채 연기를 뱉어냈다.

이윽고 울음을 멈춘 희경이 눈물을 훔치며 고개를 들었다.

“제가 이 세상에서 믿을 수 있는 사람은 여기 영남 오빠뿐이에요. 영남 오빠와 상의해 주세요.”

“그렇다면 정식으로 위임장을 써 주십시오.”

보험 회사원의 가볍기까지 한 말과는 달리 형사는 희경의 눈에 눈을 맞추었다.

“아가씨, 신중하게 결정할 일이오.”

애써 평온을 되찾으려는 듯 희경은 심호흡을 하고 머리카락을 쓸어넘겼다.

“걱정해 주셔서 감사합니다. 하지만 영남 오빠와 저는 어렸을 때부터 한 동네에서 자라 온 사이입니다. 영남 오빠에게 모든 걸 위임하겠어요.”

뒷전에 퍼더버리고 앉아 귀를 쫑긋거리고 있던 아주머니들이 너나 없이 말을 넣었다.

“그래 희경아, 잘했어. 영남이가 너 좋아하는 거 모르는 사람 있나. 영남이 엄마도 희경이 아버지 때문에 결혼을 반대했지만, 이젠 더는 못 말릴겨.”

“그렇고말고. 영남이 재가 어렸을 때부터 얼마나 영악하고 여물었는감. 일 잘 볼겨.”

“말이 났으니까 하는 말이지만, 희경 혼자만 놓고 보면, 영남이한테 안 빠지지. 요즘 세상에 희경이 같은 천생 효녀가 어디 있겠어? 심청이보다 더 하늘이 낸 효녀여. 심청이야 눈 딱 감고 물에 빠져 그만이었지만, 희경이가 겪은 모진 고생이라니! 이런 이야기하면 죽은 사람한텐 안된 이야기지만, 잘 갔어. 희경아, 아버지 훠이훠이 떠나 보내고 인제 니 인생 찾아. 영남이라면 너 행복하게 해 줄 거야. 쪼끄만할 때부터 너한테 아주 미쳐 있지 않아? 영남이 여자 보는 눈이 있어. 효녀가 열녀 되는 법이야.”

　보험 회사원은 아주머니들의 수다도 흘려 듣지 않으려는 듯 입을 다물고 귀를 기울이다가 고개를 끄덕였다.

　“김희경씨, 우리도 사람입니다. 희경씨가 얼마나 고운 심성을 지녔는지 다 알고 있습니다. 만나는 사람마다 입에 침이 마르게 희경씨를 칭찬하더군요. 시나 도에서 주는 효녀상도 여러 번 사양했다더군요. 절대로 아가씨 가슴에 앙금이 남도록 서운한 일을 하지 않겠습니다. 그저 순리대로 일이 끝나도록 부탁드립니다.”

　희경 대신에 영남이 대답했다.

　“저도 그렇게 꼭 막힌 사람은 아닙니다. 그저 고인과 희경이의 명예가 손상되지 않도록 해주십시오.”

　영남은 희경의 손을 힘주어 잡았다. 영남은 목소리에 힘을 실었다.

　“밖에 계신 분, 들어오시라고 하세요.”

　초라할 정도로 남루한 옷을 걸친 마흔쯤 되어 뵈는 사내가 주춤거리며 들어왔다. 쥐 뜯어먹은 듯한 턱수염과 기름때에 절어 엉클어진 머리카락이 사내의 크지 않은 몸집을 더욱 작아 보이게 했다. 도금이 바랜 싸구려 금테 안경 속의 작은 눈동자가 교활하게 흔들리고 있었다.

　희경은 숫제 고개를 돌렸다. 영남은 사내의 수작을 지켜볼 속셈인지 입을 굳게 다물고 영정 옆으로 비켜섰다. 사내는 희경이야 외면하든 말든 희경을 향해 허리를 숙여 인사를 한 뒤 영정 앞에 술을 올리고 넓죽 절을 두번 했다. 그리곤 주머니에서 봉투를 꺼내 부의함에 넣었다.

　“죄송합니다. 사고를 낸 놈의 형입니다. 뭐라고, 입이 열 개가 있어도 할 말이 없습니다. 그 놈의 자식이 우리 집안 애물 단지입니다. 지하 월세방에 살면서 남의 용달차 운전하는 주제에 노름이라니……. 하루 종일 이삿짐 나르는 중노동을 하고 또 날새기로 화투를 쳤으니 정신이 올바른 놈입니까? 그래도 형제간인 것을 어쩝니까. 죽을 죄를 졌지만, 철창에 갇힌 꼴을 보니 형으로서 나설 수밖에요. 아무쪼록 젊은 목숨 하나 살려 주신다 셈 치시고 잘 부탁드립니다. 어린 애새끼들이 둘이나 딸린 놈입니다.”

연신 굽실거리는 사내의 손과 영남의 손을 보험 회사원이 잡아끌었다.

“여기는 이야기를 나눌 자리가 아닌 듯합니다. 어디 조용한 곳으로 나갑시다.”

긴 머리카락을 온통 바닥에 쏟아놓고 울먹이는 희경을 뒤에 두고 영남은 그들을 따라 나갔다.

아주머니들이 희경에게 다가들었다.

“이제 그만해. 육십 나이가 아쉽기는 하지만, 너희 아버지 원도 없이 세상 살다 갔다. 그 좋아하는 술 고픈 적 하루도 없이 재미있게 살다 갔어. 천성이 착한 너희 엄마 만나서 젊은 시절부터 마른자리로 돌아다니며 좋은 술 맛난 안주 먹고 살았지. 너처럼 착한 딸 만나서 죽는 순간까지 숨찬 일 한번 안 해 보고 깨끗하게 살다 가지 않았어?”

“너희 아버지 좋은 사람이었다. 어쩌다 술에 빠져서 일을 못하고 가끔씩 큰소리를 내서 그렇지. 남 못할 일은 하지 않은 사람이야.”

그네들의 다독거림도 아랑곳없이 희경은 오열을 계속했다.

가난한 동네였다. 자유당 시절, 피난민들이 옹기종기 모여 살던 간척지 움막촌이 그나마 어느 해 해일에 쓸려 내려간 적이 있었다. 그때의 수재민들이 변두리 산 언덕에 또다시 무허가로 판자촌을 이루었다. 세월이 흘러 시가지가 벌어짐에 따라 시내로 편입되기는 했지만, 여전히 땅과 집은 합법화되지 않았다.

영남과 희경은 그 동네에서 태어났다. 길게 열을 지어 벽을 마주하고 붙어 있는 집이 아닌 방을 하나 건너 둔 이웃이었다. 영남은 희경보다 세 살 손위였다. 어렸을 적부터 친동기간처럼 지낼 수밖에 없었다. 막노동으로 살아가는 부모들이 하루종일 집을 비웠기 때문이다.

그러나 영남의 어머니는 각오가 남다른 사람이었다. 남편을 끊임없이 채근하고, 자신 또한 품팔이는 물론이거니와, 나중에는 보험 외판원으로 나서 모질게 돈을 모았다. 그녀는 자신의 목적을 이루고야 말았다. 빈민촌에서 탈출한 것이다. 그 동네 곁에 땅을 사고 번듯한 2층 양옥을 지었다.

애들 교육도 소홀히 하지 않았다. 어머니의 극성이 아닐지라도 영남은 영특했다. 비록 지방 대학이었지만 좋은 성적으로 마치어 지방자치단체의 공무원이 되었다. 실업고등학교를 야간으로 졸업한 희경을 그의 어머니가 용납할 수 없는 이유가 충분했다.

"절대로 안 된다. 나는 그런 알코올 중독자와 사돈될 수 없다. 30년을 넘게 지켜봤지만, 하루도 술에 취하지 않은 날이 없었다. 희경이네 사는 꼴을 보아라. 30년 전이나 지금이나 바가지 하나 늘어나지 않은 살림이다. 늘어나기는커녕 이틀이 멀다 하고 두들겨 부숴서 성한 것 하나 없는 줄 네가 더 잘 알 거 아냐."

"그게 어디 희경이 잘못입니까? 그래도 희경이 어머니 생전에는 어머니와 친구 아니셨어요?"

"그래, 희경이 엄마야 좋은 사람이었지. 하지만 좋다는 기준이 어디야? 술 못 먹는 남자가 어디 있겠어? 너희 아버지도 좀 술을 좋아하시냐? 하지만 여자가 조절을 해줘야지. 무조건 돈 벌어다가 술 퍼마시라고 바쳐서 남편 알코올 중독자 만든 것도 잘한 일이냐? 희경이 엄마 생전에도 사고방식이 나하고 맞지 않아 그렇게 친하게 지내지도 않았다. 희경이 걔도 저희 엄마하고 한치도 안 틀린다. 번 돈 전부 아비 술값으로 떨어 바치고 있으니, 도대체가 생각이 있는 앤지 없는 앤지 모르겠다. 돈을 써도 미래 지향적으로 써야지. 그렇게 앞날에 대한 생각과 대책이 없는 애가 어떻게 살림을 하겠니?"

그러나 희경에 대한 영남의 사랑과 집념은 거의 편집광적이었다.

"어머니, 희경이 혼자만 떼어놓고 생각합시다. 희경이 야간 고등학교 전액 장학생으로 다니면서 낮에는 동사무소에서 심부름하여 아버지 부양한 효녀가 아닙니까? 저녁 내 아버지 술시중에 시달리고 자칫하면 얻어맞기까지 하고도 아침이면 웃는 낯으로 이웃 어른들에게 인사하며 출근하는 사람입니다."

"고생을 해도 그 고생을 한 보람이 있어야지. 어떻게든 그 빈민굴 속에서 탈출할 생각을 해야지. 구렁이알 같은 돈을 미친놈 술값으로 바쳐?"

"희경이라고 그렇게 살고 싶겠어요? 희경이 키도 크고 얼굴도 빠지지 않아요. 좋은 옷 입고 좋은 집에서 살면 귀부인티 날 사람입니다. 희경이도 사람인데 어찌 잘 입고, 좋은 데 놀러 가고 싶은 마음이 없겠어요. 바보가 아니라, 천성이 착해서 아버지를 봉양하느라 눈 감고 사는 겁니다. 언젠가 희경이가 그러더

군요. 생활비가 떨어져 아버지 술을 이틀간 못 사 드렸더니 산
송장이 되더라구요. 생각해 보세요. 희경이가 이 세상에서 의지
할 혈육이 아버지 말고 누가 있습니까? 그 후론 그저 아버지 잡
숫고 싶으신 대로 말리지 않는다더군요. 살면 얼마나 더 사시겠
습니까? 희경이 그래봬도 컴퓨터 전문갑니다. 희경이네 사무실,
희경이 아니면 당장 멈춰요. 그 불 속에서도 나름대로 적금을
부어 나가고 있지 않습니까? 다 제 앞가림을 하고 있다고요. 남
부끄럽지 않게 혼수 장만할 준비는 다하고 있어요."

　열이 오른 영남의 어머니는 냉수를 한 사발 들이키곤 목소리
를 착 깔았다.

　"이놈아, 정신차려. 희경이가 든 적금 보험 말이야? 그거 담보
로 대출받아 저희 아버지 술값 갚은 지 벌써 석삼년이야. 만기
돼 봐야 찾을 거 하나도 없다. 냉수 마시고 속차려라. 못난 녀석
같으니라고. 네가 어디가 못나서 희경이와 결혼을 해! 두말 말
고 김 소장 딸하고 결혼해. 김 소장 너 사위 못 삼아서 안달이야.
벌써 딸 앞으로 아파트도 사 두었고, 상가도 하나 보고 다닌다
더라."

　영남의 어머니가 다니는 보험 사무실의 소장이 진작부터 영
남을 눈여겨보고 있던 터였다. 어머니의 성화에 떠밀려 소장의
딸을 몇 번 만나기도 했었다.

　"희경이랑 결혼하면 너는 거지 쪽박 차는 거야! 애가 세상을
몰라. 이 엄마, 이 살림 이루려고 골병 든 것 보면 몰라! 김 소장
딸하고 결혼하면 너는 쌀 광에 든 쥐가 되는 거야! 젊어서 고생
사서 한단 말 다 틀린 소리야. 젊어서 고생한 사람 치고 늙어서
병들어 추해지지 않은 사람 있으면 나와 보라고 해!"

　하루도 쉬지 않고 들볶아대는 어머니의 성화를 더 이상 받아

내기도 힘이 들었다. 또한 영남이나 희경 둘 다 꽃다운 청춘이 속절없이 흘러가고 있었다. 혼기를 넘겨 둘 다 지칠 대로 지친 상태였다.

외박은커녕 저녁 시간 늦게도 들어갈 수 없는 희경의 처지 때문에 둘의 사랑은 어느 한계에서 평행선을 그을 수밖에 없었다. 어쩌다 만나는 시간도 극히 짧을 수밖에 없었다. 서른에 들어서 영남은 부쩍 희경을 보챘다.

"소금물, 소금물이야. 희경이 너는 소금물이야. 마시면 마실수록 갈증이 나는 소금물! 단 하루만이라도 너를 안고 있는다면 이 갈증이 풀어질지 몰라."

"나도 오빠랑 날마다 함께 있고 싶어. 사랑하는 사람의 품에 안겨 아침을 맞고 싶어. 하지만 내겐 아버지가 목숨보다도 더 소중해. 정말로 나를 사랑한다면 어디든 멀리 떠나 우리 아버지 모시고 살자. 그러다가 아버지 가시고 나면 돌아오자. 나도 견디기 힘들어."

모든 문제가 하루 아침에 해결되었다. 의외로 영남은 합의에 시간을 끌지 않았다. 물론 희경의 재가를 얻어 처리된 일이었다. 운전자의 딱한 사정도 사정이지만, 영남은 희경을 설득하여 일 처리에 뜸을 들이지 않았다.

합의가 이루어지자, 곧바로 장례를 치렀다. 고인의 생전 뜻에 따라 화장을 해서 바다에 뿌렸다.

"내 죽으면 화장해서 바다에 뿌리거라. 육이오 때 보니까 사람 죽은 영혼 없더라. 죽어서까지 너 짐 되고 싶지 않다."

가끔씩 술병이 나 누워 있을 때면, 희경의 아버지도 딸에게 미안한 내색을 하곤 했다. 그도 부모였다.

"너 시집가기 전에 내가 죽어야 할 터인데……. 어떻게 너에게 진 빚을 갚고 죽어야 할 터인데……."

그는 소원대로 죽었다. 희경이 더 이상 견디지 못할 순간에 죽었고, 죽음으로써 희경에게 진 빚을 갚았다. 자동차 보험에서 지급된 보상금과 운전자측의 합의금만으로도 그가 마셨던 술값이 충분했다.

그뿐이 아니었다. 희경이 그의 아버지 앞으로, 자신을 수령인으로 해서 들어두었던 보험금이 엄청났다. 청춘의 시간을 돈으로 환산할 수는 없겠지만, 희경은 젊은 시절의 인내와 희생에 대한 대가로 장밋빛 미래를 보장받을 수 있는 물질적인 보상을 얻은 셈이었다.

첫 봉급을 받던 날 희경은 은행에 적금을 들고자 했었다. 그러나 호시탐탐 기회를 노리고 있던 영남의 어머니에게 달깍 붙들리고 말았다.

"보험이 이율은 낮아도, 여러 가지 혜택이 많아. 조금만 넣으면 대출을 받을 수도 있고, 또 중간에 해약을 하면 손해를 보기 때문에 어떻게든 끝까지 넣게 되는 거야. 은행 적금은 조금 어려우면 해약하기 마련이야. 눈 딱 감고 시집갈 밑천 준비한다하고 큰 거 하나 들어."

수익률이고 보장이고 간에 취업할 때 신원과 재정 보증을 서준 영남 어머니의 청을 거절할 수 없었다.

보험금을 수령하던 날, 영남의 어머니는 말했다.

"가신 분한테는 안된 이야기지만, 처음 계약을 할 때 다 내가 세상을 내다보는 눈이 있어서 너희 아버지 앞으로 들라고 했던 게야. 이런 이야기 할 만한 처지니까 묻는다만, 이 큰 돈을 어떻게 할 거냐?"

"아직은 아무런 생각이 없어요. 아직도 아버지가 살아 계신 것만 같고, 아버지의 목숨값이라고 생각하니 쓸 엄두도 나지 않고요."

"알았다. 그래도 내가 돈을 불리는 데는 남보다 앞서 가니까 마음이 정리되면 상의하거라."

영남과의 관계가 이성적이라는 사실이 밝혀진 이후, 처음으로 듣게 된 따뜻한 말이었다.

한 달도 채 못 되어 영남이 안달을 하기 시작했다. 1주기는 넘기고 보자는 희경의 애원은 그의 귀에 들리지도 않는 모양이었다.

"돌아가신 아버지도 너 행복하게 사는 걸 바라실 거 아냐. 우리 나이가 몇이야? 너, 아버지 돌아가신 이후로 하루라도 밥 세 끼 제대로 챙겨먹은 적 있어? 그러다간 너까지 죽어. 너 죽으면 나도 죽어."

"어머니가 승낙을 하지 않으셨잖아."

결혼을 막을 핑계거리가 사라진 줄 알았던 영남이었으나, 어머니는 막무가내였다. 처가 식구가 없다, 근본 없는 집안이다, 대학을 나오지 않았다, 심지어는 스물일곱 나이가 많다고까지 했다. 영남과 어머니 사이의 실랑이는 끝이 없었다.

영남은 반 미치광이가 되었다. 그럴 만도 했다. 세상 인심이 그런 건지, 희경에게 돈이 있고, 걸릴 것도 없다는 소문이 나자, 여러 군데서 말이 들어왔다. 직장 좋고 인물 좋고 집안 좋다는 총각들이 그렇게 많은 줄은 예전에 몰랐던 일이다. 하나같이 희경의 효심을 칭찬했다. 요즘 세상에 보기 드문 아가씨라고 입술에 침을 바르며, 그 마음씨 하나 보고 며느리를 삼겠다고 했다. 속이 빤히 들여다보이는 수작이었다.

　더욱이 참을 수 없는 것은 세상이 희경을 만만하게 본다는 사실이었다. 희경의 직장 동료 하나는 회식 뒤풀이 자리에서 희경에게 억지 술을 먹여 겁탈하려고 한 적도 있었다. 동네 건달로 소문난 놈이 밤중에 희경의 집 문을 따고 들어오려고 한 적도 있었다. 좋은 사업거리가 있다고 동업을 꼬드기는 사람도 있었다.

　아버지의 빈 자리가 그렇게 클 수가 없었다. 아버지 생전엔 고개도 들지 못했던 이웃집 아저씨까지도 음흉한 눈빛으로 집 앞을 어슬렁거리는 판국이었다.

　어느 날 돈을 내놓지 않으면 납치를 해서 윤간을 한 다음 사창가에 팔아버리겠다는 협박 편지까지 날아들었다. 편지를 본 영남의 눈이 뒤집혔다. 그날 저녁 영남은 희경을 데리고 어머님 앞에 함께 무릎을 꿇었다.

　"두 연놈 다 꼴 보기 싫으니까, 어디 가서 같이 엎어져 살든지 죽든지 맘대로 해라!"

　마침내 영남의 어머니가 악을 썼다. 그 정도면 성공이었다. 희경은 두려워하지 않았다. 진심으로 끈기를 가지고 할 도리를 다하고 있으면, 아버님에게 바쳤던 정성을 시댁에 바치면, 그 누구의 마음이라도 돌려놓을 자신이 있었다.

　미분양 아파트가 많았다. 희경과 영남은 마음에 맞는 아파트를 골라잡을 수 있었다. 가전제품을 비롯하여 가구까지 호사스럽게 들여놓고도 돈이 얼마간 남았다.

　꿈 같은 일이었다. 평생을 어둠침침한 골방에 기어들고 나던 희경에게는 진정 꿈이었다. 뒤늦게 터진 둘 사이의 육체적 쾌락도 희경에겐 새로운 세계였다.

　그녀는 이 모든 행복을 가져다 준 아버지를 결코 잊지 않았다. 거실 한쪽 구석에 아버지의 영정을 모셔 놓고 아침마다 절을 하고 향불을 피웠다. 시어머니의 마음을 돌려놓는 데도 오랜 시간이 걸리지 않았다. 얼마 지나지 않아 희경은 임신을 했다. 병원에서 희경은 시어머니에게 먼저 알렸다.

"우선 혼인신고부터 하거라. 그리고 배가 부르기 전에 식을 올리기로 하자."

하는 시어머니의 말을 듣고 희경은 생애 처음으로 기쁨의 눈물을 흘렸다.

희경은 영남이 좋아하는 음식을 잔뜩 준비해 식탁 가득히 채웠다. 꽃으로 장식한 바구니에 위스키도 한 병 담아 올려 두었다. 임신했다는 말에 기뻐할 영남의 얼굴을 떠올리며 퇴근 시간을 기다렸다.

시간이 흐르지 않았다. 몇 번이고 영남의 사무실에 전화를 걸고 싶었지만, 기쁨의 순간을 함께 만끽하고자 참았다. 영남은 어김없는 시간에 귀가를 했다.

"오빠! 어서 와. 얼마나 보고 싶었는데."

달랑 영남의 목에 매달려 입을 맞추려던 희경은 음울하고 싸늘한 영남의 분위기에 섬쩍 뒤로 물러섰다.

"오빠, 사무실에서 무슨 일 있었어? 응?"

"아니야, 조금 피곤해서 그래."

"그럼 어서 옷 갈아입고 와. 오늘 맛있는 것 많이 준비했거든."

식탁에 앉은 영남은 그득한 음식과 위스키 바구니를 보고도 아무 말이 없었다.

"오빠아, 뭐 달라진 거 없어?"

그제야 영남은 식탁을 휘둘러보았다.

"내 생일은 아니고, 희경이 생일이야?"

심드렁한 목소리였다. 희경은 맥이 빠졌다.

"오빠, 정말 왜 이래? 응? 피곤하면 우선 술 한 잔 마시고 기운을 내. 오빠가 좋아하는 시바스 사왔단 말이야. 축배를 들어야 할 아주 기쁜 소식이 있어."

기계적인 손놀림으로 잔을 받아든 영남은 술을 한 모금에 털어 마셨다.

"오빠, 말이야, 이제 곧 아빠가 될 거야. 어머님도 아주 기뻐하셨어. 우리 결혼식 날짜 잡으래."

"그으래, 축하해."

마지못한 느낌이 여실히 스민 영남의 대꾸였다.

"솔직히 말해 봐. 사무실에서 무슨 일 있었지?"

갑자기 영남의 얼굴에서 표정이 지워졌다. 그는 멍한 얼굴로 희경을 한참 동안 물끄러미 쳐다보았다. 머쓱해진 희경 또한 똑같은 표정으로 마주 볼 수밖에 없었다.

한참만에 영남이 말했다.

"우리 돈이 얼마나 남았지?"

"그건 왜 물어? 오빠가 더 잘 알잖아. 천만원 남짓 있을 거야. 하지만 그건 이제 우리 아기 몫이야."

"알았어. 밥이나 먹지."

했지만 영남은 숟가락을 들지 않고 자작을 하여 연거푸 술을 들이켰다.

"피곤하면 술 마시고 일찍 푹 자. 축하는 내일 받기로 해줄게."

하지만 쉽게 넘어갈 일이 아니었다. 영남은 저녁내 잠을 못 이루고 몸을 뒤척였다.

다음날 영남은 함께 산 이후 처음으로 저녁 늦게 만취가 되어서 들어왔다. 희경이 정성을 들여 끓인 북어국을 몇 술 뜨지도 않고 출근했던 영남이 또 전화도 없이 자정이 다 되도록 들어오지 않았다.

3개월 동안 꿈 속을 헤맸던 희경의 정신이 현실로 되돌아오는데는 많은 시간이 필요치 않았다. 그녀는 아버지의 영정 앞에서 오랜 시간 울었다.

전화벨이 울렸다. 목소리 속에 물기가 스며 있지 않기를 바라며 수화기를 들었다.

"여보세요, 김희경씨 댁입니까?"

귀에 선 목소리였다.

"그렇습니다."

"술집입니다. 박영남씨가 술에 취해서 가려고 하지 않는군요. 거칠게 다루고 싶지 않아서 차를 보냈습니다. 영업부장이 지금쯤 아파트 앞에 도착했을 겁니다. 마누라만 찾고 있으니까 빨리 오셔서 남편을 데려가십시오."

아무런 생각도 나지 않았다. 결혼 전으로 돌아간 느낌도 들지 않았다. 그저 아버지를 찾아 나설 때처럼 지갑을 들고 혹 부족할지 몰라 신용 카드를 확인하고, 청바지를 입고 운동화를 신고 머리 테를 조여매고 문을 닫았다. 집과 사람이 바뀌었다고 인생이 바뀐 건 아니었다.

검은색 승용차가 기다리고 있었다. 머리를 짧게 깎고 선글라스를 낀 30대 초반의 사내가 차 곁에 서 있다가 물었다.

"박영남씨 사모님이십니까?"

희경은 말없이 고개를 끄덕였다.

"저는 모모 타운 김부장입니다. 타시지요."

　김부장은 운전석에 올라 차를 출발시켰다. 뒷좌석에 깊숙이 몸을 묻은 희경을 김부장이 룸미러로 힐끔거렸다. 희경은 그러한 류의 사람과 상종해 본 적이 없었다. 하지만 묘하게도 그의 전체적인 분위기가 낯설지 않았다. 어디선가 한번쯤은 기억에 남을 만큼의 만남이 있었던 사람 같았다.

　번화가에서 한 골목 비껴진 곳에 차가 멈췄다. 셔터가 내려진 지하 주점 앞이었다.

　"자정이 넘어서 닫았습니다만, 안에서 영업은 계속하고 있습니다."

　김부장이 내려서 셔터를 반쯤 올렸다. 고개를 수그리고 들어갔다. 그의 말대로 안에는 불이 켜져 있었고, 음악 소리가 들렸다. 희경은 안심을 하고 계단을 내려갔다. 술 취한 사람들이 널브러져 있을 것이란 희경의 예상과는 달리, 자그마한 홀에서 대형 스크린이 홀로 흥겨울 뿐 사람은 없었다.

　"이쪽 홀에 계십니다."

　아버지를 찾아 허름한 선술집을 뒤지던 때와는 사뭇 분위기가 달랐다. 안쪽에 있는 홀의 문이 열렸다. 그렇게 크게 취해 뵈지 않는 영남이 또 다른 사내와 함께 앉아 있었다.

　"다녀왔습니다, 형님."

　허리를 반으로 꾹 접어 인사를 한 김부장은, 공손한 태도로 '형님' 곁에 섰다.

　영남과 함께 있는 '형님'이란 사내는 고급스런 새하얀 양복을 매끄럽게 떨쳐입고 있었다. 파르라니 면도되어 더욱 날카롭게 보이는, 세모진 자그마한 얼굴이었다. 몸집은 작았지만, 뭔가 평범하지 않은 분위기가 풍기는 사람이었다. 문제는 이 마흔쯤 들어 뵈는 '형님'도 희경에게 낯설게 느껴지지 않는다는 사실이었다.

"어서 오십시오. 김부장이 모셔 오는 동안 실례는 하지 않았는지요? 갑작스런 일이라 크게 놀라셨지요? 하지만 다 대화로 해결될 수 있는 문제니까 우선 자리에 앉으시지요."

예의바르게 자리에서 일어난 '형님'이 희경에게 자리를 권했다. 영남을 보자 희경은 한숨을 돌렸다. 추하게 취해 있지도 않았고, 비굴하게 찌그러져 있지도 않았기 때문이다. 희경은 선걸음에 돌아가고 싶었다.

"술값이 얼맙니까? 시간이 늦었으니 바로 돌아가겠습니다. 계산서를 가져오시지요."

'형님'이 빙그레 웃으며 맞받았다.

"거짓말을 해서 죄송합니다. 사실은 술값 때문에 모신 것이 아닙니다. 김희경씨, 우리는 구면입니다. 김부장, 불을 밝히게."

홀 안이 밝아졌다. '형님'의 얼굴을 맞보던 희경의 눈이 튀어나올 듯 벌어졌다.

"이, 이럴 수가! 세상에! 오, 오빠. 이, 이게 어찌된 일이에요?"

"저도 알아보시겠습니까?"

김부장이란 작자도 선글라스를 벗어들고 희경에게 낯짝을 들이밀었다.

희경은 영남의 곁에 털썩 주저앉으며 영남의 팔을 부여잡았다. 김부장은 희경의 아버지를 죽게 한 운전기사였다. '형님'은 합의를 한답시고 영안실에 찾아왔던, 비렁뱅이 차림의 사내였다.

"오빠! 왜 이 사람들과 함께 있어요! 빨리 가요! 어서요."

희경은 영남의 몸을 잡아 흔들었다. 그러나 영남은 희경 쪽으로 고개도 돌리지 않고 석상처럼 움직일 줄 몰랐다.

"너무 놀라지 마시오. 김부장, 사모님이 진정하시도록 얼음물을 한 컵 갖다 드려라."

놀란 가슴을 쓸어내리며 희경은 영남의 곁에 바싹 붙어 앉았다.

"희경아, 정말 미안하다. 일이 이렇게 될 줄 정말 몰랐다. 나 혼자만의 비밀로 무덤까지 가져가려 했는데, 다 틀려버렸어. 희경이가 내 곁을 떠난다 해도 나는 말릴 수가 없어. 하지만 이것만은 알아둬. 이 모든 일이 희경이 너를 너무나도 사랑했기 때문에 시작된 일이란 사실을. 네가 나를 버린다 해도 나는 영원히 너를 사랑하면서 살 거야."

영남은 희경 쪽을 보지도 않고 독백처럼 중얼거렸다.

"오빠, 그게 무슨 소리야. 나는 오빠를 내 목숨보다도 더 사랑해. 오빠가 무슨 일을 저질렀다 해도 네 곁을 떠나지 않는다면 다 이해할 수 있어."

"이번 일은 그럴 수 없는 일이야."

"무슨 일이냐니깐!"

'형님'이 끼어들었다.

"다 지나간 일이오. 우리는 전문가요. 이렇게 일을 처리하지 않는데, 요즘 형편이 너무 좋지 않아서 이렇게 실례를 범하게 되었소. 단도직입적으로 이야기합시다. 박영남씨의 부담 능력을 면밀하게 검토했소. 5천에 딱 자릅시다. 당초는 1억을 예정했지만, 역부족인 것 같소. 내일 정오까지 5천, 됐습니까, 박영남씨?"

"뭐라고요? 오빠, 오빠가 왜 이 사람들에게 돈을 줘야지 돼?"

영남 대신에 김부장이 나섰다.

"죄송합니다. 사모님께는 끝까지 비밀로 하려 했는데, 돈을 만들자면 어쩔 수가 없었으니 이해를 하십시오."

'형님'이 뒤를 이었다.

"지금부터 하는 이야기는 듣는 순간 잊어버리시오. 5개월 전 조직의 상부로부터 작업 명령이 떨어졌소. 60세 된 영감님 한 분을 모시라는 것이었소. 우리는 두 달 간 사전 조사를 한 다음에 일을 치렀소."

무슨 이야기인지, 희경은 어리둥절했다. 그러다가 의자에서 펄쩍 뛰어 일어났다.

"그, 그렇다면! 아버지를 일부러!"

"그렇소. 우리는 전문가답게 일을 깨끗이 마무리했소."

희경은 영남의 품으로 스스르 쓰러져 안겼다. 희미해지는 정신을 가까스로 붙잡았다.

"희경아, 정신차려. 이미 다 지나간 일이야."

영남은 희경을 감싸안은 팔에 힘을 주었다.

"깨끗이 마무리했으면 그만이지 왜 이렇게 토를 다는 거요? 그러고도 당신들이 전문가요? 조직에서도 이러한 사실을 알고 있소?"

"천만에요. 조직에서 알면 우리를 가만 두겠소? 한번 끝난 일이 되새겨지는 것은 곧 조직의 노출인데, 우리가 원청자를 찾아 냈다는 사실을 알면 우리도 죽은 목숨이오. 아시겠소? 우리도 목숨을 걸고 하는 일이오. 그렇지만 또 돈이 없으면 다른 조직에서 우리를 죽이려 하고 있소. 그러니 박영남씨가 여러 목숨을 살리시오. 우리 둘과 두 분의 목숨 말이오. 원청자를 추적하면서 다 조사해 두었소. 영남씨, 이번 일로 가장 큰 이득을 본 사람이 누구인지는 스스로 잘 알 것이오. 우리도 그렇게 영남씨를 추적했으니까 말이오. 물론 영남씨도 인생을 걸고 도박을 하셨

겠지. 결혼 자금으로 모아둔 돈과 공무원 신분을 담보로 대출을
받은 돈을 청부금과 합의금으로 내놓았으니 말이오. 그래서 영
남씨에게서 돈이 더 나올 길이 없다는 사실을 다 알고 있소.”
  희경은 정신을 잃지 않았다. 영남의 품에서 몸을 빼내지도 않
았다. 영남은 희경을 안은 팔에 힘을 더했다.
  “그래서 마누라까지 데려온 거요?”
  “어차피 진실은 밝혀지기 마련이오. 이번 기회에 두 분 사이
의 ‘당나귀 귀’를 없애 버리시오. 긴말하지 맙시다. 부부간의
문제는 알아서들 하시오. 희경씨 앞으로 등기가 되어 있는 아파
트를 담보로 대출을 받으시오. 주택부금이나 회사 대출금이 없
으니까 은행에서 서류만 갖추면 바로 빼줄 것이오. 은행에도 손
을 써 두었소. 내일 오전에 김부장과 서류를 가지고 가면 선 자
리에서 일이 끝날 것이오. 여기에 필요한 서류가 적혀 있소. 내
일 오전에 김부장이 모시러 갈 것이오.”
  ‘형님’이 저고리 주머니에서 종이를 한 장 꺼내 탁자 위에 놓
았다.
  “또다시 당신들이 협박을 하지 않는다는 보장이 없으면, 평생
을 당신들에게 시달리느니 이 선에서 죽고 싶소.”
  영남은 말을 꼭꼭 깨물어 내뱉었다. 기가 막힌 일이었지만, 희
경은 그들 앞에서 당당한 영남이 그렇게 미더울 수가 없었다.
  “당연한 말씀이오, 박영남씨. 하지만 생각을 해보시오. 우리
의 신분이 노출되었소. 다시 당신들 앞에 나타나면 우리도 끝장
이 아니겠소? 김부장, 명함을 드리게. 우리가 필요한 일이 있으
면 그땐 좀 싸게 해 드리겠소. 박영남씨, 김희경씨, 우리는 한 배
를 타고 있소. 침몰하면 네 사람 모두 죽는 거요. 김희경씨, 마음
을 정하시오.”

희경은 천천히 몸을 일으켜 방안을 휘돌아보다가 영남의 얼굴에서 시선을 멈추었다. 영남은 희경의 얼굴을 바로 보지 못했다.

"은행까지 동행하고 싶지 않아요. 그 정도 일은 나 혼자도 볼 수 있으니까 그냥 내일 돈을 가지러 오세요. 영수증과 두 분의 호적등본과 주민등록증 복사본을 가지고 오셔야 합니다."

스스로도 놀랍게 침착하고도 당당한 목소리였다.

'형님'이 감탄했다.

"하! 진즉에 사모님과 이야기할 걸 그랬소. 그랬다면 박영남 씨가 사흘 동안이나 괴로워하지 않았을 텐데. 허어! 우리가 거꾸로 서류를 준비해야 되겠군. 원하시는 대로 해 드리지요. 현금으로 인출하셔야 합니다."

'형님'은 아주 부드럽게 웃었다. 순진하고 선량해 뵈는 연기였다.

"이야기가 끝났으면 돌아가겠어요."

"아니, 잠깐만요. 두 분에게 드릴 말씀이 남아 있습니다. 제 이야기를 들어두시는 게 좋을 겁니다."

여태껏 부동자세로 서 있던 김부장이 '형님' 곁에 조심스럽게 앉았다.

"일이 어그러질까봐 경찰에서 진술하지 않은 사실이 있습니다. 작업 명령이 떨어지자 제가 모실 어른의 뒤를 두 달 정도 밟았습니다. 모실 장소와 시기가 일의 성패를 좌우하니까요. 다행히도 어른의 일과가 아주 정확해서 첫 새벽 해장길을 기다리기로 했습니다. 장소도 정해 두었지요. 한 달 전부터는 여차하면 일을 치를 수 있도록 차를 가지고 기회를 엿보았습니다. 그날 새벽, 어른께서 전에 없이 술이 덜 깨신 걸음으로 상 하의 모두

어두운색 옷을 입고 나오셨습니다. 절호의 기회였습니다. 도로를 반쯤 건넜을 때를 맞추어 차를 내리 몰았습니다. 그때 어른께서 고개를 돌리고 차를 똑바로 쳐다보셨습니다. 그리곤 길가로 피하시려 했습니다. 순간 저는 일이 틀렸다고 생각해서 그대로 지나치려 했습니다. 일부러 핸들을 길가로 틀었다가는 고의성이 밝혀져 일이 틀어질 수도 있으니까요. 그런데 뒤로 주춤 물러서셨던 어른이 갑자기 차 앞으로 뛰어드셨습니다. 어른은 자살하신 겁니다. 그전에도 제가 어른 뒤를 밟을 때 목격한 일이 있습니다. 어른은 차를 전혀 겁내지 않으셨습니다. 이미 생을 포기하신 분 같았습니다. 몇 번이나 급브레이크를 밟아 차를 세운 운전사들이 욕설을 퍼붓고 어른의 멱살을 잡아 혼든 적도 있었습니다. 우리 작업이 아닐지라도 어른께서는 지금쯤 고인이 되셨을 겁니다. 너무 죄스럽게 생각하지 마십시오. 이상입니다. 제가 두 분을 댁까지 모셔다 드리지요.”

집안에 있는 술을 영남이 다 마시도록 희경은 아버지의 영정 앞에서 소리 없이 눈물을 흘리고만 있었다. 엉망으로 취한 영남이 희경의 무릎을 부여잡고 쓰러졌다.

“희경아, 나를 살인자라고 욕해도 좋아. 경찰에 신고해서 그놈들과 함께 사형을 시켜도 좋아. 하지만 희경아, 이 모든 일이 너를 사랑해서 한 일이라는 걸 믿어줘. 그때 일이 생각이 나니? 너희 어머님이 돌아가셨던 해 말이야. 아직 우리가 나란한 집에 살 때였지. 눈보라가 치는 아주 추운 날이었어. 고3이었던 나는 밤늦게까지 골방에서 공부를 하고 있었어. 그러다가 바람 소리 속에 섞인 흐느낌 소리를 들었어. 창문을 열어 보았더니 네가 속옷 바람으로 창 밑에 웅크리고 앉아 울고 있었지. 너는 맨발이었어. 너희 아버지가 술을 사오라고 내쫓은 것이었지. 돈도 없고 가게도 문을 닫은 시간에, 중학교 3학년, 이미 여자로서 성숙한 너는 추위보다도 속옷 바람으로 거리에 나설 수가 없었던 것이었어.”

“알아, 오빠. 나도 그날 그 순간에 오빠를 좋아하게 되었어. 오빠가 나를 방으로 불러들여 이불로 감싸주고, 용돈을 털어 큰 길까지 달려가 가게를 두드려 술을 사다 주었지.”

“그날 이후로 나는 너희 아버지를 악마로 생각할 수밖에 없었어. 죄와 벌의 라스콜리니코프처럼 너희 아버지가 죽어야 할 이유를 밤새도록 일기장에 적어놓기도 했어. 너를 볼 때마다 그 순간이 떠올라 가슴이 미어지곤 했어. 나는 맹세했어. 너를 행복하게 해주겠다고. 너의 행복을 방해하는 어떠한 장애물도 치워버리겠다고. 나의 살인을 정당화하려는 게 아니야. 오히려 일이 밝혀져서 그놈들 말대로 ‘당나귀 귀’하고 소리친 것처럼 속이 편해. 이 아파트가 어떤 돈으로 장만한 건데 이걸 담보로 해서 그놈들에게 바쳐? 또 그 돈을 어떻게 갚을 거야. 내 빚 갚기에도 내 평생이 다 걸릴 텐데. 희경아, 그냥 경찰에 신고해. 왜 죄 없는 희경이 너까지 한 배를 타야 해? 또 아버지를 죽인 살인자와 어떻게 한 집에 살겠어? 나를 보내고 새 삶을 찾아.”

희경은 영남을 무릎에서 일으켜 가슴에 꼬옥 안았다.

“오빠, 그래도 나는 오빠가 좋아. 나도 오빠에게 비밀이 있어. 아버지가 생전에 나도 몰래 신협 공제 보험에 드셨어. 아버님이 왜 차에 뛰어드셨는지 알겠어. 입버릇처럼 그러셨거든. 나에게 진 술빚을 갚으시겠다고. 오빠에게 숨겨서 미안해. 어머니 때문에 우리 둘이 갈라설지도 모른다는 불안한 마음에 감추었어. 내일 그 돈을 찾아줄게. 우리 아기를 위해서 모든 것을 잊고 살자.”

　결혼식이 올려지고 아이가 태어났다. 영남의 잘려진 월급으로는 생활이 어려워 희경은 아파트를 잡혀 컴퓨터 워드 센터를 차렸다. 지역 신문의 편집권을 따내기도 해서 그런 대로 장사는 되었지만, 이자를 갚고 나면 겨우 호구지책에 불과했다. 원금을 갚아나갈 길은 요원했다.

　살인 청부업자들에게서는 다시 연락이 오지 않았다. 아니, 연락이 올 수가 없었다. 도박판의 칼부림에서 여러 놈 죽고 다친 사건이 발생했다.

　그중에 두 놈도 끼어 있었다. 텔레비전 뉴스에서는 단발로 흘렸지만, 지역 신문에서는 소상하게 사망자들의 사진까지 곁들여 보도했다. 그들이 죽었다는 보도가 나간 날, 영남은 또다시 만취기 되었다.

　“여보, 세상에는 그래도 진리가 살아 있는가봐. 죄값은 인젠가 어떤 형태로든 치르고 마는가봐. 여보, 어찌되었든 나는 살인자야. 잊으려 해도, 지우려 해도 내 마음속에 각인된 카인의 낙인을 버릴 수가 없어.”

　“다시 그런 이야기를 하면 우리는 함께 살 수 없어요. 아버지는 자살하신 거예요. 남자의 배포가 그렇게 작아요? 영웅치고 살인을 하지 않은 사람이 어디 있어요? 저도 아버님께 미안한 생각이 이젠 없어요. 내가 쏟아부은 효성에 대한 대가로 이나마 살림 이루고 사는 거예요. 부모 자식간에도 어차피 인생은 주고받는 거예요.”

　그러나 영남은 헤어나지 못했다. 이틀 걸러 하루이던 술타령이 하루 걸러 이틀로, 이어서 날이면 날마다로 발전했다. 남하고 마시는 법도 없었다. 혼자서 아무 말 없이 인사불성이 되도록 퍼마시곤 했다. 집에서도 점점 말수가 줄어들었다. 체중도 줄고 눈빛도 흐리멍덩해졌다. 직장에서 권고 사직당한 후로는 해장술을 시작했다.

시집 식구들까지 가세해서 갖은 방법을 다 써 봤지만, 영남의 술을 끊을 수 없었다.

급기야 영남의 어머니가 화병으로 돌아가셨다. 그래도 영남은 술을 끊지 못했다.

영남의 남은 빚에 더하여 술빚까지 늘어갔다. 하는 수 없이 아파트를 팔아 빚을 줄이고 단칸 셋방으로 내려앉았다. 아이는 자라나고 빚쟁이들의 성화는 남부끄러울 지경이었다.

나이가 들어감에 따라 영남은 술을 이기지 못하고 주정을 하기 시작했다. 기억력과 함께 이성도 말라 갔다.

먹고 살고 딸아이를 가르치기 위해, 남편의 술값을 대기 위해 희경은 더욱 일에 매달렸다. 몇 군데의 사보와 지역 신문을 마감할 때면 날 새워 일을 하곤 했다.

새벽 인쇄 시간에 맞추기 위해 가게 문을 닫고 전화까지 뽑고 일에 열중할 때도 있었다.

24시간 가까이 모니터를 들여다본 눈이 시리다 못해 아려 왔다. 손가락이 부어 올라 마디마디가 저렸다. 겨우 마감을 쳐 일간지 외간부의 컴퓨터에 전송했다. 교정을 보고자 함께 있던 기자들을 보내고 서둘러 퇴근했다.

눈보라가 치는 겨울날이었다. 허옇게 눈을 뒤집어쓰고 집앞 골목에 들어서던 희경은 대문 앞에 쭈그리고 앉아 있는, 중학생이 된 딸아이를 발견했다.

속옷 차림에 맨발이었다.

"아빠가 술을 사오라고 하는데 내가 돈이 어디 있어. 가게에 전화해도 엄마는 전화도 받지 않고.”

희경을 닮아 눈물이 많은 딸아이였다. 외투를 벗어 딸을 감싸 안고 집안에 들어섰다. 성한 물건이 하나도 없이 부서져 있었다. 영남은 그 난장판 속에 누워서 희멀건 눈을 천정으로 향한 채, 사람이 들고 나는지도 알지 못하고 횡설수설하고 있었다.

“술! 술을 가져와. 술! 영감님, 죄송합니다. 같이 술 한잔합시다. 나 당신 딸 좋아한 죄밖에 없습니다.”

딸을 안고 주방에 쭈그리고 앉아 희경은 아침까지 꼬박 울었다. 날이 새자, 희경은 눈물을 훔치고 일어섰다. 어느새 그녀의 얼굴은 평온을 되찾고 있었다. 여느 때처럼 흔적 없이 집을 치워냈다.

영남은 퉁퉁 부은 얼굴로 식은땀을 흘리며 일어나지 못했다.

“엄마, 아빠 손이 차가워.”

어제 저녁의 모진 짓을 잊어버렸는지, 딸애가 아버지의 손을 잡아보고 와서 말해 주었다.

“걱정하지 말거라. 술을 한 잔 드시면 금방 따뜻해지실 거다. 옛날에 외할아버지도 그러셨다.”

딸아이의 도시락을 챙겨 학교부터 보냈다. 그리고는 술 약과 함께 소주를 한 되 병으로 사오고 해장국을 끓여 영남의 머리맡에 두고 희경은 집을 나섰다.

희경은 가게 문을 열기 전에 시장을 돌면서 영남의 옷을 여러 벌 샀다. 하나같이 검은색 옷이었다. 큼지막한 시바스도 한 병 샀다. 그리고 보험을 여러 개 들었다.

언젠가는 영남도 해장술로 위스키를 마시고 검은 옷을 입고 길바닥에 나서게 되리라. 그녀의 아버지는 20년 이상 묵은 술을 마시고 돌아가셨다. 제조 회사에서 20년, 희경이 감춰 둔 곳에서 8년.

영남이 몇 년 묵은 술을 마시고 죽을지는 알 수 없으되, 희경은 기다릴 수 있었다. 모름지기 효도와 내조의 기본은 인내가 아니었던가. 그녀는 결국 받아낼 것이다. 효행의 대가를 받았듯 열행의 대가를.

휴대폰 이변

▶ 이경재

서울 출생.
서울대학교 치과대학 졸업.
방송작가, 소설가.
한국추리작가협회 고문.
「검은 꽃잎이 질 때」, 「비정의 사나이」,
「추적」, 「배낭족의 실종」(이상 장편추리소설),
「공포 미스터리 초특급」,
「세계걸작추리 12 & ONE」,
「신인간의 증명」, 「끝없는 추적」
(이상 번역추리소설) 외 작품 다수.

휴대폰 이변

먼 하늘에 천둥이 치고 있다.

조금 있으면 먹구름이 하늘을 덮을 것 같기도 하다.

"비가 오려면 확 쏟아지기나 하지."

경수는 줄지어 서 있는 입학원서 접수 창구를 노려보며 중얼거렸다. 비가 쏟아지면 당장 곤란을 당하는 것은 경수 자신이 아닌가. 우산도 갖고 있지 않은 주제에.

그러나 비가 오든 말든 그의 신경은 오직 접수 창구에 쏠려 있었다. 열 개가 넘는 학과별 접수 창구 앞에는 모두 똑같이 20여 명이 넘는 학생들과 학부모들이 줄을 서 있었다. 그들은 한결같이 서로의 눈치를 살피고 있었다. 어떤 학생은 이쪽 줄에 서 있다가 남들의 눈치를 보며 다른 쪽 줄로 옮겨가는 것을 볼 수가 있었다.

그가 지원하려고 하는 학과의 경쟁율은 3.5대 1쯤 된다고 하며, 그의 수능시험 성적인 280점은 훨씬 넘어야 할 것 같다고 했다. 경수의 수능시험 점수는 279점. 턱걸이를 하더라도 모자랄

판이다.

그런데 그가 줄을 서 있는 학과 옆의 또 다른 학과는 합격 가능선이 260점이라고 한다. 그러나 그 학과의 창구에는 줄잡아 50여 명이 서 있다. 경쟁율은 6대 1이라고 했다. 바로 줄을 옮겨간 학생이 그 50여 명 뒤에 서 있다가 한숨을 내쉬며 다른 줄로 옮겨갔다.

어떤 학생은 휴대폰으로 통화를 하며 10여 개의 창구를 번갈아 비교하면서 통화에 열중하고 있다. 아마도 학부모와 휴대폰으로 다른 대학의 지원 상황을 살피며 입체적인 눈치 작전을 벌이고 있는 모양이다.

경수는 눈을 감았다. 지금은 모든 것이 과학적 경쟁 시대이다. 일부 학생들이나 학부모들은 컴퓨터로 각 대학의 학과별 경쟁율과 수능시험 성적을 넣고 합격 안전선을 점(?)치기까지 한다고 한다. 시험 공부의 방해가 된다고 그의 부모는 흔하디흔한 삐삐 하나도 사주지 않았다. 컴퓨터는커녕 휴대폰도 그에게는 어림도 없는 일이다.

먼 하늘에 또 천둥이 친다. 하늘의 먹구름만큼이나 손에 들고 있는 입학원서 서류가 자꾸만 무겁게 느껴진다.

"찌르르르……"

어디선가 휴대폰의 벨이 울렸다. 경수는 앞뒤에 서 있는 젊은이들을 바라보았다. 휴대폰을 가지고 있으면 빨리 받으라는 얼굴로 그들을 쳐다보았다. 그러나 앞에 서 있는 젊은이도, 뒤에 서 있는 젊은이도 그런 소리엔 관심없다는 듯이 딴 곳을 쳐다보고 있다.

"찌르르르……."

휴대폰의 벨은 계속 울리고 있다.

앞뒤의 젊은이들이 이번에는 경수의 얼굴을 쳐다본다. 빨리 전화를 받지 않고 뭘 하고 있느냐는 눈치였다.

휴대폰의 벨은 바로 경수의 주머니에서 울리고 있었다.

(이게 도대체 어떻게 된 일이야? 내 주머니에 휴대폰 같은 것이 있을 리가 없는데…….)

이렇게 생각하며 그는 주머니에 손을 넣었다.

있었다? 그의 주머니 속에 바로 휴대폰이 있었다!

(이게 웬일이냐!? 누가 내 주머니 속에 휴대폰을……?)

그 다음엔 더 이상 생각할 겨를도 없이 그는 주머니에서 휴대폰을 꺼내 서툰 솜씨로 귀에 댔다.

"여보세요."

"야, 경수야. 빨리 받지 않고 뭘 하고 있어!"

휴대폰에서 울려나오는 소리는 묵직하고 위엄이 있는 목소리였으나, 경수로서는 전혀 기억에 없는 목소리였다.

"누구세요?"

경수는 그렇게 말할 수밖에 없었다.

"누군 알아서 뭘 해. 그런 것 따지고 있는 시간에 네 갈 길이나 빨리 선택해. 넌 지금부터 내가 하라는 대로 해. 대답할 것두 없구 내 말만 들어. 거기서 빨리 나와 교문 밖으로 나가면 왼쪽 길 편의점 앞에 택시가 와서 선다. 손님이 내리고 나면 아무 말 말고 차를 타고 K대학교로 가자고 그래. K대학에 도착하면 그 때 다시 휴대폰으로 지시한다. 내 말을 듣기 싫으면 안 들어도 좋다. 그러나 내가 지시하는 말을 따르면 네 운명은 훤히 길이 트일 것이다."

전화는 일방적으로 끊어졌다.

모든 사람들이 자신을 보고 있는 것 같았다. 경수는 그 많은 사람들의 눈치를 보며 휴대폰을 접어 주머니에 넣었다. 그 휴대폰이 어떻게 그의 주머니 속으로 들어왔는지, 또 누구의 휴대폰인지, 그리고 휴대폰을 걸어온 사람이 누군지 생각할 겨를도 없이 서 있던 줄에서 나와 교문을 향했다.

"야, 경수야?" 하며 휴대폰의 목소리가 경수의 이름을 부른 것만큼은 틀림없었다.

교문을 나와 왼쪽 길에 편의점이 있는데 바로 그 앞에 택시가 와서 섰다. 손님이 내리자 운전기사는 마치 그가 탈 것을 기다리는 것처럼 경수를 쳐다보고 있었다.

"K대학교까지 가 주세요."

경수는 빨리 차에 올라 기사에게 말했다. 택시는 교문 앞을 떠나 K대학으로 가는 큰길로 나섰다.

"K대학교에 입학원서 내러 가는 거요?"

"예……."

"거기두 사람들이 많이 몰려 있던데요. 여기 대학이나 K대학이나 다 마찬가지예요."

운전기사는 어디로 가나 다 마찬가지라고 했다.

"내가 지금 이 대학하고 K대학만 세번 왔다갔다 하고 있어요."

운전기사는 쉴 사이 없이 말을 했으나, 경수의 정신은 오직 휴대폰에 쏠려 있었다.

(도대체 이 휴대폰이 어디서 날아온 것일까? 누가 내 주머니에 휴대폰을 갖다 넣었을까……? 아니야, 내가 지금 꿈을 꾸고 있는 것이 아닐까?)

경수는 주머니 속에 다시 손을 넣어 봤다. 휴대폰은 그대로 주머니 속에 있었다.

256

(꿈은 아닌데…….)

경수는 주머니 속의 휴대폰을 꼬옥 쥐었다. 휴대폰이 주머니 속에서 나와 택시의 창문을 열고 날아갈 것 같기만 했다.

"K대학으로 들어가는 길은 2차선인데다가 양쪽에 불법 주차가 많아서 그 길을 지나려면 20분은 걸려요. K대학으로 가는 게 틀림없죠?"

운전기사는 경수의 마음을 돌이키려고 하는지 이런 말까지 했다.

(K대학도 여기나 마찬가지로 지원자들이 많이 몰리고 있다는데…….)

이윽고 경수의 마음이 혼들리기 시작했다.

(그대로 E대학에 원서를 내고 말까……?)

이때 주머니 속에서 휴대폰 벨이 울렸다. 경수는 익숙하지 않은 일이라 얼른 휴대폰을 받을 생각을 못했다.

"휴대폰 어서 받으슈."

운전기사가 재촉하는 말에 경수는 주머니 속의 휴대폰을 꺼냈다. 통화 버튼을 누르는 것도 익숙지 않았다. 그래도 통화는 되었다.

"여보세요."

"경수야, 너는 내 말을 들어야 해. 혼들리지 말고 K대학으로 가? 어느 과에 원서를 내는가 하는 것은 K대학에 도착했을 때 가르쳐 준다."

통화는 여기서 일방적으로 끊어졌다.

경수는 시무룩한 표정으로 휴대폰을 주머니에 넣었다.

"뭐라고 그래요? K대학도 마찬가지라지요?"

운전기사가 또 간섭했다.

"아녜요. 빨리 K대학으로 가세요."

경수는 운전기사의 간섭을 배제하듯 말했다. 경수는 주머니 속에 들어 있는 휴대폰을 밖에서 어루만지고 있었다. 그것은 자신이 마치 휴대폰의 괴뢰가 되어 있는 듯한 기분이었다.

K대학 앞에서 택시를 내렸을 때, 주머니 속의 휴대폰이 다시 울렸다.

"빨리 뛰어가? 뛰어가서 한눈 팔지 말고 경제학과 창구에 원서를 내밀어?"

"경제학과는 경쟁율이……?"

"경쟁율이 문제가 아니야? 소나기가 쏟아지기 전에 원서를 내는 놈이 이기는 놈이야. 빨리 뛰어."

통화는 다시 일방적으로 끊어졌다.

하늘은 검은 구름이 뒤덮고 있었다. 번개가 멀지 않은 곳에서 빛나는가 하면 천둥소리가 멀지 않게 들려왔다.

경수는 그대로 교문을 향해서 뛰었다. 그리고 아무도 서 있지 않은 경제학과 창구에 원서를 내밀었다.

원서의 접수가 끝나자, 하늘의 먹구름이 낮게 내려오면서 장대 같은 소나기가 퍼붓기 시작했다.

"정말 소나기가……."

경수는 소나기를 맞으며 교문을 향해 걸었다. 하늘에 구멍이 난 듯 장대비는 계속되었다. 아무도 원서접수 창구로 뛰어가는 사람은 없었다.

장대비, 집중호우는 한 시간 가까이 계속되었다.

이 집중호우가 원서 접수의 이변을 낳았다. 경수가 지원한 K대학 경제학과는 정원을 약간 넘는 경쟁율로 경수는 무난히 합격할 수가 있었다.

뜻하지 않게 휴대폰의 주인이 된 경수는 휴대폰을 신주처럼 위했다. 자나 깨나 자신의 곁에 가까이 두고 놓지 않았다. 누가 휴대폰을 빌려달라고 해도 번호를 물어 자신이 다이얼을 돌리고 통화 중에도 휴대폰을 놓지 않았다.

휴대폰은 한 달이 멀다 하고 걸려왔다.

시험에 관한 주의사항.

교우에 관한 주의사항.

서클에 들어가는 일까지 세세히 휴대폰을 통해 지시해 왔다. 물론 경수는 그 휴대폰의 지시를 하나도 빼놓지 않고 지켰다. 휴대폰의 지시를 지키면 지키는 대로 경수에게는 불리한 일이 하나도 일어나지 않았다.

어느 날 학교 안에서 비정치적인 서클의 모임이 있었다. 경수는 물론 참석할 생각이었다. 집을 나오려고 하는데 휴대폰이 울렸다.

"경수야, 오늘 모임엔 나가지 말아라! 나가면 좋지 않아!"

"아니, 왜요?"

"글쎄 좋지 않다면 좋지 않은 줄 알아!"

"허지만……."

경수는 같은 학과에 다니는 윤성희라는 여학생에게 호의를 갖고 있었다. 경수가 그 서클에 가입한 것도 사실은 윤성희 때문이었다. 경수는 서클에 가입해서 적극적으로 활동함으로써 윤성희의 관심을 끌었고, 두 사람은 한두 차례 둘만의 데이트를 갖기도 했다.

오늘도 경수는 윤성희와 서클에서 만나 모임이 끝나면 따로 데이트를 갖기로 약속이 되어 있었다.

"선생님, 오늘은 꼭 나가야 합니다."

그는 어느덧 휴대폰의 목소리를 선생님이라고 부르고 있었다.

"너 왜 내 말을 안 들으려고 그래? 오늘 그 모임은 위험해! 좋지 않은 조짐이 보여!"

"위험할 것이 뭣이 있습니까. 그 모임은 정치적인 성격도 띠지 않은 모임인데 좋지 않은 조짐이 있을 까닭이 있겠습니까. 선생님, 오늘만은 말씀을 들을 수가 없습니다. 저는 꼭 가야겠습니다."

이번에는 경수가 먼저 전화를 끊었다. 경수는 휴대폰을 주머니 속에 넣고 벨이 울리지 않게 하려는 듯이 힘을 주어 꼭 쥐고 집을 나섰다.

하교에 도착할 때까지 휴대폰은 울리지 않았다.

모임에는 윤성희가 먼저 와 있어서 그를 옆자리로 인도했다. 두 사람은 어느덧 손을 잡고 앉아 있었다.

그런데 이변이 일어났다. 모임의 리더인 학생이 연단에 올라가더니 갑자기 정치적인 연설을 시작했고, 모임을 좌경화시키려는 의도를 노골적으로 나타냈다.

"지금 아클로 광장에서는 현 정권을 타도하자는 불길이 타오르고 있다. 우리 모임도 이 불길에 늦지 않게 참여해야 한다! 자! 동지들, 다 함께 일어나자!"

아지트 연설을 시작한 모임의 리더는 학생들을 이끌고 아클로 광장으로 향하게 했다. 유약한 성격의 학생들이 많은 이 모임은 미적미적하면서도 아클로 광장의 데모대에 합류했다. 경수와 윤성희도 함께 합류할 수밖에 없었다. 그런데 뜻밖에도 윤성희는 모임의 리더와 함께 선두에 서서 모임을 이끌었다. 그리고 경수도 윤성희와 함께 데모대의 선두에 설 수밖에 없었다. 화염병이 날아가고 최류탄이 쏘아졌다. 경수는 처음 참가하는 데모였는데 제3자가 보기에는 마치 열성분자처럼 보였다. 그것은 다분히 윤성희가 옆에서 부추긴 탓이기도 했다.

데모대의 선두는 곧 경찰에 포위되고 그대로 연행되고 말았다.

경수는 조사를 받고 풀려났다.

연행되어 조사를 받는 동안에도 경수는 주머니 속의 휴대폰을 꼭 쥐고 있었다. 조사를 받는 동안에 휴대폰은 울리지 않았다. 이상하게도 조사를 받고 경찰에서 풀려나 경찰서 문을 나서는 순간, 휴대폰의 벨이 울렸다.

경수는 얼른 골목 안으로 들어가 휴대폰을 주머니에서 꺼내 수신 버튼을 눌렀다.

"여보세요."

"인제 겨우 풀려났구나."

"선생님, 어떻게 아셨어요?"

"왜 몰라. 나는 모든 걸 꿰뚫어보고 있단 말이다. 내 뭐라구 그랬어. 가지 말라구 안 그랬니."

"……죄송합니다."

경수의 목소리는 기어들어갔다.

"너 이번에는 혼이 났으니까 다음부터 내 말 안 들으면 알지?"

"네, 말하시는 대로 할게요."

경수는 전화를 끊고 다시 휴대폰의 괴뢰로 돌아갔다.

경수는 이렇게 해서 대학 4년을 마치고 사회로 나가게 되었다.

졸업을 앞두고 취업을 하려고 했을 때 경수 앞에 A사와 H사가 나타나서 선택을 해야 할 때가 있었다. A사나 H사 모두가 재벌급은 아니었으나 대기업으로 어느 회사나 장래를 약속할 수 있는 직장이었다.

휴대폰이 울렸다.

"여보세요, 아 선생님이시군요."

"너 지금 어떤 회사에 이력서를 낼까 망설이고 있지?"

"잘 아시면서 그러세요. 선생님, 빨리 도와주세요."

이제 경수는 자청해서 휴대폰 선생에게 판단을 물어볼 정도가 되었다.

"A사두 안 되구 H사두 안 돼."

"네? 두 군데 다 안 된단 말예요?"

"그래, 거기 들어가면 네 장래는 끝이야."

"네? 그게 무슨 말씀이세요?"

"그 두 회사는 너하고는 연대가 맞지 않아."

"그럼 어떡하란 말예요? A사나 H사나 다들 부러워하는 직장인데 둘 다 포기하란 말예요?"

"그래, 포기해."

"아니, 그럼 재수…… 아니, 이건 재수가 아니죠. 취업 그만두구 그대루 썩으란 말예요?"

"누가 썩으랬니? S사에 이력서를 내!"

"네? S사는 중소기업인데…… 그리구 영업 성적두 부진한데 왜 하필이면 S사입니까?"

"너는 S사에 들어가서 S사를 대기업으로 만들 수 있는 사람이야. 물론 내가 하라는 대로만 하면 말이야."

 "제가 S사를 대기업으로 만들어요? 아니, 신입사원이 S사 같은 회사를 어떻게 대기업으로 만든단 말입니까?"
 "내가 하라는 대로만 하면 되는 거야! 자신만 가지면 할 수 있어?"
 전화는 거기서 끊어졌다.
 (S사에 들어가서 내가 S사를 대기업으로 만든다……? S사를 대기업으로 만든다…… S사를 대기업으로…….)
 경수는 차츰 이런 생각이 고정관념으로 변하기 시작했다. 그리고 그는 이윽고 S사에 이력서를 냈다.
 면접 시험 때였다.
 "학생은 다른 대기업을 다 놔두고 어째서 우리와 같은 중소기업을 지원했습니까?"
 이런 질문에 경수는 선뜻 대답했다.
 "S사를 대기업으로 만들기 위해서 지원했습니다."
 시험관은 감탄한 듯 경수의 얼굴을 쳐다보고 있었다. 그의 표정은 마치 구세주를 만난 사람 같았다.
 경수는 S사에 입사했다. 그리고 그가 제안한 아이디어가 채택되어 히트를 쳤고, 회사는 날로 활기를 띠기 시작했다. 그는 입사 3년만에 당당히 과장 자리에 올랐다.
 그리고 그에게는 애인이 생겼다. 대학 때 윤성희와 헤어진 지 몇 해만에 처음 교제하는 이성이었다. 상대는 거래선 회사의 직원으로 그와는 동갑의 여인이었다.
 이름은 장숙경. 26세. 회사에서는 사입한 물품을 검수하는 직책을 맡고 있는 탓인지 교제가 몹시 넓은 편으로, 아파트에 혼자 살고 있지만 남자 친구도 제법 있다는 소문이었다.
 경수는 그녀를 만나자 그대로 빠져들고 말았다. 데이트를 한

지 세번만에 육체 관계를 갖고 말았다. 그것은 마치 목마른 낙타가 사막에서 만난 듯 서로의 급소를 핥고 빨고 갈증을 해소했다.

"우리 두 사람은 천생연분인가봐."

갈증을 해소하고 난 다음 두 사람의 입에서 이구동성으로 나온 말이었다.

"천생연분? 그거 정말 웃기는 소리군. 그 여자는 안 돼!"

바로 그 다음날 휴대폰이 울리면서 선생의 목소리가 엄숙하게 선언한 말이다.

"아니, 그건 또 무슨 말씀이세요, 선생님?"

경수는 휴대폰에 되물었다.

"그 여자는 절대로 안 돼. 그 여자는 네 장래를 망칠 여자니까 그렇게 알고 적당한 시기에 손을 끊어!"

"손을 끊으라니…… 그건…….."

못하겠습니다 라는 말이 목구멍까지 올라왔으나 경수는 꾹 참았다. 못하겠다고 버텨 봤자 휴대폰의 선생은 지금까지 자신의 주장을 굽혀본 일이 없었다. 언제나 일방적으로 명령을 했고 그것을 준수할 것을 강요했다. 물론 경수는 그대로 휴대폰 선생의 말씀을 지키고 실천했기 때문에 명문대학도 졸업했고, 중소기업에 들어가서 기업을 크게 일으키고 샐러리맨으로서는 이례적인 출세도 할 수가 있었다. 말하자면 경수에게 있어서 휴대폰 선생의 말씀은 절대적인 것이었다.

그러나 경수로서는 그 여자와 손을 끊으라는 휴대폰 선생의 말씀만큼은 지키고 싶지 않았다. 그는 장숙경의 미모와 달콤한 육체에 푹 빠져 열이 오를 대로 오른 지금 그녀와 손을 끊으라는 것은 말도 안 되는 소리다.

"그 여자와는 손을 끊어!"

경수는 손을 끊는 대신 전화를 끊고 말았다. 경수는 이제 휴대폰 선생과는 인연을 끊고 독자적인 행동을 할 생각이었다. 이제 사회적으로도 어지간히 독립할 수 있는 힘까지 지니게 된 이상 휴대폰 선생과의 인연을 끊는다고 해도 못 살아갈 일은 없다고 생각했다.

"찌리리링……."

주머니 속의 휴대폰이 울렸다. 경수는 무의식중에 주머니 속의 휴대폰을 꺼냈다.

"여보세요."

"경수야, 너 지금 나하고 인연을 끊겠다고 생각했지? 어림도 없는 생각 말아! 내가 네 속을 다 알고 있다! 그 여자와는 손을 끊어야 해!"

이번에도 경수가 먼저 전화를 끊고 말았다.

"저녁 여섯시까지 아파트로 와요. 내 아파트에 남자더러 찾아오라고 하는 건 당신이 처음이야. 저녁 차려 놓고 기다기고 있을게. 내일 아침까진 안 보내 줄 거야."

어제 그녀와 한 약속이다. 그는 자가용을 운전하고 갈 생각으로 지하 주차장으로 내려갔다. 차 문을 열고 운전석에 탔을 때 승차 감각이 이상했다. 차가 이상하게 한쪽에 쏠려 있었다. 그는 고개를 갸우뚱거리며 운전석에서 내려 차 밑을 살펴보았다. 차 왼쪽 앞뒤 타이어가 납작하게 가라앉아 있었다. 앞뒤 타이어가 한꺼번에 펑크가 나 있었다.

"이거야 원!"

하나만 펑크가 났다면 스페어 타이어와 바꿔 끼면 운전을 할 수가 있겠지만, 앞뒤 두 개의 타이어가 펑크가 나 있다면 그 자리에서 타이어를 바꿔 낄 수는 없었다. 운전을 포기할 수밖에 없었다.

주머니 속의 휴대폰이 울렸다.

"이것 봐, 경수."

휴대폰 선생의 굵은 목소리였다.

"선생님! 난 정말 선생님과 인연을 끊을 생각입니다. 그 여자와 손을 끊을 수도 없고, 이제는 선생님 말씀 따를 생각도 없습니다."

"그 여자와는 손을 끊지 않고 나와 손을 끊겠다니, 그거 정말 유감이군. 타이어 펑크가 난 것은 내 탓이 아니라 바로 네 탓이다. 내 마지막 충고를……."

경수는 여기서 전화를 끊었다. 휴대폰을 주머니에 넣고 주차장을 나왔다.

좀처럼 택시가 잡히지 않아서 전철역으로 갔다. 전철로 가면 그녀의 아파트까지 30분을 지각하겠지만 그 정도는 용서해 주겠지 하며 전철역 계단을 내려갔다. 퇴근 시간이 되어 그런지 전철은 초만원이어서 두 개 열차를 그대로 보내고 세번째 열차를 탔다.

30분이 아니라 한 시간은 늦게 생겼다. 전철역을 내려서 10분을 또 걸어야 한다.

"아차! 그게 있었지."

경수는 휴대폰으로 그녀에게 연락을 할 생각으로 주머니에 손을 넣었다.

주머니가 갑자기 가벼웠다.

(없다!)

휴대폰이 없어졌다.

만원 전철 속에서 소매치기당한 모양이다.

경수는 휴대폰이 아깝다는 생각보다 오히려 홀가분한 생각이 들었다. 7년 동안 휴대폰 선생의 지시에 얽매어 살아온 데서 해방된 기분을 온몸에서 느낄 수가 있었다. 조금은 허탈한 생각도 들었으나 휴대폰의 구속에서 벗어났다는 생각으로 그녀의 아파트를 향하는 발길이 조금은 가볍게 느껴졌다.

그녀의 아파트 앞에 이르렀을 때, 그는 흠칫한 느낌으로 발을 멈췄다. 아파트 현관 앞에 경찰차가 와 있고, 경광등이 번쩍거리고 있었다. 아파트 안에서 무슨 사건이 일어난 것이 틀림없었다.

"6층에서 혼자 사는 그 여자가 당했데."

"남자 교제가 많은 여자라 그런 일로 당했을 거야."

아파트 현관 앞에 모여 있는 사람들이 제각기 수군거리고 있었다.

(6층이라면 숙경이 살고 있는 층인데…… 설마…….)

아파트 입구엔 노란 줄이 쳐 있고 경찰이 서 있었다. 경찰 감식반의 백차가 도착하고 흰 가운을 입은 감식반원이 아파트 안으로 들어갔다. 살인사건이 일어난 모양이다.

(이럴 때 휴대폰이 있으면 그녀에게 연락이라도 할 수 있으련만…….)

휴대폰이 아쉬워졌다.

그는 뒷걸음치며 아파트 앞을 떠나 공중전화가 있는 곳으로 갔다. 카드를 넣고 그녀의 전화번호를 눌렀다.

"여보세요, 누구십니까?"

전화를 받은 것은 남자의 목소리였다.

"여보세요, 전화 건 사람은 누구십니까? 이름을 말씀해 주세요."

경수는 얼떨결에 전화를 끊고 말았다. 여자 혼자 살고 있는 아파트에서 남자가 전화를 받는다는 것은 그 아파트에 무슨 이변이 생긴 것이다.

경수는 아파트 6층의 창문을 쳐다보면서 발길을 돌렸다.

"그 여자완 손을 끊어야 해!"

휴대폰 선생의 목소리가 귓전에서 울렸다.

다음날 경수가 회사에 출근했을 때, 두 사람의 남자가 그를 기다리고 있었다.

"김경수씨죠?"

"네."

두 사람 중의 젊은이가 경찰수첩을 내보이며 말했다.

"경찰에서 왔습니다."

"장숙경씨라고 아시죠?"

이번에는 늙수그레한 형사가 물었다.

"예……."

경수는 침을 꿀꺽 삼키며 대답했다.

"어젯밤 6시 30분에서 7시 사이에 장숙경씨가 누군가에 의해서 살해됐습니다. 현장에는 김경수씨의 휴대폰이 떨어져 있었습니다. 물론 김경수씨의 지문이 묻은 휴대폰이 말입니다. 같이 경찰에 가셔서 자세한 얘기를 좀 해 주실까요?"

"네? 내 휴대폰이오?"

경수의 입은 다물어지지가 않았다.

슬픈 단죄

▶ 황미영

57년 서울 출생.
호주 뉴잉글랜드 대학 수학.
97년 일간스포츠 미스터리 드라마 부문 당선.
「사랑의 저편에 선 천사」(단편소설),
「회색 무지개」(동인집) 외 작품 다수.

슬픈 단죄

1

11월 초여름의 높고 투명한 하늘에서 갑자기 주먹만한 우박이 기숙사 주차장에 쓸쓸히 남은 차들 위로 사정없이 쏟아지고 있었다.

연주는 창가에 기대서서 찬 홍차를 마시며 아련한 눈빛으로 구멍 뚫린 듯 우박을 쏟아내는 낯선 호주의 하늘을 올려다보았다.

멀리서 들리던 사이렌 소리가 가까워지며 경찰차와 앰뷸런스가 텅 빈 주차장을 가득 메웠다. 그리고 흰 가운을 걸친 사내들과 경찰복 혹은 양복을 입은 사내들이 차에서 쏟아져나왔다. 그들의 부산한 움직임은 연주가 있는 기숙사 건물을 향했다.

그녀는 무료한 표정으로 찬 홍차를 홀짝이며 그들을 따라 시선을 옮겼다. 그녀의 시야에서 그들의 움직임이 사라지자, 그녀는 천천히 창가에서 몸을 떼어 침대에 걸터앉았다.

사내들의 부산한 움직임은 낸시의 방으로 이어지고 있었다. 열려진 방문으로 침대에 엎어져 있는 낸시의 모습이 보였다. 그녀를 향해 카메라 플래시가 터지고, 하얀 장갑을 낀 사내들이 그녀 등의 주근깨를 가려준 담요를 들춰보았다.

낸시가 그렇게도 원하던 많은 백인 사내들이 그녀의 방으로 가득했다. 그녀가 눈을 떠 이 광경을 본다면 행복한 비명을 질렀을 것이다. 그러나…… 그녀는 영원히 눈을 뜰 수가 없었다.

기숙사 총무인 봅이 식당으로 모여 달라는 메시지를 보내 왔다.

여름방학으로 모두들 떠났지만 특별히 갈 곳이 없는 범기와 연주 부부는 나란히 식당으로 들어가 앉았다. 호영과 도희 부부처럼 방학이 없이 박사학위 공부하는 학생들이나 범기네처럼 특별히 갈 곳이 없는 유하생들과 떠나는 것이 조금 늦어진 학생들만 남은 기숙사는 썰렁했다. 대헌도 일자리를 찾아 이미 떠나고 없었다.

봅과 함께 앞에 선 형사들은 외국 영화에서 본 듯한 잘생긴 금발 머리의 사내와 갈색 머리의 사내였다. 로버트 레드포드를 닮은 사내는 자기를 크레쉬라고 소개했고, 서양인치곤 좀 못생긴 형사는 져스틴이라고 했다. 그들은 많은 동양인을 의식해서인지 매우 천천히 그리고 또박또박한 발음으로 낸시의 죽음을 알렸다.

형사를 바라보던 사람들의 경악하는 얼굴에는 가슴 아파 하거나 측은해하는 마음은 엿보이지 않고 의혹과 노여움만이 엇갈렸다. 그리고 모두들 묘한 표정으로 탐색의 시선을 범기에게 돌렸다.

범기는 그들의 시선이 그를 살인자로 지목하는 것 같은 섬칫

함에 오한을 느꼈다. 앞에 선 형사들이 영어로 한참을 떠들었지만 범기의 귀에서는 모기 소리만 윙윙거릴 뿐이었다.

형사들은 한 사람 한 사람에게 개인적으로 무언가를 묻고 고개를 주억거리며 간간이 수첩에 적고 있었다.

잠시 후, 크레쉬 형사가 연주 앞에 와서 '하이'하고 의례적인 인사를 건넸다. 연주도 가볍게 목례를 하며 범기를 힐끔 보았다.

범기는 아내 연주의 영어가 서툴다고 양해를 구하며 그녀 대신 형사가 묻는 말에 대답을 했다. 그는 자신보다 높은 토플 성적을 받은 연주가 왜 말을 못하는지 이해가 되지 않았다. 아마도 과묵하고 고집스런 성격 탓도 있겠지만 능숙하게 못할 바엔 차라리 입을 다물겠다는, 지나치게 강한 자존심 때문일 것이라고 생각되었다.

금발의 크레쉬 형사는 낸시와는 잘 아는 사이인지, 그리고 어젯밤 어디서 무엇을 했는지, 시선은 수첩에 박은 채 물었다.

범기는 어젯밤 '애뉴얼 디너'가 끝나자 아내 연주와 방으로 곧장 가서 잠자리에 들었다. 낸시는 참 좋은 친구 사이였고, 다른 질문에는 적당히 둘러댔다. 크레쉬 형사는 어깨를 한번 으쓱해 보이며 의미 없는 '땡큐' 한마디를 흘리고는 다음 사람에게 질문을 했다. 아마도 노련한 형사였다면 자신의 떨리는 눈빛을 놓치지 않았을 것이라고 범기는 생각하며 안도의 한숨을 내쉬었다. 다행히도 노련해 보이는 져스틴 형사는 건너편 식탁에 앉은 사람들을 조사하고 있었다.

호영과 대화를 나누던 져스틴 형사가 문득 범기를 보았다. 범기는 가슴이 서늘해짐을 느꼈다. 어젯밤 범기가 낸시의 방에서 잤다는 것을 확실하게 알고 있었다. 만약…… 호영이 말한다

면……!? 범기는 '제발' 하고 애원이 가득 담긴 눈빛으로 호영을
바라보다 그의 차가운 시선과 부딪혔다. 두려움으로 숨을 몰아
쉬던 범기는 호영의 시선을 피해 고개를 숙였다.

　모두들 정신 없이 즐기고 술에 취해 깊은 잠에 빠졌던 그날
밤의 목격자는 없었다. 기숙사의 학생들은 아마도 범인이 그것
을 노렸던 것 같다고 어줍잖은 추측을 하며, 범인이라면 당연히
갖춰야 할 치밀함에 감탄들을 했다.

　기숙사에 남은 사람들은 조사가 끝날 때까지 모두 떠나지 못
하게 했으며, 떠난 사람들에 대해서도 조사가 시작되었다.

2

　이곳 호주 캔버라에 도착했던 1년 전 7월의 낯선 겨울…… 범
기에게 희망으로 가슴 설레게 했던 모든 것들이 이젠 짜증으로
다가왔다.

　인공호수 벌리 그리핀호의 캡틴쿡 기념 분수의 140m 물기둥
도 그렇고, 계획 도시의 밤을 환상적으로 나타내는 알루미네이
션도 그렇고, 물감을 풀어놓은 듯한 늘 푸른 하늘과 하루하루를
변함없이 마주치는 기숙사의 백인, 흑인, 에버리진, 그리고 한국
인과 동양인이 그랬으며, 항상 경멸을 물고 있는 일그러진 입술
을 가진 아내 연주의 얼굴이 그랬다.

　범기는 갑자기 밀려드는 자괴감을 떨쳐내려는 듯 차를 몰아
시티홀에서 인공호수 벌리 그리핀호를 지나 캐피털 힐까지 시
원하게 뚫린 '코먼웰스 애비뉴'를 달렸다. 벌리 그리핀호의 시
원한 물내음이 상쾌했다.

　범기는 담배에 불을 붙여 한 모금 깊게 빨았다. 담배연기와

함께 한숨을 토해내던 범기의 까칠한 입술 사이로 공허한 웃음이 새어나왔다.

그의 형편없는 인내심을 한심해하는 연주의 시선을 애써 무시하면서 담배를 끊지 못하는 이유를 생각해 보았다. 이유는 간단했다. 아내 연주의 경멸이었다. 그녀가 그의 행동을 경멸한다는 것을 알게 되면, 그 순간 그의 그 행동은 곧 버릇으로 고정되어 버리곤 하는 이상한 징크스가 그에겐 있었다.

오늘도 범기는 연주와 마주치지 않으려고 그녀가 깨기 전에 서둘러 방을 빠져나왔다. 아니, 그녀가 그의 얼굴을 보고 싶지 않아 부러 늦게 일어나는 것인지도 모른다. 아무튼 두 사람은 서로 부딪치지 않으려고 애를 썼다.

범기는 유학생 부부들이 모여 사는 학교 앞 플랫(영연방에서의 공동주택을 일컫는 말)을 마다하고 모두들 말리는 기숙사로 들어온 걸 한번도 후회하지 않았다. 그는 이곳에 도착한 후, 하루 한 끼 식사를 얻어먹기가 쉽지 않았다. 아침엔 연주가 늦게 일어나서 그대로 나와야 했고, 점심엔 카페테리야에서 피자나 햄버거로 배를 채워야 했다. 그나마 저녁 한 끼의 식사를 차려주는 연주가 손끝에 짜증을 묻어내면서 요란하게 그릇들을 놓을 때는 그의 마음이 늘 불편했었다. 그러나 기숙사에 들어온 후론 제때에 눈치 안 보고 편안한 마음으로 밥을 먹을 수 있었다. 그는 그 이유 하나만으로도 기숙사의 생활이 만족스러웠다. 한식이 아닌 양식 위주의 식사지만 그래도 그에게는 포만감과 마음의 평화를 안겨준 곳이었다.

식당에 마주 앉아 저녁을 먹는 범기와 연주는 서로의 시선을 피하고 있었다. 식당 안의 모든 학생들도 낸시의 죽음에 늦게나마 애도를 표하는 듯 침묵 속의 식사를 했다. 아마도 모두들 어젯밤 마지막 학기를 마치며 갖는 정찬 '애뉴얼 디너'에서의 낸시를 생각하는지도 모르는 일이다.

어제…… 낸시의 살가운 미소를 거두어가기 전…….

오색 찬란한 불빛과 색색의 풍선들을 하늘 높이 띄우고 있던 기숙사 식당 창 밖으로 어둠이 깔리고 있었다. 정찬 세트가 차려진 식당 안은 칵테일잔을 부딪치며 삼삼오오 모여서 담소를 나누는 소리로 즐거웠었다. 전통의상이나 정장을 차려입은 동양인과 흑인 그리고 말쑥한 정장을 한 백인들로 의류 전시장 같은 식당 안은 축제 분위기였다.

단아한 홈웨어를 입은 연주는 무료한 표정으로 칵테일을 홀짝거리며 두리번거렸다. 그녀의 시야에 호들갑스레 두 팔을 벌리며 빠른 걸음으로 남편 범기에게 다가가는 낸시가 들어왔다. 갈색 주근깨로 가득한 등을 드러낸 이브닝 드레스를 입은 낸시는 온몸으로 범기에게 안기며 양쪽 빰을 이리저리 요란하게 비벼댔다. 순간 연주는 솟구치는 욕지기를 느꼈다.

낸시의 따듯한 등을 두 손으로 쓸어내리던 범기는 다정하게 팔짱을 끼고 들어서는, 말쑥한 정장을 입은 호영과 고운 한복을 입은 도희를 보자 현기증이 났다. 연주는 틀림없이 그들을 자기 옆에 앉히려고 애쓸 것이고, 그들 부부는 될 수 있으면 멀리 떨어져 앉으려고 애쓸 것이다. 눈치없이, 아니 뻔뻔스럽게 그들 부부에게 찰거머리처럼 들러붙어 심술스레 도희에게 시비를 거는 연주를 볼 때마다, 범기는 살의를 느꼈다. 너무도 치밀하고 똑똑한 연주는 그런 그의 생각까지도 이미 계산하고 그가 그녀를 죽여주기를 바라는 마음에 그런 치사한 행동을 하는지도 모른다는 생각이 들자, 그는 아뜩해졌다.

그날도 연주는 호영 부부를 옆에 앉히고야 말았다. 연주의 심술을 뻔히 알면서도 번번이 붙잡히고 마는 그들 부부가 범기는 이해가 안 되었다. 아니, 연주의 그 교활한 영특함이 감탄스러웠다.

도희는 짜증이 묻어나는 얼굴로 호영의 허벅지를 살짝 꼬집었고, 호영의 얼굴은 아픔 때문인지 아니면 연주의 심술 때문인지 처참하게 일그러졌다.

연주의 뻔뻔스러움에 몸서리를 치던 범기는 그녀의 옆에 앉으며 보란 듯이 낸시를 다른 옆에 앉혔다.

낸시는 예의 그 호들갑스런 몸짓으로 도희와 호영에게 인사를 건넸다. 그들은 연주의 눈치를 살피며 어정쩡한 미소로 눈인사를 했다. 낸시는 연주에게도 인사를 잊지 않았다. 담담한 표정의 연주는 낸시의 호들갑스런 인사를 비웃음을 깨문 뒤퉁그러진 입술로 받았다. 머쓱해져 어깨를 한번 으쓱해 보인 낸시는 이내 속없는 환한 미소로 도희의 한복에 과장되게 감탄했다. 범기는 그런 낸시가 문득 안쓰러워졌다.

낸시는 주위 사람들의 감정에 상관없이 항상 웃음을 잃지 않았다. 그녀는 흑인과 동거했던 것이 널리 알려지면서 같은 동족인 백인 여자들의 경멸을 견뎌야만 했다. 그런데, 더욱 견디기 힘든 것은 백인 남자들의 기피였다. 그녀는 그 이후 호기심을 갖고 접근하는 유색인 남자들과의 동침만이 가능했다. 아마도 흑인에게 길들여진 낸시를 만족시켜 줄 자신이 없어서일 것이라고 범기는 생각했다. 사실 그도 가끔은 그 부분이 신경쓰였다.

“안녕들하시요!?”

한국말로 요란하게 인사말을 건네는 대헌은 색이 고운 한복을 입고 있었다. 그는 가수 송창식 흉내라도 내는 듯 두 팔을 벌려 어깨를 으쓱하며 얼굴에 반가움을 담뿍 그리고 다가왔다.

자신들과는 격이 다르다고 생각하는 도희와 연주는 그와 한 자리에 앉는 것조차도 자존심이 상하는 듯 멸시가 묻어나는 어설픈 미소로 바라보았다.

그러나 대헌은 그녀들의 감정엔 아랑곳없이 낸시에게 다가가 온몸을 감싸듯이 안으며 예전의 애정을 과시하기라도 하듯 요란하게 입을 맞추었다. 그리고 떨떠름한 표정의 범기를 장난스레 살짝 치며 의자를 끌어 낸시 옆에 바짝 앉았다.

음침한 분위기를 갖고 있는 대헌은 자칭 애국자고, 정의의 사자요, 의리의 돌쇠라고 떠들어대는 33살의 독신 남자였다. 그는 일찍이 도피성 유학을 와 방황하며 외로움을 견디지 못해 마약을 시작했다고 했다. 그래서 그런지 그는 더운 여름에도 팔을 드러내지 않았다. 그의 거친 말투는 술을 마시면서 더욱더 거칠어졌다.

검은 연미복을 입은 기숙사 스텝들이 상석에 자리를 잡고 앉자, 정찬이 순서대로 나오기 시작했다. 이미 칵테일을 한두 잔 마신 학생들은 환호성을 지르며 휘파람을 불어 분위기를 고조시켰다. 디저트까지 들고 난 학생들은 서로의 헤어짐과 다시 만날 날을 위하여 계속 술잔을 부딪쳤다.

대헌은 낸시와 머리를 맞대고 소곤거렸고, 속없이 헤픈 낸시는 뭐가 그렇게 우스운지 깔깔거렸다. 범기는 차가운 눈빛으로 그들을 바라보았다. 낸시가 범기의 시선을 의식했는지, 갑자기 살가운 미소를 띠며 온몸으로 범기에게 안겼다. 무안해진 대헌은 크리켓 부원들의 자리로 가며 짐짓 호탕한 웃음소리를 만들어냈다.

호영은 기회를 놓치지 않고 대헌의 뒤를 따라가며 도희에게 눈짓을 했다. 그러나 연주는 도희를 놓치지 않았다. 일어서려는 도희를 잡아 앉히는 연주의 심술은 범기와 낸시의 몸짓과 눈빛에 반비례하듯 점점 더 심해졌다. 순진한 도희는 격해 오는 감정을 추스리며 짜증스런 자리를 피하려고 주위를 살폈다. 그러나 그렇게 순순히 놓아줄 연주가 아니었다. 그녀는 자기가 입은 상처만큼 누군가에게 상처를 주어야만 했다. 그렇지 않고는 미쳐버릴 것만 같았다. 그녀는 자신보다 나을 것이 하나도 없으면서 똑똑하고 자상한 남편을 가진 도희에게 상처를 주고 싶었다. 자기가 받은 만큼 꼭 그만큼만…….

4

기숙사에 고요가 찾아온 것은 새벽 두시가 넘어서였다.

술에 취해 몸을 제대로 가누지 못하는 낸시를 침대에 던지듯 눕힌 범기는 담배를 한 개비 피워물었다. 옆방에서 들려오는 기이한 울부짖음과 위층에서 삐그덕거리는 침대 스프링 소리에 짜증이 난 그는 라디오 볼륨을 높였다.

아내 연주는 범기를 본 체도 안 하고 도희와 호영을 따라 식당을 나갔다. 그는 연주가 한번만 돌아봐주면 그녀를 따라가려고 했었다. 아니, 따라가고 싶었다. 그러나 그녀는 한번도 돌아보지 않고 식당을 나가버렸다.

문득 연주의 차가운 등에 막막함을 느낀 범기는 낸시의 이브닝 드레스를 찢듯이 난폭하게 벗겨냈다. 그녀의 풍만한 가슴이 달빛에 그대로 노출되었다. 그는 그녀의 몸 속으로 깊이 빠져들어갔다. 그러나 술에 취해 인사불성인 낸시는 의식이 안 담긴 하품만 계속했다. 범기는 그녀의 단감내나는 하품으로 무참히 일그러지는 자신을 느꼈다. 그는 자신이 징그럽고 혐오스러워졌다.

부끄럼없이 드러난 낸시의 젖가슴이 숨결에 따라 출렁거렸다. 범기는 낸시를 엎어 그녀의 부끄럼을 외면했다. 낸시는 잠에 깊이 빠진 듯 요란한 혼들림에도 기척이 없었다. 그녀의 핏기 없는 등은 갈색 주근깨로 어지러웠다. 그는 연주의 희고 매끄러운 등을 생각하며 씁쓸한 미소로 침대에서 내려섰다. 그리고 낸시의 등을 담요로 덮어주었다.

범기는 낸시의 방을 나와 샤워실로 향했다. 새벽 3시가 넘은 샤워실은 추웠다. 그는 뜨거운 물에 알몸을 드러낸 채 심호흡을 했다. 연주는 그의 외박엔 간섭하지 않았지만, 샤워하지 않고 잠자리에 드는 것은 용납하지 않았다. 뜨거운 물에 익은 그의 벌건 몸에서는 김이 피어올랐다. 범기는 옷가지를 손에 들고 팬티만 걸친 채, 아내 연주가 잠들어 있는 방으로 무거운 발걸음을 옮겼다.

방문을 조심스레 밀고 들어서던 범기는 너무도 차고 단단한 연주의 등에 숨이 멎을 것만 같았다. 그는 침대 옆 협탁 위에 놓인 병에서 알약 한 알을 꺼내어 자리끼 한모금과 함께 목구멍으로 넘겼다. 그는 심호흡을 하며 가슴을 쓸어내렸다. 미동도 없는 연주의 차가운 등에 범기는 가슴을 조여오는 허기로 통증이 느껴졌다.

범기는 조심스레 연주의 몸을 눕혔다. 그녀의 등은 여전히 조용했다. 범기는 숨을 고르며 벽에 걸린 시계를 보았다. 깊은 잠에 빠져 있을 시간이라는 생각이 들었다. 그는 천천히 몸을 돌려 그녀의 등에 자신의 등을 붙였다. 어두운 정적에 균열을 일으키는 침대의 혼들림에 범기의 등에선 식은땀이 났다. 그녀의 따뜻한 체온이 그의 등줄기를 타고 전해졌다. 그는 순간 숨을 멈추고 그녀의 숨결을 더듬어 보았다.

그런데…… 갑자기, 용수철처럼 몸을 일으킨 연주는 뒤도 돌아보지 않고 가운을 걸친 채 방을 나가버렸다.

난처하기도 하고 화가 나기도 한 범기는 어정쩡하게 상체를 일으키다가 허탈한 웃음으로 벌렁 누웠다. 그의 절망에 가득한 눈빛에는 눈물이 고여왔다.

5

얇은 커튼 사이로 비쳐드는 따가운 햇살에 부시시 눈을 뜨던 범기는 흠칫 놀라 침대에서 굴러떨어졌다. 연주의 뽀얀 얼굴이 그의 코앞에 있었던 것이다. 그녀의 규칙적인 숨소리는 따스했고, 숨결에 따라 혼들리는 젖가슴은 황홀한 물결로 그의 가슴을 달구었다. 그는 그녀의 살내음에 뭉클한 허기를 느꼈다. 그는 서둘러 옷을 입고 식당으로 향했다.

식당 안은 조용했다. 몇몇만이 부시시한 얼굴로 콘후레이크나 삶은 계란 혹은 토스트와 햄을 먹고 있었다.

범기는 콘후레이크를 우유에 가득 부어 단숨에 먹어치웠다. 그리고 삶은 계란 세 개를 까서 한 입에 우겨넣었다. 문득 그의 얼굴에 쓸쓸한 웃음이 스쳤다. 이런 그의 행동도 연주가 경멸하는 것 중의 하나였다. 연주는 로마에 가면 로마의 법을 따르듯이 이곳에서도 이들의 법을 따라 먹으라고 했다. 그러나 그는 간지러운 계란컵에 받쳐진 계란을 칼로 꼭지를 썰어내어 소금을 살살 뿌려가면서 작은 스푼으로 파먹는 것이 싫었다. 아니, 그렇게 하길 원하는 연주가 싫어서 그냥 한국식으로 그녀의 경멸과 함께 씹어먹었다.

연주는 남편 범기의 부산한 움직임이 빠져나간 방에 찾아든 적막함에 가위눌린 듯 소스라쳐 일어나 앉았다.

그날 밤…… 그러니깐 '애뉴얼 디너'가 있던 날…… 그리고 낸시가 죽던 날 새벽, 방문 밖에서 열쇠 돌리는 소리가 들렸었다.

연주는 열려진 커튼 사이로 쏟아지는 달빛이 부신 듯 양미간을 찌푸리며 벽에 걸린 시계를 보았었다. 새벽 3시40분이었다. 연주는 슬픈 마음이 무거운 듯 천천히 몸을 돌려 방문을 등지고 돌아누웠었다. 범기가 조심스레 돌이와 알약을 한 알 먹고 그녀 등뒤에 몸을 눕혔다. 그리고 그의 등이 다가왔다. 그의 뜨거운 몸이 연주의 등뒤에 느껴졌고, 그녀는 숨이 멎을 것 같았다. 뜨거워지는 자신이 너무 혐오스럽고 비참했었다. 목구멍으로 넘어오는 비참함을 참지 못하고 무작정 방을 나갔으나, 마땅히 갈 곳이 없던 그녀는 그대로 복도 벽에 기대어 서 있었다.

그때 연주는 검은 그림자를 보았었다. 검은 그림자는 샤워실 옆의 낸시 방으로 들어가는 것 같았다. 연주는 낸시의 난잡함에 욕지기가 났다. 아니, 그녀를 찾는 짐승 같은 남자들의 추잡스러움에 욕지기가 속구쳤다.

연주는 샤워실을 향해 발걸음을 옮겼다. 낸시의 방문 앞을 지나려 할 때 낸시의 방에 들어갔던 검은 그림자가 나오며 그녀와 마주쳤다. 달빛을 뒤로 하고 선 검은 그림자의 얼굴은 안 보였지만 그 검은 그림자는 달빛을 마주보고 선 연주의 얼굴을 아는 듯 소스라치게 놀라며 우뚝 섰다. 검은 그림자는 천천히 뒷걸음질을 하다가 2층으로 달아났다.

연주는 정체 모를 두려움으로 범기가 잠들어 있는 방으로 도망치듯 들어와 문을 잠그었다. 범기는 잠이 든 듯 규칙적인 호흡을 했다. 연주는 가운을 걸친 채 범기 옆에 조심스레 몸을 눕혔다. 그리고 이내 깊은 잠에 빠져들었다.

그날 밤 검은 그림자의 모습이 어렴풋이 생각났다.

연주는 갑자기 밀려오는 오한과 함께 아랫배로 느껴지는 팽만감에 남편 범기의 무능과 안이함이 짜증으로 절실하게 다가왔다.

그녀와 같은 과 동기였던 범기는 레포트도 그녀가 대신 써주었고, 시험도 그녀가 뽑아준 족보를 외워서 봤지만, 항상 장학금을 받던 그녀의 성적과는 비교가 안 되었다. 그때마다 범기는 창피함과 미안함을 헤벌쭉한 웃음으로 대신했고, 그런 그의 바보스런 순수한 모습이 그녀에게 연민의 정을 갖게 했다.

그녀에겐 그런 그가 남자로 느껴지지 않았고, 어쩔 수 없는 능력 부족에도 불구하고 항상 웃음을 잃지 않는 낙천적인 성격의 착하고 안쓰런 친구로 다가왔다. 그녀가 그렇게 방심하는 사이, 그는 남자의 완력으로 그녀를 강제로 범했다. 그가 남자였다는 것을 뒤늦게 깨달은 그녀는 자신의 명석한 두뇌가 바보스런 한 남자의 힘에 무참히 무너져내림에 회의를 느끼며 그와의 결혼을 받아들였다.

그런데 다행인지 불행인지 모르지만 그는 돈 많은 부모를 만나 이렇게 머나먼 나라까지 유학이란 걸 와서 공부를 계속하게 되었다. 한국에서도 하기 싫어하던 공부를……. 그의 부모님은 취직을 못하는 아들의 무능은 알려고도 하지 않았다. 그리고 고

슴도치 에미마냥 잘난 자식 시시한 데서 시시하게 살아가지 않
게 박사를 만들겠다며 이곳까지 귀양을 보낸 것이다.

　연주의 부모님은 범기 부모님의 든든한 경제력과 유학가서
박사 공부를 한다는 말에 혼쾌히 결혼을 승낙했다.

　그러나 그는 벌써 두 학기를 낙제했다. 그의 무책임하고 낙천
적인 성격은 두 번의 낙제에도 불구하고 공부에는 전혀 힘을 쓰
지 않고 하루하루를 그냥 적당히 보내고 있었다. 그런 그에 대
한 연주의 헛된 분노는 그녀에게 좌절감만 안겨주었다.

6

　며칠 후 봅이 식당으로 모이라는 메시지를 다시 보내 왔다.

　식당에 둘러앉은 학생들은 궁금증이 가득 담긴 시선으로 봅
과 형사들을 바라보았다.

　"부검 결과 낸시 롸이언양은 디기탈리스 과다 투여로 인한 쇼
크사였습니다."

　크레쉬 형사의 말에 범기는 심장이 멎는 듯한 고통으로 얼굴
이 벌개지며 숨이 가빠졌다. 무표정한 연주의 얼굴에도 순간 경
악의 빛이 스쳤다.

　"디기탈리스는 의사의 처방이 없으면 구할 수 없는 것입니
다."

　호영과 도희는 설마하는 눈빛으로 범기를 힐끔 보았다. 범기
는 모두의 시선이 자신을 살인자로 지목하는 것 같은 두려움에
숨을 몰아쉬었다. 갑자기 밀려오는 허기에 그는 메스꺼워 헛구
역질이 났다.

　"왼손잡이인 낸시양의 왼쪽 팔에 디기탈리스를 주사한 것으

로 보아서…….”

크레쉬 형사는 말을 끝내지 않고 입술을 그린 듯이 다물며 좌중을 훑어나갔다.

범기의 추측은 빗나갔다. 노련한 형사는 갈색 머리의 져스틴이 아니고 금발의 크레쉬 형사였다. 범기는 숨통을 조여오는 또다른 허기로 현기증이 났다.

“혹시…… 심장 질환을 앓고 있는 분이 계시면 지금 밝혀 주십시오. 특히 디기탈리스제제를 사용하시는 분은 더욱 그렇고요.”

져스틴 형사와 크레쉬 형사의 날카로운 눈빛에 무서운 투시력이 있는 듯해 범기의 등에선 식은땀이 흘렀다. 범기가 류마트성 심장 질환자라는 것은 호영 부부와 연주만이 아는 사실이었다. 호주는 의사의 처방이 없으면 약을 구할 수 없는 곳이라며, 범기의 자상한 어머니는 충분한 양의 디기탈리스제제를 싸주었다. 그래서 그는 호주에 도착한 후 한번도 병원에 간 일이 없었다. 호영 부부만 입을 다물어 준다면 그는 의심을 받지 않을 것이다. 연주는 항상 그가 따라다니며 통역을 할 것이니 안전했다.

범기는 포도주 한 병을 들고 호영의 기숙사 플랫을 찾아갔다.

박사 코스를 공부하는 학생에게만 자격이 있는 기숙사 튜터(개인적으로 학생들의 공부에 도움을 주는 강사)인 호영은 샤워실과 거실, 그리고 작은 주방기구가 딸린 플랫을 그의 더블 침대만 놓인 작은 방과 같은 값에 쓰고 있었다.

연주가 ‘같은 나이에 누군……’ 하며 이죽거릴 때마다 그는 곤혹스러웠다. 그나마 그렇게 이죽거리거나 빈정대는 연주의 뒤퉁그러진 입술은 견딜 만했다. 범기가 정말 견디기 힘든 것은 연민과 무시 그리고 멸시를 투명하게 비쳐내는 그녀의 눈빛이었다.

결혼 전…… 어느 날, 범기는 그런 눈빛으로 그를 바라보는 그녀에게 심한 좌절감과 모멸감을 맛보게 해주고 싶은 잔인함을 주체할 수 없었다. 그는 그녀의 명석한 두뇌와 차가운 가슴을 남성의 완력으로 짓이겨버렸다. 아둔한 그는 평생을 담보로 순간의 짜릿한 쾌감을 즐긴 것이다. 범기는 자신의 어리석은 잔인함으로 그를 저주하는 연주와 평생을 늪에 빠진 듯 허우적거리며 살게 되리라곤 생각지 못했던 것이다.

호영은 포도주병을 손에 들고 찾아간 범기를 의아스런 표정으로 바라보다가 이내 범기의 의중을 알겠다는 듯한 담담한 표정으로 앉기를 권했다. 다행히 도희는 잠이 들었다고 했다.

포도주잔을 앞에 놓고 앉은 두 사람 사이에는 긴 침묵만 깔려 있었다. 답답해진 범기는 헛기침을 한번 하며 조심스레 무거운 침묵을 깼다.

"그날…… 난 일찍 그 방에서 나왔어요. 내가 나올 때만 해도 그녀는 살아 있었어요. 정말이에요!"

범기는 정체 모를 두려움에 떨리는 목소리로 변명 같지 않은 변명을 했다.

"저…… 김형!"

잦아드는 애절한 목소리로 부르는 범기를 힐끔 바라보는 호영의 눈빛엔 혐오와 강한 의혹이 가득했다. 범기는 목소리가 목젖에 걸린 듯 입술만 오물거릴 뿐 아무 말도 만들어내지 못했다.

"정형이 류마트성 심장 질환자라는 걸 말하지 말라는 거죠?"

호영의 말투엔 범기가 범인일지도 모른다는 의혹으로 가득했다. 범기는 주체할 수 없이 젖어드는 눈빛으로 고개만 끄덕일 뿐 아무 말도 하지 못했다.

"형사가 묻지 않는다면 나는 아무 말도 하지 않겠어요."

범기는 '한민족이라는 게 이런 거구나' 하는 감격에 가슴이 벅찼다. 그런데…….

"하지만 형사가 물어온다면 거짓말을 할 순 없어요."

호영은 한마디의 말도 붙일 수 없는 차가운 얼굴로 단호하게 잘라 말했다. 파르르 떨리는 범기는 속눈썹에 이슬이 맺혔다.

"김형! 제발…… 난 정말 안 죽였어요. 정말이에요. 믿어줘요. 우린 같은 한국인이잖아요."

범기의 목소리가 컸던지 부시시한 모습의 도희가 방문을 열고 나왔다. 그리고 눈빛이 젖어 상기된 범기의 얼굴에 시선을 고정시킨 채 놀란 표정으로 장승처럼 서 있었다. 호영이 예의 그 단호한 목소리로 들어가 자라고 하자, 도희는 말 잘 듣는 학생처럼 단 한마디의 의문도 없이 담백한 표정으로 나왔던 방으로 사라졌다.

호영은 범기가 살인을 했다고 믿고 싶지는 않다고 했다. 그리고 정말 죄가 없다면 거짓말을 하지 말고 정정당당하게 대한민국의 국민답게 형사에게 솔직히 말하고 범인을 잡는 데 협조를 하라고 차갑게 말했다.

범기는 호영의 얼굴에 스치는 경멸의 빛을 보았다. 범기의 얼굴은 심한 모멸감으로 일그러졌다.

7

오후의 한가함에 나른해진 연주는 한국 신문을 보러 학교 도서관을 가기 위해 기숙사를 나섰다. 현관 옆 잔디에는 크레쉬 형사가 초여름의 따가운 햇살을 즐기듯 셔츠의 단추를 풀어헤쳐 가슴을 다 드러낸 채 두 눈을 감고 누워 있었다. 연주는 그의 망중한을 방해하지 않기 위해 발끝 걸음으로 걸었다.

"안녕하세요, 미세스 정!"

크레쉬 형사는 셔츠의 단추를 채우며 천천히 일어서 정중하게 고개를 숙였다. 연주도 멈칫 서며 정중하게 목례를 했다. 햇살을 받은 그의 금발은 정말 환상적이었다.

"어디 가세요?"

그는 아주 천천히 말하며 그녀가 알아듣는지 못 알아듣는지 탐색의 눈빛으로 그녀의 표정 변화를 놓치지 않으려고 했다.

"도서관에 갑니다."

"영어를 아주 잘하시네요!"

연주는 크레쉬 형사의 호들갑스런 감탄에 피식 웃음이 나왔다. 아마도 과장된 감탄과 찬사는 서양인들의 전유물인 것 같았다.

크레쉬 형사는 낸시와 범기의 관계에 대해 묻기 시작했다. 연주는 그녀가 아는 대로 담담하게 대답했다. 그는 범기가 먹는 알약에 대해서도 물었다. 그는 이미 모든 것을 알고 있으면서 그녀에게 확인하는 것 같았다. 연주는 낸시를 죽인 건 범기가 아니란 걸 확신했다. 그에겐 그 정도의 담력이 없었다. 그러므로 그녀는 범기가 류마트성 심장 질환자임을 당당히 밝힐 수 있었다. 크레쉬 형사는 너무도 솔직한 연주를 갸우뚱 바라보았다.

그는 사건이 있던 날, '애뉴얼 디너'가 끝난 후 곧장 남편과 함께 취침을 했는지 새삼 물어왔다. 연주는 '그렇다'고 거짓말을 하기는 싫었다. 또한 남편이 같이 있었다고 거짓말을 한 상태에서 '아니다'라고 솔직히 말할 수도 없었다. 그렇게 되면 새벽 3시40분에 들어온 것부터 다시 해명해야 하고, 범기는 정말 의심을 받게 될 것이다. 연주는 범기에게, 아니 그녀 자신의 생활에 닥쳐올 불이익은 피하고 싶었다.

범기는 연주가 영어를 정말 못 하는 줄 알고 형사들에게 거침없는 거짓말을 했었다. 그는 그렇게 어리석은 남자였다. 학교 다닐 때 그녀의 토플 성적이 그보다 월등하게 높았다는 걸 그는 까맣게 잊은 듯했다. 그것은 남편 범기에 대한 그녀의 배려였다.

크레쉬 형사는 그녀가 못 알아들었다고 생각했는지 천천히 그리고 또박또박한 발음으로 다시 물었다. 연주는 대답 없이 그냥 걷기 시작했다. 그는 조바심이 난 듯한 걸음걸이로 그녀를 따라 걸었다. 그리고 조심스레 다시 한번 물었다. 그래도 그녀는 계속 묵묵히 걷기만 했다.

책상이 두 개 놓인 연구실에 멍청히 앉은 범기는 가슴을 휘젓는 허기에 미칠 것 같았다. 저녁식사는 6시부터였다. 아직도 한시간 남았다. 그는 조그만 연구실을 서성거렸다.

소리 없이 다가온 누군가가 그의 연구실 문을 힘차게 두드렸다. 흠칫 놀란 범기는 우뚝 섰다. 대답을 하려고 했지만 목젖에 걸린 목소리는 말이 되어 나오질 않았다. 다시 한번 무섭게 두드리는 소리가 들렸다. 범기는 심호흡을 한번 하고 소리를 목구멍으로 밀어냈다.

"네, 들어오세요."

자신의 소리에 화들짝 놀란 범기는 가슴이 서늘해지며 못 견딜 것 같던 허기를 잊었다. 금발의 크레쉬 형사가 열린 문 사이로 나타나자, 숨이 턱까지 차오르며 잊었던 허기를 다시 느꼈다.

"안녕하세요, 미스터 정!"

공손한 목례를 하며 연구실에 들어와 선 크레쉬 형사는 범기보다 머리 하나만큼이 더 컸다. 그는 연구실 안을 둘러보며 대수롭잖은 말을 하듯 말했다.

"디기탈리스제제를 많이 가져오셨나 봐요. 호주에 오신 후론 한번도 병원에 가신 일이 없더군요."

크레쉬 형사의 그 말은 '네가 범인이다' 하는 말보다 더 무서운 비수로 날아와 질식할 것 같은 범기의 허기를 뿌리째 뽑아버렸다.

"죽은 낸시 롸이언양과는 언제부터 그런 사이가 됐습니까?"

그는 '그런 사이'라는 말에 힘을 주어 발음하며 조소띤 입술을 그런 듯이 다물었다.

당혹스러움을 감추지 못한 범기는 형사의 투시력이 남긴 듯한 시선을 피해 고개를 숙이며 두 손을 꼭 쥐고 숨을 몰아쉬었다. 범기는 혼잣말처럼 입안으로 웅얼거리며 밀고자 호영에게 저주를 퍼부었다.

크레쉬 형사는 한국말로 웅얼거리는 범기의 말은 못 알아들었지만 그의 얼굴에 스치는 분노와 두려움의 빛은 놓치지 않았다.

"소문에는 한 서너 달 되었다던데…… 부인은 알고 있나요?"

말끝에 힘을 주며 역겨움을 가득 담은 눈빛으로 쏘아보던 크레쉬 형사는 범기의 얼굴에 스치는 절망의 빛을 보았다. 크레쉬 형사의 얼굴엔 확신에 찬 자신감과 함께 추악함을 저지른 파렴치한을 향한 분노가 내비쳤다.

숨을 몰아쉬던 범기는 주머니에서 약병을 꺼내어 목구멍으로 털어넣었다. 무심히 바라보던 크레쉬 형사는 화들짝 놀라 범기에게 달려들며 그의 입속으로 주먹을 넣어 약을 토해내게 했다. 캑캑거리며 약을 토해내던 범기는 쪼그리고 앉아 작은 소리로 오열하기 시작했다.

"전…… 안…… 죽였어요…… 정말……이에요……."

범기는 흐느끼느라 말이 이어지지 않는 영어로 반복해서 계속 결백을 주장했다. 그러다가 이내 한국말로 소리지르기 시작했다. 그는 광기어린 절망으로 몸부림쳤다.

"난 안 죽였어요! 난 결백하단 말이에요. 난…… 난 연주를 죽이고 싶었어요! 내 아내, 연주를 죽이고 싶었단 말이에요!"

범기의 애절함이 가득한 절규는 계속되었다.

<h2 style="text-align:center">8</h2>

침대에 널브러져 슬픈 잠이 든 범기를 바라보는 연주의 눈빛은 단호했다. 그녀는 남편 범기의 무능은 용서할 수 있었지만 수없이 거듭되는 외도, 특히 낸시와의 외도는 절대 용서가 안 되었다. 다만 무시할 뿐이었다. 아니, 무시하려고 애를 썼을 뿐이었다. 그러나 지금…… 그녀는 범기를 단죄해야 한다는 생각이 들었다. 불현듯 남편 범기는 단죄받아 마땅하다는 생각이 들었다.

그 동안 수없이 거쳐간 여자들은 무시하려고 들면 그렇게 되었다. 그러나 낸시는 달랐다. 그녀는 천박한 몸짓으로 남자라면 어느 누구도 가리지 않고 침대로 불러들이는 추잡한 여자였고, 여러 인종의 남자들 놀림감이었으며, 같은 여자들의 경멸의 대상이며 수치였다.

　그런 여자를 가까이 하는 범기가 연주의 등뒤에 몸을 눕힐 때, 그녀는 낸시와 함께 셋이 누운 것 같은 징그러움에 몸서리를 쳤다. 그리고 그런 범기의 뜨거운 숨결에서 느껴지는 살내음이 그녀를 비참하게 했다. 그녀는 자신의 자존심을 사정 없이 짓밟아버리는 범기의 남성에 욕지기를 동반한 살의를 느꼈다.
　그녀는 호영 부부에게 비굴한 거짓말을 부탁하는 범기의 비열함을 용서할 수 없었다. 형사에게 필요 없는 거짓말을 한 그의 비겁함도 용서가 안 되었고, 죄도 없으면서 어리석은 겁에 질려 괴로워하는 그의 무력함도 용서가 안 되었다. 더욱더 용서할 수 없는 것은 모든 걸 쉽게 포기해 버리는 그의 나약한 의지였다. 가장 소중한 생명까지도 쉽게 포기해 버리는…….
　연주는 야멸찬 표정으로 봅의 사무실로 향했다. 그곳엔 봅과 호영, 도희, 그리고 크레쉬 형사가 연주를 기다리고 있었다. 연주는 여유 있는 표정으로 봅이 권하는 자리에 앉으며 심호흡을 한번 했다. 그리고 정확한 발음으로 말했다.
　"그날 밤 그이는…… 새벽 4시30분에 들어왔어요."
　무거운 침묵이 흘렀다. 호영과 도희의 얼굴엔 동족으로서의 아픔이 스쳤다.
　"어떻게, 그렇게 시간을 정확하게 기억하세요?"
　크레쉬 형사의 얼굴엔 순간 강한 의혹이 스쳤다. 모두들 연주의 얼굴에 의혹이 담긴 시선을 던졌다. 연주는 무표정하게 잠시 침묵했다. 그리고 슬프게 말했다.
　"전 남편이 들어올 때까지 잠을 못 잔답니다."
　말끝을 어눌하게 발음하는 연주의 아픈 표정에 모두들 연민을 느끼며 숙연해졌다. 연주의 뺨으론 한 방울의 눈물이 흘렀다. 모두들 연주의 아픔을 건드리기 안쓰러워 침묵만 지킬 뿐이

었다. 연주는 고개를 젖혀 천정을 올려다보며 흐르는 눈물을 삼
키기 위해 두 눈을 깜빡였다.

"주사기는……?"

"위생병 출신이에요."

도저히 침묵을 깨뜨릴 수 없는 숙연한 분위기에도 불구하고,
크레쉬 형사는 예리한 수사관으로서의 임무를 잊지 않고 조심
스레 물었다. 연주는 그의 물음을 기다리기라도 한 듯 그의 말
이 끝나기도 전에 짧게 대답했다. 호영은 크레쉬 형사에게 한국
의 분단 상황과 한국 남자들의 의무인 군복무에 관해 설명하기
시작했다.

9

학기가 시작되어 모두들 기숙사로 돌아오고 있었다.

범기가 구속된 지 벌써 한 달이 다 되었다. 뒤늦게 범기의 소
식을 들은 그의 부모는 아들의 보석금과 저명한 변호사비를 챙
겨왔다. 그의 부모는 넘치는 돈으로 저명한 변호사를 사서 이들
의 결백을 밝히겠다고 했다.

결백한 사람의 결백을 밝힌다는 사실이 좀 우스꽝스러웠다.
만약 그들이 아들을 단죄한 사람이 연주라는 것을 알게 되면 아
마도 넘치는 돈으로 그녀의 목부터 조르려고 할 것이다.

"똑똑!"

문 두드리는 소리와 함께 손잡이를 돌리는 소리가 났다. 연주
는 힘없이 돌아보았다. 열리는 문 사이로 낯익은 대헌이 들어섰
다. 흠칫 놀란 연주는 자신도 모르게 한 발짝 물러서며 입가에
옅은 공모의 미소를 물었다. 의혹과 연민이 가득한 눈빛으로 연

주를 슬프게 보는 대헌의 눈시울이 붉어졌다.

1년 전 외로움과 무기력함으로 방황하던 대헌은 자신을 진심으로 포근하게 안아주는 여자를 만났다. 그는 그녀에게서 진정한 평안과 사랑을 느꼈다. 그는 그녀에게 안주하고 싶었다.

그러나 낸시는 모든 남자들을 사랑했으며 모든 남자들의 안식처이길 원했다. 그의 방황은 끝났으나 그녀의 고통스런 방황은 계속되고 있었다.

그는 그런 그녀의 고통의 나날을 그냥 보고 있어야만 했다. 그는 그녀를 도와주고 싶었다. 그녀의 고통을 덜어주고 싶었다. 애마의 고통을 덜어주기 위해 방아쇠를 당기는 말주인처럼…… 그리고 낸시의 방황을 이용해서 자신에게 가장 소중한 사람을 슬픔의 나락으로 밀어넣는 범기의 무책임하고 파렴치한 행동에 멈추지 않는 고통을 주고 싶었다.

대헌은 범기가 항상 먹는 알약을 한 움큼 훔쳐냈다. 그리고 낸시의 고통스런 방황을 끝내 줄 그 알약을 물에 곱게 개어 정결한 주사기에 담아 낸시의 정맥에 주사했다. 그는 그녀의 식어가는 가녀린 입술에 남은 고통마저 자신의 입술로 덜어냈다. 그녀는 그렇게 평안을 찾았다.

이제 두 여자를 슬프게 한 범기의 고통이 계속되리라고 생각했다. 그런데…… 낸시의 방문 앞에서 연주를 마주친 순간, 대헌은 범기의 고통이 곧 연주의 고통이라는 것을 알았다. 범기를 단죄하기 위해 불쌍한 연주에게 고통의 나날을 보내게 할 순 없었다. 대헌은 범기의 고통은 시작도 안 되어서 끝이 났다는 걸 직감했다. 그 순간부터 대헌은 고통과 죄의식으로 괴로웠다. 그는 무작정 길을 떠났다. 그리고 마음의 평정을 찾아 죄갚음을 하기 위해 돌아왔다.

그런데 일이 이상하게 풀려가고 있었다.

"왜 그랬어요?"

대헌이 슬프게 물었다.

"그러는 대헌씬 왜 그랬어요?"

연주는 침대에 걸터앉으며 야멸찬 입술로 되물었다.

"낸시는 내 여자였어요."

"그 남자는 내 남자였어요."

서로를 바라보는 슬픈 두 사람의 얼굴엔 공모자의 처절함이 떠올랐다.

사건이 나기 며칠 전, 연주는 자신의 방에서 허둥대며 나오는 대헌을 보았다. 연주는 아무도 없는 남의 방에 들어온 대헌이 기분 나빴다. 그런데 범기가 항상 규칙적으로 하루 한 알씩 먹는 약병의 뚜껑이 열려 있었고, 문 앞에는 알약이 한 알 떨어져 있었으며, 가득했던 약이 절반으로 줄어 있었다. 연주는 대헌이 왜 이 약을 필요로 하는 건지, 그리고 또 필요하다면 달라고 하지 왜 몰래 가져갔는지 모든 게 궁금했었다. 그 궁금증은 사건이 나고서야 풀렸다.

연주는 그날 밤의 검은 그림자가 대헌이었다는 것을 방에 들어와 범기 옆에 눕고 나서야 알았다.

남편 범기는 정말 결백했다. 그러나 연주에게 있어서 남편 범기는 유죄였다.

살인 미학

▶ 류성희
전남 광주 출생.
전남대 독문학과 졸업.
96년 스포츠서울 신춘문예 추리소설부문 당선.
「하여가 사건」, 「아주 특별한 유혹」,
「살인 미학」(이상 단편소설) 외 작품 다수.

살인 미학

프롤로그

부활절 주간이라 그런지 우편물이 평소보다 꽤 많다. 은총이 세상에 충만한 이때에 편지 양이 특히 많은 것은, 안토니오 신부의 입장에서 보면, 원죄 의식이란 신도들이건 비신도들이건 무의식 속에 항상 잠재해 있다는 평소 믿음을 더욱 굳건히 하는 데 충분한 밑받침이 될 수 있었다. 더구나 특정히 받는 사람을 지칭하지 않고 〈신부님께〉라고만 쓰여 있는 봉투가 유난히 많은 걸로 보아 특별히 용서와 기도를 바라는 내용들이 많을 것이다.

그 무의식 속에 잠들어 있는 원죄 의식을 이끌어내어 당신 앞에 무릎 꿇게 만들 힘을 내게 주소서. 그리하여 길 잃은 어린 양들이 당신의 품안에 구원받기를……

성당으로 온 편지들을 정리하면서 안토니오 신부는 나직이 기도드렸다.

〈신부님께〉라고만 씌어진 편지는 안토니오 신부가 일단 읽어 보도록 허락되어 있다. 신부서품을 받은 지 석 달을 갓 넘긴 보좌 신부인 그로서는 성당으로 오는 이런 내용의 글을 읽고 그들을 위해 진심으로 기도해 주는 것도 큰 즐거움 가운데 하나였다.

육체적 핍박, 정신적 박해…… 그 모든 고통받는 자들이 기도에 의해 순결한 모습으로 거듭나는 모습을 상상할 때 느끼는 그 성령의 충만함이란! 방종과 방탕 속에 빠진 죄인들이 주님 앞에 무릎 꿇고 고해성사하듯 편지를 쓰는 그들의 모습을 생각하노라면, 그는 가슴 가득히 펴지는 놀라운 은총에 가슴이 떨리곤 했다. '나 외에 다른 신을 섬기지 말라'는 십계명의 해석을 놓고 이단자들간에 여전히 논란의 여지가 끊이지 않는데, 그런 그들에게 돌아온 탕자를 기쁘게 받아들이시는 주님의 자비스러움을 얘기해 주고 싶었다.

수신자의 이름이 적히지 않은 편지는 모두 열 통이었다. 그중 죄의 사함을 바라는 내용이 일곱 통, 안토니오 신부는 그들을 위한 기도를 드렸다. 수녀가 되는 방법을 묻는 내용이 한 통, 이것은 데레사 수녀가 상세하게 대답해 줄 것이다. 그리고 오늘도 예외 없이 음란스런 내용이 한 통, 이런 자는 성수 통에 담배꽁초를 버리는 자의 심리와 같을까. 나머지 마지막 한 통은 노란 봉투였다. 그는 보지 않아도 알 수 있었다.

이 안에는 더 사랑하는 자에게 더 많은 시련을 주시는, 이제야 헤아릴 수 있는 주님의 사랑 방식이 들어 있을 것이다. 육신의 자유가 박탈당하면 정신의 자유는 더 넓어지는지, 교도소에서 온 편지들을 보면 그들, 죄수들은 주님의 나라에 한결 가까이 가 있는 듯한 느낌을 안토니오 신부는 종종 느끼곤 했다.

노란 봉투는 두툼했다. 그래서 차 한 잔을 마실까 하다가 이 것을 마저 읽고 느긋한 마음으로 차를 마셔야겠다고 생각을 곧 고쳐 먹고 편지를 읽기 시작했다. 그러나 그것을 다 읽고 난 안 토니오 신부에겐 차를 마시고 싶다는 생각 따윈 사라진 지 이미 오래였다. 왜냐하면 편지의 내용이 이런 일이 실제로 있었는지 너무 놀랍고 또한 엄청난 비밀이 숨겨져 있었기 때문이다. 처음 읽을 때에는 소설을 써서 보낸 게 아닌가 싶기도 했다. 드물긴 하지만 자신의 고통스런 과거를 소설이나 시의 형식을 빌어 써 보낸 사람들도 있었으니까. 그러나 그는 다 읽고 난 다음 이것 은 놀라운 내용의 고해성사라는 것을 부인할 수 없었다.

그렇다면 이제 어떻게 할까? 원칙대로라면 미겔 신부님께 보 여드려야 할 것이다. 그런 다음엔? 수신인은 분명 이 성당이 맞 는데, 글을 보낸 사람이 누구인지, 이름도, 죄수 번호도 아무것 도 없다. 어떻게, 어떻게 처리해야 할까? 혼란에 빠진 안토니오 신부는 조용히 무릎을 꿇고 신의 대답을 기다렸다.

긴 기도 끝에 마침내 그는 결정을 내렸다.

'고해성사는 어떠한 경우에도 절대로 누설해서는 안 된다. 그 렇다면 이 편지를 고해성사로 받아들이지 않기로 하자. 그가 한 편의 소설을 써서 보냈다고 생각하기로 하자. 그 역시 아무도 믿어주지 않은 자신의 결백을 믿게 만드는 가장 효과적인 방법 이 이것이라고 생각했을 것이다. 그는 왜 사실을 밝힌다 한들 지금 자신이 처해 있는 신상에 더 이상 영향을 끼칠 수 없는 글 을 쓸 수밖에 없었을까? 그리고 그것을 이곳에 보낸 이유는 무 엇일까? 그렇다. 진실을 밝히고 싶었을 거다. 이제 와서 아무런 소용이 없다 할지라도 사실을 묻어둘 수 없었을 테지. 어떻게 해서든 진실은 밝혀지게 돼 있다는 것은 사과나무에 사과가 열린다는 것만큼이나 명백하지 않았던가. 그래, 이 편지를 세상에 내어보자. 얼키고 설킨, 헝클어진 인간 내면의 끝없는 탐험에 대한 이해가 우리 같은 성직자들이 해야 할 일들 중의 하나라면 이런 결정을 한 나를 나의 절대적인 신은 이미 용서해 주셨을 것이다.'

안토니오 신부는 그 편지를 정서하기 시작했다. 워낙 깨알처럼 작은 글씨로 쓰여 있을 뿐 아니라 나중엔 종이가 부족했던지 여기저기 여백에 순서 없이 쓰여 있어 읽기에 불편했기 때문이다. 단 한 자도 고치지 않은 것은 물론 빠트리지 않고 그가 보낸 이야기를 그대로 옮겨 적은 후, 〈살인 미학〉이라는 제목을 붙여 보았다. 이 제목이 그의 마음에 들기를 바라며! 지금은 이미 형장의 이슬로 사라져 버렸을 우울한 한 남자의 이야기는 전화벨 소리로 시작되고 있었다.

〈살인 미학〉

삐리링 삐리링. 수화기 저편에서 들리는 전화벨 소리는 언제 들어도 경쾌하다.

찰칵. 이번에도 두 번 이상 울리지 않고 재빨리 받았다. 전화기 옆에 붙어 앉아 있을 아이의 엄마, 아빠, 어쩌면 할아버지, 할머니…… 그리고 벨소리에 피우던 담배를 끄고 바짝 긴장할 수사관들까지 눈에 훤히 보이는 듯하다.

"여보세요, 여보세요…… 말씀하세요…… 무슨 말씀이라도 좋으니 제발…… 뭐든 하라는 대로 하겠어요. 돈도 이미 준비돼 있구요…… 아이는 살아 있는 거죠? 제발, 여보세요…… 여보세요, 여보세요……."

여전히 흐느낌 속에 여보세요가 이어지는 전화를 끊는다. 통화 시간 73초를 넘겨서는 안 된다. 수화기를 들고 있는 동안 경찰은 전화 건 장소를 추적하고 있을 것이다. 물론 조사해 본들 장난 전화 이상이 아님을 곧 알아내겠지만, 그래도 조심, 조심해야 한다. 털어서 먼지 안 나는 사람은 없을 테니까. 매번 느끼는 거지만.

아이를 잃어버린 부모들은 너무 허둥대는 게 탈이다.

이십칠년 전, 아니 어쩌면 이십팔년 전 어머니가 돌아가셨다는 말을 들었을 때 가슴에 찬 바람이 휭 지난 듯한 느낌을 아직도 기억하는 걸 보면 부모 자식간을 이해할 듯도 싶지만, 그렇다고 앞뒤 사정 상관없이 울음부터 쏟아내는 건 질색이다. 아이가 길을 잃은 게 아니라 납치됐다는 것이 확실해지면 절대적으로 현실을 재빨리 판단해야만 한다. 납치범들은 울고불고 하는 것보다 이성적으로 해결하는 편을 원하고 있을 테니까 말이다.

어찌됐든 오늘 하루 재수가 나쁘지는 않겠다. 경험에 의하면 전화받는 사람이 여자면 그날은 재수가 괜찮았다. 허긴 그래 보았자 별탈 없이, 더 정확히 말하면 거미줄 같은 법망에 걸려들지 않고 조용히 보낼 수 있다는 것에 불과하지만, 아무튼 오늘 시작은 별로 나쁘지 않다. 보던 신문을 네모 반듯이 접어두고 어제 아침과 같이 〈줄라이 모닝〉 CD를 꽂는다.

한없이 한없이 깊은 나락으로 떨어지는 듯한 느낌
잔잔히 흐르는 강물과도 같은 평화와 고요
미세한 두통이 있을 때 느끼는 아찔함
어쩌면 어머니의 자궁 속에 있을 때 같은
이럴 때 나는 가장 행복하다.

어제, 혹은 그제와 마찬가지로 음악이 끝났을 때쯤 화장실로 간다. 본능적인 일을 보면서, 거의 그 일만큼이나 본능적이라 할 수 있는 내 안에서 꿈틀대는 살의를 느낀다. 그럴 때면 언제나 그랬듯이 변기 위에 놓아둔 책을 펼친다.

〈살인에는 반드시 동기가 있다.
 :
가장 기본적이고 단순한 살인 동기라고 할 수 있는 것은 물욕, 성욕, 질투의 세 가지이다.
 :
물욕, 성욕, 질투에 의한 살의는 비교적 순간적, 욕망적으로 길 수도 있음에 비해서, 복수심, 명예욕, 출세욕 등에의 살의는 오랜 생각 끝에 생긴 결심일 수도 있는 것이어서 지적 수준이 높은 계층에 많기 때문에 계획과 실행에 더 치밀하고 복잡할 수 있어…….〉

무작위로 펼친 구십오 페이지는 살인의 동기에 관한 부분이었다. 몇 번이나 읽어 거의 외우다시피 한 내용을 다시 한번 음미해 본다. 이것 또한 나로서는 빼놓을 수 없는 중요한 일과중의 하나였다.

심리학자, 범죄연구가, 사회병리학자 들이 분류한 방법에 의거하면 나에게는 어떤 살인의 동기가 내재하는 걸까?

물욕? 어느 정도는. 그러나 꼭 그렇다고는 할 수 없다. 포커에 더 이상 빠지지만 않는다면 돈은 충분히 갖고 있다.

성욕? 천만에, 남자가 남자에게 성욕을 느낀다면 호모지. 비록 비정상적인 직업을 갖고 있긴 하지만 비정상적인 남자는 아니지 않는가.

명예욕? 더더구나 아니다. 나의 명예란 본래 없을 뿐더러 그 것을 갖고 싶은 욕망 또한 없다.

복수심? 누군가에게 복수할 만큼 원한 맺힌 적이 있었던가 스스로에게 물어본다.

출세욕? 아아, 아마도 이것이 가장 부정되는 부분일 것이다. 그 누구도 내가 무슨 일을 하는지 모르고 있는 터에 출세욕이라니 당치도 않다. 그렇다면 나는 이 해당 사항에서 일단은 벗어난다. 그런데도 나는 살인을 저지른다. 왜냐하면 예외 없는 법률은 없는 거니까.

살인의 동기가 없다는 것은 범인이 될 수 없다는 말이고, 범인이 아니라는 것은 경찰의 수사망에 걸려들지 않는다는 의미이며, 동시에 앞으로도 살인할 수 있다는 의미이기도 하다. 나는 이렇게 논리 정연하게 생각하자 마치 입맛에 꼭 맞는 커피를 마셨을 때처럼 기분이 몹시 흡족해졌다. 사실 그 많은 커피숍에서 그 많은 커피를 마셔보았지만 첫모금에 만족하기란 쉬운 일이 아니란 걸 누구나 경험해 봐서 알고 있을 것이다.

그제, 어제, 그리고 오늘 아침, 이렇게 유달리 신경이 날카로운 이유는 틀림없이 익명의 팩스 때문이다.

「당신은 〈공중으로 사라진 도시〉를 알고 있소.
바다 속으로 사라져버린 전설 속의 아틀랜틱이 아니라
공중으로 사라진 실제 도시 말이오.
그곳, 세상 저편 어느 곳, 그 도시에는 놀랍게도
아직도 순수 혈통의 인디언들이 살고 있다 하오.
그들 중 〈나무를 쓰러뜨린 자〉라는 이름의 인디오가

있어 검은 수액으로 몸에 선을 긋고,
나무 열매에서 추출한 붉은 액체로 머리를 붉게 물들이고,
새털로 만든 관을 쓰고,
여전히 〈아브라까다브라〉라는 주술을 외우며
악귀를 쫓고 있다 하오.」

이 팩스를 받자마자 나는 새로운 게임이 시작되었음을 금방
알아차렸다. 새로운 의뢰인이 나타난 것이다. 쫓고 쫓기는, 때로
는 밀고 당기는, 누군가 한 명은 죽어야 끝이 날 그런 게임. 의뢰
인이 나의 팩스 번호를 어떻게 알았는지는 관심이 없다. 남에게
숨길 수 없는 게 사랑과 기침만은 아닐 테니까.

사람들은 나와 같은 직업을 가진 사람들을 청부살인업자, 혹
은 해결사라고들 부르는 모양이다. 의뢰인에게 돈을 받고 살인
을 저지르는 살인자. 의뢰인은 전국구, 즉 소개업자를 통하여
우리 같은 해결사와 연결되면 해결사는 의뢰인이 원하는 사람
을 죽이는 것, 단지 그것이다.

태어나 한번도 본 적이 없는 사람을 죽이니 해결사는 양심의
가책을 느낄 이유가 없고, 의심받는 의뢰인은 알리바이가 명백
하기 때문에 교사라는 심증은 있으나 확증이 없으므로, 자백하
지 않는 이상은 미제로 끝나버리는 사건이 있을 뿐이다.

법치국가에서의 완벽한 살인을 찬미할저!

그러나 나는 절대로 전국구를 통하지 않는다. 모든 일을 깔끔
하게 처리하는 결벽증 탓도 있겠지만 소문은 꼬리와 꼬리를 무
는 법, 그리고 꼬리가 길면 잡히는 법, 나는 자신의 꼬리를 잘라
먹는 도마뱀이 될지언정 전기 의자에 앉아 피똥을 싸며 죽고 싶
지는 않다. 그런 점에서 보면 나를 택한 의뢰인들은 정말 현명

하다고 할 수 있겠다.

「〈나무를 쓰러뜨린 자〉라는 이름을 가진 연유는 이렇다 하
오.
그의 할아버지가 큰 나무를 쓰러뜨린 순간, 그가 태어났기
때문이라오.
〈하늘 저편〉이라는 인디오는 어릴 때 하늘만 쳐다보고 있
어 붙여진 이름이며,
〈새로 일어서는 도시〉라 불리우는 자 또한 그런 유례가 있
다 하오.
그들이 왜 그런 식의 이름을 갖게 되는지 아시겠소?
자기 삶의 주어진 운명에 승자가 되기 위해서라 하더오.」

첫번째 팩스 나흘 후에 받은 팩스 역시 도전장에 불과했다.
그렇다면 이것을 보낸 의뢰인은 고단위의 호두 같은 뇌세포를
가졌거나, 아니면 지나치게 선병질적인 신경 세포를 지녔음에
틀림없다. 어쨌든 기다리리라. 기다리는 것은, 끈질기게 기다리
는 것은 내 직업의 기본이면서도 가장 중요한 요건이다. 게임에
서 이기는 것은 결코 서둘지 않는 것.
두번째 팩스 열흘 후, 예전의 정확한 그 시간에 세번째 팩스
를 받았다.

「〈공중으로 사라진 도시〉에서 살고 있는
〈나무를 쓰러뜨린 자〉의 주술인 〈아브라까다브라〉에 대해
알고 싶지 않소.

호랑이를 잡으려면 호랑이굴로 들어가야 하는 법
원한다면 멋진 여행이 될 것이오.

시청 역. 물품 보관소 7번. 열쇠는 우편함에.」

부리나케 일층으로 뛰어내려가 보았다. 302호. 나의 집 우편함 속에 들어 있는 열쇠 하나. 그것을 집어들자 의뢰인의 이성만큼이나 차갑게 느껴졌다. 의뢰인은 생각보다 나에 대해서 많이 알고 있는 모양이다.

다음날 러시아워 시간에 지하철 시청 역에서 내렸다. 거의 똑같은 색깔의 양복에 비슷한 색깔의 넥타이를 매고 바삐 걸어가는 저 사람들, 누가 보든 나도 그들 무리 중의 하나에 불과할 것이다.

번호가 7번인 물품 보관소 안에는 007가방이 들어 있었다. 열어보지 않아도 뭐가 들어 있는지 알 수 있다. 살해자의 주변에 대한 사항과 가능하면 사진까지도. 이런 정도의 신중함을 기할 정도라면 보통보다 많은 착수금도 들어 있을 테고. 내용이야 궁금하지만 이곳에서 가방을 열어보아서는 안 된다. 물품 보관소 안에서 가방을 보는 것은 주위 사람들에게 두 가지 유형으로 보일 수 있다. 하나는 물건이 그대로 있나 확인하는 중국인처럼 의심 많은 인간으로. 다른 하나는 물건을 건네주는 방법으로, 즉 나와 같이 뭔가 범죄 냄새를 풍기며 비밀스런 일을 하는 사람으로 말이다. 기다리는 것이 내 직업의 필요조건이라면, 신중함은 필요충분조건이겠다.

그런 신중함이란 살해 장소에서는 보폭마저도 신경써야 한다는 의미이다. 왜냐하면 경찰은 범인의 신발 사이즈 뿐만 아니라

보폭으로도 범인의 신장을 계산해내는 영리함을 지녔으니까.

그러나 나는 가방을 열었을 때, 나의 신중함에 못지 않은 그의 신중함에 등골이 오싹했다. 가방 안에는 낡은 돈다발과 여행 티켓 한 장이 들어 있을 뿐이었다. 여행지는 15박16일의 중남미였다.

호랑이를 잡기 위해 호랑이굴로 밀어내다니. 정말 멋진 의뢰인이야. 마음에 들어.

그가 옆에 있다면 등이라도 토닥거려 주고 싶다. 피살자와 해결사를 외국으로 보내 살인을 저지르게 한다? 의뢰인 자신에게는 더 이상의 알리바이가 있겠는가!

생각할수록 멋지다. 가능하다면 그와 바둑 한번 두고 싶은데. 그는 틀림없이 바둑의 맛을 알 것이다. 담수, 오직 손으로만 대화할 뿐 말이 필요 없다. 나로서는 바둑의 묘미 중 특히 맘에 드는 부분이기도 하다. 흑백 논리, 어떠한 회색 분자도 인정하지 않는다. 영역 넓히기, 두 집을 갖기 위해 한 집을 포기한 것. 그는 바둑판 위의 삼백육십오일 중 하루를 택해 돌을 놓았다. 나는 이제 그에게 응수하기만 하면 된다. 우리는 멋진 맞수가 될 것이다.

여행지는 아르헨티나, 칠레를 거쳐 마지막이 페루였다. 이 세 나라의 어느 곳에서 자그마한 사고가 일어날 것이다. 나를 제외한 다른 동행인이 보기에는 이역 만리 객지에서 우연히 죽은, 그것 이상이 아닐 죽음의 사고가. 완벽한 살인, 그러면서도 반드시 깨끗하고도 산뜻한. 몇 번이나 검토해 보았지만 내가 세운 계획은 어떠한 예기치 않은 사태를 감안하더라도 완벽했다.

남미의 거칠 것 없는 태양을 위해 짧은 반바지와 대담한 무늬

의 반팔 티셔츠, 선글라스를 산 다음, 여권을 찾고 외환은행에
들러 여행자 수표까지 만들고 나자, 샐러리맨이 사업상 출장 가
는 기분마저 들어 근래에 없이 콧노래까지 나왔다. 머리 좋은
사업가와의 비지니스는 신나는 일이란 말야. 나는 기분이 날아
갈 듯했다.

　여행사를 통한 동행인은 모두 열두 명이었다. 가이드와 나, 사
십대 부부, 젊은 남녀 한 쌍, 그리고 여생을 즐기기 위해 수도 없
이 많은 여행을 했을 부유한 노인들. 나는 재빨리 그들 중 누가
살해자가 될 것인가 훑어보았다. 떠날 때는 열두 명이었지만 돌
아올 때는 열한 명이 여행, 누군가에게는 죽음의 여행이 될 길
을 우리 모두는 웃으며 떠났다.

　그러나 결과부터 말하자면 우리는 열두 명 모두 무사히 생체
기 하나 입지 않고 돌아왔다.

　아르헨티나와 칠레를 거치는 동안에는 그래도 기분이 괜찮았
다. 이십 킬로미터나 떨어진 곳에서도 그 물소리가 들린다는 세
계적인 폭포 이구아수에서는 피부색이 다른 여행객들이 스쳐
지나갈 때마다 황급히 주머니를 뒤지기도 했고, 여태껏 비가 한
번도 온 적이 없다는 칠레의 아티카마 사막의 조그마한 식당에
선 잊은 듯 일부러 모자를 놔두고 나왔다가 그것을 찾는다는 핑
계로 다시 되돌아가 보기도 했으며, 호텔에 투숙할 때마다 현지
에 사는 친구라는 명목으로 나를 찾는 전화나 메시지가 있을까
봐 긴장에 또 긴장을 하였다. 내가 기다리는 것은 간단명료하
다. 내가 살해해야 할 사람의 이름 석 자, 단지 그것뿐이었는데.

　만년설을 이고 서 있는 안데스 산들을 바라보며, 쿠스코의 산
타아나 역에서 여행객을 위한 디이젤카 편으로 우루감바 강을
따라 세 시간 남짓 내려가, 마지막 여행지인 페루에서도, 또 마

지막 유적 답사지인 마추피추에 도착했을 때는 나는 거의 숨을
쉴 수 없을 정도였다. 가슴이 답답하고, 심장이 두근거리며 가
벼운 현기증마저 느끼는 것은 해발 이천사백 미터 위에 서 있는
동행인 모두가 느끼는 증상이겠고, 이곳에 올 때까지 그로부터
아무런 지시도 받지 못한 나는 거기에다가 초조함마저 가미되
어 신경은 터지기 직전의 풍선, 바로 그것과 진배없었다.

"1912년 미국의 고고학자 하이람에 의해 발견된 이곳, 마추
피추는 페루에서 뿐만 아니라 중남미 전체에서 가장 유서 깊은
곳으로, 이번 관광의 하일라이트라고 할 수 있습니다……."

가이드는 성체를 발견한 고고학자처럼 자못 경건하기조차했
고, 나머지 여행객들은 고고학에 심취한 사람들처럼 경이스러
움에 눈빛을 빛내며 수첩에 메모까지 하건만, 정신을 집중할 수
없는 내 눈에는 그 모든 것들이 한낱 돼지 목에 진주였다.

그와의 게임에서 패배하는 건 아닐까. 내게 있어서 단 한번의
패배가 뜻하는 것은 치명적이다. 자신감 없는, 확신 없는 청부
살인업자란…… 있을 수 없다.

그렇다면 왜 그는 나를 이곳으로 보냈을까? 하고 많은 세계의
여행지 중에서 가장 인기 없고 힘든 코스인 중남미로 보낸 이유
는? 물론 잉카 제국에 좀더 관심을 가지라는 의미는 아니었을
테고. 중남미만이 갖고 있는 특이한 점을 이용하라? 그렇다면
그 신비스런 이름들을 가진, 고무로 만든 짚신 모양의 오솟타란
신을 신고, 우리처럼 아이를 등에 업고 다니는 저 인디오들과
관련이 있는 게 아닐까? 아니면 이곳 어딘가에 살고 있는 교민
중 한 명?

도저히 갈피를 잡을 수가 없다. 예상대로라면 열한 명의 동행
인 중 한 명이 피살자가 될 터인데, 그들은 남미의 정열적인 태

양과, 계절 없이 풍성한 과일과, 장작불에 지글거리는 고기를 아무 거리낌없이 즐길 뿐이었고, 그 동안 〈나무를 쓰러뜨린 자〉니 〈아브라까다브라〉 등을 글까지 써 보여주며 조심스럽게 물어본 나의 유도 심문엔 눈만 멀뚱이는 반응을 보였을 뿐이었기 때문이다.

"이곳, 마추피추는 예수가 태어나기 이전부터 우니코 문명을 비롯한 잉카 문명에 앞선 문명이…… 잉카 문명은 보시다시피 다듬지 않은 천연의 돌들만을 골라 아귀를 쩍쩍 맞추어 이천년이 넘도록 끄덕 없는 토목 공사는 물론, 농업 의술 등에 뛰어난…… 그런데 이 제국은 스페인인 피사로에 의해 멸망…… 하늘과 맞닿은 높이에 존재했던 이 도시를 사람들은 〈공중으로 사라진 도시〉라고도……."

뭐? 공중으로 사라진 도시라고? 지금 내가 밟고 서 있는 이곳이 팩스에 써 있던, 찾고 있는 그 도시라고? 뱀이 스쳐가듯 싸늘한 느낌이 등줄기를 핥고 지나갔다.

그래, 그렇다. 그는 이곳에서 게임을 끝내 주기를 바라고 있다. 하지만 누구를? 누구를 처치해 달란 말인가? 아니, 어쩌면 그는 숨은 그림처럼 피살자를 이미 숨겨놓았는데 단지 내가 못 찾고 있는 건 아닐까? 나는 몇 천년 전에 세워진 그 도시에서 숨은 그림을 찾다가 길을 잃은 미아가 돼버렸었다.

여행에서 돌아온 이후, 나의 생활은 엉망이 되어버렸다. 그 누구에게서도 눈길 한번 방해받지 않았던 완벽한 나만의 공간과 자유는 이제 끊임없이 감시받는 듯해 더 이상 나만의 요새가 되지 못했고, 그렇게 되자 나의 유일한 취미이자 하루의 운세를 점치는 방법이었던, 신문의 사람 찾는 광고란을 보고 전화 거는 일도, 또 느긋한 기분으로 〈줄라이 모닝〉을 듣는 아침도 더 이상 없게 되었다. 그러면서 이즈음 새로운 버릇이 생겼다면 시도 때도 없이 아래층으로 구르듯 달려가 우편함을 뒤지는 것. 사랑하는 이의 편지를 기다리는 심정이 이럴까. 한번도 그래 본 적은 없지만 사랑에 빠진 사람을 이제는 이해할 듯도 싶었다.

그러나 사랑이 이런 고통이라면 사랑 따윈 엿이나 먹어라이겠다. 모든 것이 뒤죽박죽. 마추피추의 돌더미에 깔리는 꿈을 자꾸 꾸게 된 나는 급기야는 옆을 지나가는 사람을 푹 찌르고 싶은 광기 서린 난폭함을 자제하기가 힘들어 스스로 외출을 금하는 상태까지 이르고 말았다. 그러고도 온 집안의 컵이란 컵은 다 깨고, 그래도 성이 안 차 꽤 많이 모아둔 레코드를 절반쯤 깼을 때, 드디어 기다리고 기다리던 팩스를 받았다.

「당신의 고기 비늘처럼 빈틈 없는 감성은
이구아수 폭포의 거대한 폭음보다는
면사포 같은 하얀 물방울들을 놓치지 않았을 거요.
또한 당신의 그 섬세한 손금은
지진이 일어났을 때도 끄덕하지 않았다는
쿠스코 성당을 지탱하고 있는
돌의 숨결도 지나치지 않았을 것이고……
카리브해에서 불어오는 바람은 역시 에메랄드빛이었소?
〈아브라까다브라〉 주술이 인디오들에게는 만병통치약이라는
것도 알았을 테고.

모든 것은 그대로, 변한 것은 아무것도 없소.
당신도, 나도, 우리의 약속 장소도.」

언제 넣어두었을까? 우편함 속에 들어 있는 열쇠로 물품 보관소의 문을 열자 예전과 같이 007가방이 들어 있었고, 그 안에는 역시 추적이 불가능한 헌 돈다발과 서류 봉투가 하나 있었다. 이 봉투 안에는 내가 제거해야 할 사람에 관한 자료가 이번에는 틀림없이 들어 있을 것이다. 그리고 그를 제거함과 동시에 이제까지 나를 견디기 힘든 상태로까지 몰고 갔던 불안과 초조함과 알 수 없는 패배감 역시 제거되고 나의 일상으로 되돌아갈 수 있겠지. 일상의 이탈이란 조용함을 사랑하는 나로서는 참으로 견디기 힘들다.

「1. 4월 2일 22시.
신라호텔→동호대교→명동
회색 그랜저 서울1 다147X

 2. 4월 3일 06시
목동 파리 공원
아디다스 회색 상하, 흰 운동화, 파란 모자
 3. 4월 4, 5일
서귀포 호텔 503호」

그가 보낸 내용으로는 피살자가 남자인지 여자인지 알 수 없다. 그렇다면 3일 밤에는 차를 몰고 가는 사람을 일단 탐색해야 할 것이다.

사람을 살해하는 방법은 그 사람에게 어울리는 옷을 고르는 것만큼이나 센스를 요하는 것이다. 나이와 몸매, 피부 색깔에 따라 옷의 디자인과 색상이 다르듯, 피살자에게 꼭 맞는 죽음의 방법을 골라주는 것, 그것이 바로 청부살인업자인 나의 죽음의 미학이니까.

그런 면에서 보면 둘째날, 공원에서 조깅하다가 죽는 것은 모양새가 좋지 못하다. 이날 역시 피살자에 대해 좀더 철저히 탐색한 다음, 마지막날 4월 5일을 디데이로 정했다. 봄빛이 축복처럼 내리쬐는 날, 사람들이 대지에 나무를 심는 날, 나는 피살자의 가슴에 죽음을 심을 것이다.

아아, 그러나 다시 결론부터 말하자면 나는 또 실패했다. 의뢰인이 간과한 게 있었기 때문이다. 그것은 살해자에게 항상 동행이 있었다는 것, 그래서 어처구니없게도 내가 죽여야 할 사람이 누구인지 정확히 알아낼 수 없었다.

첫날, 차 안에는 남자 둘, 여자 한 명이 타고 있었다. 그들이 차 넘버가 서울1 다147X인 그랜저를 타고 동호대교를 거쳐 명동의 한 호텔에 들어갈 때까지 그들의 차를 따라가며 그들 셋의 인상 착의를 모두 외웠다. 다음날 공원에선 회색 조깅복에 흰색 운동화 차림의 사람이 있긴 있었다. 문제는 그런 차림의 사람이 한두 명이 아니라는 데 있었지만. 차 안의 사람들과 조깅복의 사람들 중 같은 인물을 찾아보려고 했지만 세상에, 이 꼭두 새벽에 잠 안 자고 뛰고 있는 사람들이 저렇게 많을 줄이야!

어쨌든 동일 인물을 찾아내는 데 실패했다. 뭔가 뒤틀리고 있다는 느낌을 떨치지 못하면서도 제주도까지 날아갔다. 그의 정보가 정확하다면 서귀포 호텔 503호실엔 차를 탔던 셋 중의 한 사람이 투숙했을 터이다. 미리 예약해 두었던 508호실에서 하루 밤을 잤건만, 실패, 실패, 또 실패하고 말았다. 503호실엔 절대로 40을 넘기지 않았을 부부가 아이들 둘과 투숙했다. 나는 그들을 면밀히, 조심스레 관찰해 보았으나 그들 중 누구도 차

안에 있었던 사람과는 비슷하지도 않았다.

이쯤에서 나는 정말 화가 나기 시작했다. 모든 게임에는 제한 시간이 있다. 이건 게임의 철칙이다. 제한 시간이 없는 게임은 끝날 시간을 모르는 예배 시간과 다름 없다. 일생 일대 처음으로 나는 그만 바둑판의 돌을 던지고만 싶었다.

「인생이 살아볼 만한 것은
필연 같은 우연이 있어서이겠고
게임이 흥미진진한 것은
반전이 있어서가 아니겠소.
게임에서 이기는 방법은
끈질긴 승부욕, 그것이라 생각하오.
이게 마지막 팩스일 거요.」

나는 그의 마지막 돌을 받아들이기로 했다. 그가 끈질긴 승부욕을 원한다면 나는 멋진 결과를 원했으므로. 이제 그와 나, 게임은 막바지에 이르렀다.

4월 8일

나는 이날 바람이 어느 방향에서 어느 방향으로 불었고, 아파트 입구 옆 화단에 열세 송이의 팬지 꽃이 피어 있었던 것을 지금도 기억한다. 더불어 그날 아침 신문을 보고 신중하게 검토한 끝에 전화건 곳의 전화번호까지도.

그 동안 세 개의 조간 신문과 두 개의 석간 신문, 그리고 두 개의 스포츠 신문을 정기 구독하고 있었는데, 그것은 특별히 세상 돌아가는 것에 관심이 있어서라기보다는 순전히 취미 생활을 위해서였다. 신문의 공고란 중 사람 찾는 광고를 보고 전화 걸어보는 것, 그래서 받는 사람의 성별에 따라 하루의 재수를 점쳐보는 것, 받는 사람이 남자면 그날은 근신하고 만약 여자라면 활동해도 되는 것으로. 전혀 과학적이지 못하지만 어쩔 수 없다. 운동 선수들이 시합 나갈 때마다 자신만의 징크스가 있는 것도 그렇고, 서양 사람들이 13이란 숫자를 기피하는 것도 과학적인 근거가 없지 않은가.

어쨌든 4월 8일의 아침, 의뢰인이 보낸 마지막 지시에 따라 행동해야 할 나는 유난히 신경을 써 한 사람을 골랐다.

　　　　〈사람을 찾습니다〉
사례금 : 오천만원
찾는 사람 : 김유진
나이 : 47세
실종 일자 : 1994년 4월 5일 밤 9시경
집으로 가는 길에 카폰 이후 연락 두절.
연락처를 알고 계시거나 찾아주시는 분께는
사례금 오천만원과 익명을 보장하겠음.

이건 상당히 드문 경우다. 이제까지 사람 찾는 광고란을 종합 분석해 본 결과, 그 나름대로의 유형이 있다. 찾고자 하는 사람이 20대 전후의 여자라면 모든 것 용서하겠으니 돌아만 와 달라는 부모의 간곡한 통사정이 주된 내용인 반면, 20대 전후의 남자라면 영장 나왔다는 것이 으뜸이고, 3,40대 결혼한 여자라면 아이 위독, 곧 귀가 바란다는 내용에서 크게 벗어나지 않는다. 집 나간 사람이 정신 이상자가 아니라면 3,40대 남자를 찾는 광고는 극히 드물 뿐만 아니라, 게다가 이 광고처럼 사례금 오천만원이라니, 지금껏 내가 본 중에서 가장 많은 현상금이다.

거기다 제보자 익명의 보장과, 우표 속의 인물처럼 사진까지 낸 것을 보니 가족은 아마도 남치라고 여기는 모양이다. 이런 곳에 실린 사진은 아무리 잘 뽑은 사진이라도 어딘가 비정상적으로 보이는데, 이 실종자는 눈썹이 짙고 눈에 생기가 돌며, 입매가 야무진 걸로 보아 현상금 오천만원의 밥값은 충분히 할 듯했다.

"네, 김유진 산부인과입니다."

전화를 잘못 걸었나? 이제까지 이런 곳에 수도 없이 걸어보았지만 이런 식의 대답은 처음이라 나답지 않게 당황해서 전화를 끊어버렸다. 번호를 확인하고 다시 걸어보았다.

"네, 여보세요. 김유진 산부인과입니다. 말씀하세요. ……제보입니까? 비슷한 분을 보셨대도 좋습니다. ……말씀하세요. ……여보세요, 여보세요……."

김유진 산부인과 의사라? 역시 밥값은 제대로 하는 작자였군. 어쨌든 전화는 여자가 받았다. 그렇다면 하나의 관문은 무사히 통과했다. 이제 일을 시작해도 되겠다.

4월 8일, 그날의 햇볕은 눈이 부시도록 청명했고 바람은 그리도 부드러웠는데.

"왜 사체를 물품 보관소에 넣어두었지? 그것을 꺼내 어떻게 처치할 작정이었어? 어디 산에라도 묻을 작정이었나?"

내가 어떻게 대답을 할 수 있을까? 의뢰인의 지시에 따라 물품 보관소 맨 위에 있는 문을 열자마자, 문을 밀고 있던 커다란 검은 쓰레기 봉지가 '툭'하고 떨어졌다. 떨어지는 그 봉지를 보는 순간, 왜 그랬을까? 갑자기 〈태양은 가득히〉 영화의 마지막

장면이 생각난 것은. 돈 많은 친구를 살해해 시체를 자루에 집어넣고 바다 깊숙이 빠트리고 돌아왔는데, 썰물이 되자 배의 스쿠루에 걸려 있던 자루가 발견되는 그 장면 말이다. 해안의 비취체어에 드러눕듯 앉아 앞으로 풍족할 자신의 삶을 그리고 있다가 그 사실을 알게 된 살인자의 눈빛, 아랑 드롱은 그 절망의 삶이 눈앞에서 한순간에 푹 꺾이는 모습을 보게 되리라는 걸 어찌 상상이나 해 보았겠는가?!

만약 물품 보관소 문을 열었던 그때, 지하철역에서 아르바이트하는 그 대학생이 옆을 지나가지 않았더라면, 아니 지나는 갔더라도 그 청년이 그토록 예리한 눈을 가지지만 않았더라면…… 더구나 그는 재빠르기까지 했다. 그의 신고가 없었다면, 말쑥한 정장 차림의 내 모습에 어울리지 않는 쓰레기 봉지를 보관소 안에 다시 구겨넣기도 전에 어떻게 경찰들이 그렇게 빨리 들이닥칠 수 있었겠는가.

"우리의 수사력이 무능력하다고 비난받는 것은 모두 너 같은 사람 때문이야. 지금까지 조사한 바로는 너와 피살자와의 관계가 불투명해. 피살자와 아무런 관계가 없는 범인, 즉 동기 없는 살인이 있다면 바로 이 경우에 해당된다고 할 수 있겠지. 살인을 맘 먹기 이전에는 서로 마주친 적조차 없는 사이였을테니까. 너 같은 범인들은 고도의 수법으로 살인을 저지르고 바람처럼 흔적 없이 사라져버리지. 그러나 증거를 포착하지 못했을 뿐 증거 없는 살인은 없어. 만에 하나 범인이 증거를 남겨 놓지 않았다면 죽은 자는 그 나름대로 훌륭한 증거를 남겨 놓는 법이지. 이미 숨을 멈춰 버린 자신의 몸뚱어리라는 부정할 수 없는 증거를. 이렇게, 너가 죽인 김유진씨처럼."

김유진? 방금 김유진이라고 했나? 그렇다면 그는 오늘 아침

이곳에 오기 전에 전화 걸었던 바로 그 사람 아닌가! 사례금 오천만원의 그 산부인과 의사!

"자, 대답해 봐. 그를 왜 죽였나? 설마 그를 모른다고 하진 않겠지?"

그래, 전혀 모른다고는 할 수 없겠지. 나의 머리속에는 신문속의 그의 모습이 선명히 기억되는데. 쓰레기 봉지 속에 들어 있던 사람의 신분을 알게 되자 전혀 그럴 상황이 아니었음에도 불구하고 웃음이 픽 나왔다. 역사에만 아이러니가 있는 줄 알았더니, 아이러니란 도처에, 우리 삶 전체에 이렇게 복병처럼 숨어 있었던가.

"말해. 무엇 때문에 그를 죽였지? 피살자와는 아무런 이해 관계가 없다 하더라도 우발적 범행은 아니었어. 동기가 있었을 거 아냐, 동기가?"

설명을 하고 싶어도 설명을 할 수가 없어 답답한 건 나다. 왜냐하면 그를 죽이지 않았다는 것을 그들에게 확인시킬 방법이 없기 때문이다. 물품 보관소 안에 왜 산부인과 의사가 죽은 채 쪼그려 들어 있는지 누구보다 궁금한 건 바로 나라는 걸 알아주었으면 좋겠다.

"묵비권 행사하는 거야 뭐야?"

수사관은 몹시 화가 났는지 움켜쥔 손의 핏줄이 벌떡벌떡했다. 그러나 나는 대답할 수 없다. 그들은 나에 대해 조사해 보았다면서도 내가 청력은 정상이나 말을 못한다는 것은 알아내지 못한 모양이다. 이래저래 나는 설명할 수 없다. 말을 할 수 있다면 이렇게 말했을까.

어느 날 〈공중으로 사라진 도시〉에 관한 내용의 팩스를 받은 것을 시작으로, 그것을 보낸 '어떤 사람'이 중남니 여행 티켓과 함께 거액의 돈을 주었다. 나는 단지 '어떤 사람'의 지시에 따라 파리 공원에 갔었고, 제주도에 갔다. 4월 8일 역시, '어떤 사람'이 보냈을 메시지를 받기 위해 물품 보관소의 문을 열었을 뿐이다. 당신 같으면 그 안에 시체가 들어 있을 거란 상상이나 해 보았겠느냐.

순전히 사실인 이 말을 믿을 사람이 있을까? 아무도 없을 거라 생각하니 차라리 말을 못하는 게 나았다.

"말 못하는 벙어리도 아니고, 이거 왜 이래? 4월 4일 목동 파리 공원에서 너를 보았다는 목격자가 한두 명이 아냐. 서귀포 호텔에서도 마찬가지고. 피살자가 제주도에 간 것은 어떻게 알았고, 또 하고 많은 방 중에 506호실에 투숙할 것은 어떻게 알았어?"

목동 파리 공원? 506호실? 나는 이제야 내가 왜 수사관들 앞에서 이런 식의 심문을 받아야 하는지 이해가 갔다. 더불어 왜 그렇게도 피살자를 찾지 못했는지도.

4월 3일, 피살자인 김유진은 차를 타지도 않았다. 4월 4일, 그는 조깅을 하긴 했다. 다만 의뢰인의 정보에서처럼 회색 조깅복과 흰색 운동화를 신지 않았을 것이다. 다음날은 503호실을 눈이 빠져라 지켜본 나만 손해, 정작 그는 506호실에 투숙했다.

"넌 피살자가 아르헨티나에 간다는 걸 알고, 여행을 빙자해서 그곳까지 따라갔어. 그러나 그를 죽이기 위해 찾아갔을 땐 그는 이미 떠나고 없었겠지. 왠 줄 아나? 피살자가 십사년 만에 만난 형과 대판 싸우고 만난 지 사흘만에 돌아올 줄은 피살자 자신도 물론 예상하지 못했을 테니까."

아아, 모든 것이 불을 보는 것만큼이나 너무나 분명해졌다. 애당초 피살자는 없었다. 단지 의뢰인이 있었을 뿐. 의뢰인은 나의 신분이 노출되도록만 지시했다. 그는 청부살인업자인 내게 살인을 의뢰만 했을 뿐, 그리고 그의 계획대로 나를 변명의 여지가 없는 살인자로 만들어버렸을 뿐이다. 그렇다면? 정작 살인을 저지른 사람은……? 아, 이제는 절대로 빠져나올 수 없는 늪에 빠져버렸다. 나는 함정에…… 누명을…… 꼼짝없이…… 무서운 일이다.

"지독한 놈. 하긴 이렇게 지독하니까 시체를 토막내서 물품 보관소 안에다 넣어두었겠지만."

게임은 끝났다. 그리고 게임에 졌음을 인정한다. 허나 마지막 변명을 허락한다면, 나의 의뢰인에게 내가 아침마다 화장실에서 읽었던 책의 백육십일페이지를 꼭 읽어보라고 권하고 싶다. 거기에는 이렇게 씌어 있을 것이다.

"게임의 규칙은 누구에게나 똑같은 기회가 주어져야 하며 동등한 입장에서 시작되어야 한다."

나의 의뢰인은 이 페어플레이 정신을 위배했다. 그렇다면 이 게임의 결과는 그가 흥미있어했던 게임의 반전이 아니라, 게임의 반칙에 불과했을 뿐 아닌가. 그런 점에서 보면 나는 게임에서 진 것만은 아니지 않을까. 거기까지 생각하다가 나는 또 막막해진다. 설사 그렇다 하더라도 달라지는 건 아무것도 없다. 내가 그를 죽이지 않았다는 것을 입증할 수 없듯이, 내가 죽였다는 증거를 확보하지 못한 수사관들에게 버틸 만큼 버텨 보았지만, 마침내 그들은 내가 벙어리라는 것과 나의 직업, 즉 청부살인업자였다는 것을 알아내고야 말았다. 현재 나는 가장 두려워했던, 나의 죽음의 미학에 어긋나는 죽음을 앞두고 있다. 그것은 철 지난 옷을 입은 것만큼이나 초라한 죽음이 될 것이다.

아내를 죽이는 99가지 방법 　　값 15,000원

1997년 9월 25일　제1판제1쇄인쇄
1997년 9월 30일　제1판제1쇄발행

지은이　이　　상　　우　외
펴낸이　박　　명　　호

펴낸곳　명　　지　　사

서울특별시　동대문구　장안동　369-1
등　　록 : 1978.　6.　8.　제5-28호
전　　화 : 243-6686 · FAX 249-1253
사 서 함 : 서울청량우체국사서함 제154호
대체구좌 : 010983-31-1742329

ISBN 89-7125-126-3 03810　　＊잘못된 책은 바꾸어 드립니다.